무직전생

이세계에 갔으면
최선을 다한다

⑦

글 리후진 나 마고노테
일러스트 시로타카
옮긴이 한신남

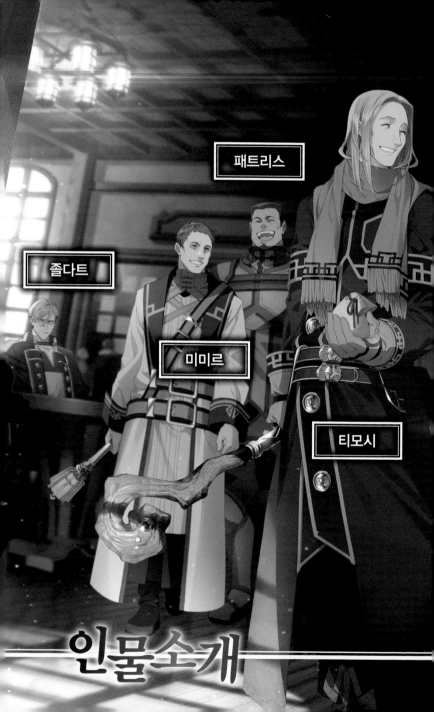

패트리스

졸다트

미미르

티모시

인물소개

스잔느

루데우스

사라

"으음, 이거나 이거… 어느 쪽으로 할까.
루데우스는 어느 쪽이 좋을 것 같아?"

무직전생

이세계에 갔으면
최선을 다한다

⑦

글 리후진 나 마고노테   일러스트 시로타카   옮긴이 한신남

無職転生　～異世界行ったら本気だす～ 7

ⓒRifujin na Magonote 2015
First published in Japan in 2015 by KADOKAWA CORPORATION, Tokyo.
Korean translation rights arranged with KADOKAWA CORPORATION, Tokyo.

이 책의 한국어판 저작권은 일본 KADOKAWA CORPORATION와의 독점 계약으로
(주)학산문화사에 있습니다.
저작권법에 의해 한국 내에서 보호를 받는 저작물이므로 불법 복제와 스캔 등을 이용한
무단 전재 및 유포 시 법적 제재를 받게 됨을 알려 드립니다.

CONTENTS

"여자 앞에서 춤추는 건 좋다.

하지만 억지로 춤추는 꼴은 정말 사양이다."

—— Two dimensions are most as expected.

글 : 루데우스 그레이랫

옮김 : 진 RF 매곳

제7장

청소년기
중견 모험가편

프롤로그

숲이 펼쳐져 있었다.

숲속에는 외길이 있고, 거기를 마차 석 대가 달렸다.

'용의 수염.'

아슬라 왕국의 북부 국경과 '적룡의 위턱'이라고 불리는 계곡 사이에 있는 숲이었다.

'적룡의 위턱'은 아슬라 왕국의 남부 국경인 '적룡의 아래턱'과 한쌍을 이루는 계곡이다.

아래턱이 국경과 접한 것과 달리 위턱 쪽은 국경과 계곡 사이에 숲이 있다.

왜 계곡과 국경 사이에 숲이 있냐 하면, 마물이 많이 생식하기 때문이다. 과거의 아슬라 왕국은 숲의 남부를 성벽으로 완전히 에워싸서 틀어막는 것으로 이 숲의 마물을 국내에서 차단하여 마물 토벌에 필요한 비용을 크게 낮추었다.

그런 배경이 있는 이 숲에는 흉포한 마물이나 아슬라 국내에서 지명 수배될 만한 범죄자들이 횡행하였다.

그렇기 때문에 기꺼이 이 숲을 이동하는 사람은 적지만, 적긴 해도 아슬라 왕국과 북부 지방을 오가면서 무역을 하는 사람도 있었다.

그 중 한 명이 이 마차 석 대를 이끄는 상인이었다.

그는 1년 동안 급격하게 성장하여 아슬라 왕국에 있는 상회에도 입회했을 정도로 신진기예의 상인으로, 이름은 브루노라고 했다.

브루노가 아슬라 왕국에서 북부로 가져가는 것은 마차 두 대에 실린 상품이었다. 이 상품에 만일의 일이 생기면 그가 목을 맬 정도의 손해가 나겠지.

만일의 일이란 예를 들어서 마물의 습격이라든가 도적을 만나는 것을 말한다.

그도 상회에 들어가기 전 마음껏 행상 일을 하던 무렵에는 검술 실력을 자랑하며 혼자 다녔지만, 규모가 커지자 위험도 손해액도 늘었다. 그렇게 되면 자기 실력만 믿을 수도 없어지는 법이다.

대신 운용할 수 있는 금전도 크게 늘었으니까 그는 호위를 고용하였다.

세 번째 마차에는 호위를 맡은 모험가와 손님을 태우고 있었다.

호위로는 아슬라 왕국에서 활약하던 B랭크 파티 '카운터 애로우'의 다섯 명.

손님은 세 명. 무사수행 중이라는 검사가 두 명. 그리고 잿빛 로브를 입은 음울한 소년 마술사가 한 명이었다. 그들은 호위가 아니지만, 마차가 위기에 처하거나 자신들의 몸에 위험이 미치면 자주적으로 싸울 거라고 보였다.

자, 음울한 소년 마술사… 그의 이름은 루데우스 그레이랫이라고 한다.

그는 마차 안쪽에 앉아서 공허한 얼굴로 하늘을 올려다보았다.

눈에는 광채가 없고 입은 반쯤 벌어졌고 등을 웅크리고 축 늘어진 모습이었다.

그의 마음에는 허무만이 있었다.

틀림없는 허무다.

허무하다. 인간은 왜 사는 걸까. 사는 것에 무슨 의미가 있는 걸까.

나는 모른다. 내가 아는 건 지금 나는 허무감에 휩싸여 있다는 것뿐이다.

0. 나는 0이다. 우주의 마음은 나였다.

그런 마음의 외침이 들려올 것만 같을 정도로 그는 기운이 없었다.

"…하아."

무기력하게 한숨을 내쉰 소년.

그 한 명 때문에 마차는 어두운 분위기에 휩싸여 있었다.

"너 아까부터 꽤나 한숨이 많잖아. 왜 그래?"

그런 소년에게 말을 붙이는 사람이 있었다.

가무잡잡한 피부에 고수머리를 한데 땋은 여자였다. B랭크 파티 '카운터 애로우'의 멤버로, 가슴바대에 팔보호대를 하였다. 다소 가벼운 차림이지만 검사치고 장비가 무거운 걸 보면 직업은 전사겠지.

그런 그녀에게 소년은 느릿느릿 고개를 들고… 미소를 만들었다.

그걸 보고 여전사는 깜짝 놀랐다.

부드러운 미소…라고 본인은 생각하겠지만, 그 미소에 인간미란 게 전혀 느껴지지 않았기 때문이다. 마치 밀랍인형 같은 미소였다.

"한숨 같은 걸 쉬었나요? 괜찮습니다, 아무것도 아니에요."

그 목소리는 높고 씩씩했다.

하지만 눈에 빛이 없고 얼굴에는 그림자가 남은 채라서 거절의 기운이 배어나왔다.

"그래…. 북쪽에는 뭐 하러 가는 거지?"

하지만 여전사는 포기하지 않았다. 무시당할 가능성도 고려했기 때문이다.

그와 비교하면 대답이 있었던 만큼 괜찮다고 해야겠지.

"예? 뭐 하러? 뭐 하러, 라는 게 무슨 말인가요?"

"딱 보기로는 마술사 같은데… 아직 성인식도 안 치렀지? 마술학교를 졸업하고 바로 북부로 가다니, 모험치고 너무 이른 거 아닌가?"

공허한 얼굴을 한 소년의 나이는 아직 젊었다.

열두 살이나 열세 살. 젊다기보다는 어리다고 해도 과언이 아니었다.

얼굴에 앳된 티가 남은 소년은 여전사의 질문에 또 입가를 일그러뜨리는 이상한 미소를 지었다.

"저기, 거기에 대답할 필요가 있나요?"

입에서 나온 것은 대화를 억지로 끊기 위한 말이었다.

소년은 누구랑 대화를 하고 싶지 않은 거겠지. 그저 푹 가라앉은 마음인 채로 마차가 어딘가에 도착하기를 기다리고 싶었다.

그런 쌀쌀맞은 말은 사람에 따라선 불쾌함을 느끼겠지.

그렇긴 해도 여행자끼리 나누는 대화다. 소년의 대답은 다소 실례였지만, 여행자 사이에서는 서로 괜히 캐고 들지 않는다는 암묵적인 양해도 있다. 평소라면 이렇게 대놓고 거절당하면 어깨라도 으쓱이고 물러났겠지.

실제로 고수머리 여전사도 그러려고 했다.

"스잔느가 친절하게 물었는데! 그 태도는 뭐야!"

하지만 고수머리 여전사의 옆에 앉은 소녀는 그러지 않았다.

그녀는 격노해서 루데우스를 노려보았다.

금발에 약간 기가 세 보이는 얼굴의 소녀였다.

가벼운 차림에 검사 같은 모습이었지만, 허리에 검은 없고 대신 활을 메고 있었다.

나이는 열다섯 살 정도. 소년 정도는 아니지만 젊었다. 아마도 암묵적인 양해에 대해서도 별로 이해하지 못하는 거겠지.

소년은 갑자기 소리친 그녀에게 고개를 돌려서 한동안 빤히 바라본 뒤에 놀란 얼굴로 눈을 돌렸다.

"사라, 그렇게 말하면 안 돼. 그도 딱히 싸움을 거는 건 아냐. 말이 조금 쌀쌀맞을 뿐이지."

"스잔느, 하지만 쟤가 왠지 풀 죽은 거 같다고 어제부터 걱정했잖아. 그래서 말도 걸어 줬는데…"

아무래도 고수머리 여자가 스잔느, 활을 멘 소녀가 사라인 모양이었다.

소년은 눈을 돌렸지만 신경 쓰이는 건지 힐끗힐끗 두 사람을 바라보았다. 미소가 사라진 그 표정은 어두워서 무슨 생각을 하는 건지 알 수 없었다.

몇 초 뒤 그는 입을 열었다. 여전히 높고 씩씩하지만 사람을 불안하게 만드는 목소리로.

"어어, 북쪽에는 피트아령의 전이사건에 휘말려서 행방불명된 어머니를 찾으러 가는 겁니다."

"아…"

"피트아령의…"

그 대답에 두 사람은 미안하다는 표정을 지었다.

피트아령의 전이사건. 그건 아슬라 왕국에 살던 사람들에게

17

충격적인 일이었다. 두 사람은 피트아령 출신자가 아니지만, 피트아령의 소멸에 대한 소식을 듣고 모험가로서 부흥을 도우러 나섰고, 도시에 드나드는 난민을 몇 차례나 본 적이 있었다.

그러고 보면 소년의 얼굴은 그들과 똑같았다. 소중한 이나 고향을 잃은 이의 얼굴이었다.

미안한 짓을 저질렀다.

말로는 하지 않았지만 스잔느의 얼굴에는 그런 생각이 훤히 드러났다.

"그렇다고… 그런 식의 말은…."

사라 쪽은 아직 불만인 듯했다. 하지만 소년은 그걸 개의치 않고 이걸로 간신히 조용해지겠다는 듯이 고개를 돌렸다. 마차 안에는 방금 전보다 한층 더 음울한 분위기가 퍼져서 손님으로 타고 있던 검사 둘도 머쓱한 듯이 움찔거렸다.

"그런데 어떻게 찾을 생각이지? 북방대지라고 해도 꽤나 넓은데?"

하지만 스잔느는 더욱 파고들었다.

끈질기다고 여길 건 알고 있었다. 그래도 그녀는 어두운 분위기인 채로 여행하는 걸 좋게 보지 않았다.

소년은 '또 말을 거나?'라는 표정을 한 뒤에 또 미소를 만들며 그녀를 돌아보았다.

"…그렇군요…. 예, 뭐, 적당히."

"짚이는 데는 있나? 지인이라든가, 그 가족의 정보라든가….

혼자서 여행하는 건 힘들 텐데?"

"……."

그때 소년의 뇌리에 스친 것은 어떤 생각이었을까.

이대로 계속 말을 걸어 올까. 솔직히 말해서 별로 대화를 계속하고 싶지 않았다. 그렇긴 해도 방금처럼 거절했다간 또 물고 늘어지겠지.

그런 생각이 아니었을까.

"뭣하면 가는 동안 북방대지에 대해서 가르쳐 줄까? 아무것도 모르는 것보다는 조금이라도 아는 편이 낫겠지?"

"…하아…. 예, 그럼 부탁드립니다."

잠시 침묵한 뒤 소년은 그렇게 대답했다.

하지만 그 얼굴은 결코 지식을 원하는 표정이 아니었다.

그저 대답하는 게 귀찮으니까 적당히 아무렇게나 말해두자, 그런 생각이 훤히 들여다보이는 표정이었다.

"좋아, 그러면 귀 후비고 잘 들어."

스잔느는 그래도 좋다는 듯이 소년의 말에 응했다.

북방대지.

중앙대륙 북부를 사람들은 그렇게 부른다.

북방대지에는 황량한 대지가 펼쳐져 있다.

마대륙 정도는 아니지만 1년 중 3분의 1이 눈으로 뒤덮이는 이 땅에는 농사가 잘 되지 않아서 식량이 부족하다.

거기에 있는 나라 중 태반은 가난해서, 적은 자원을 두고 다투면서 사람들이 근근하게 살고 있다.

마물의 숫자도 많아서 아슬라 왕국과 비교도 되지 않을 정도로 강력한 마물이 출몰한다.

그렇기 때문에 무사수행자나 숙련된 모험가도 많지만, 그것이 나라들을 윤택하게 만들어 주지는 않는다.

하지만 그런 토지에서도 나름대로 번영한 나라가 있었다.

그것이 '마법삼대국'이라고 불리는 세 개의 국가다.

마술 교육으로 뛰어난 라노아 왕국.

마도구 제작에 능한 네리스 공국.

마술 연구에 능한 바쉐란트 공국.

그들은 동맹을 맺고 힘을 합쳐서 마술을 발전시키고 북방대지에 뿌리를 내렸다.

아슬라 왕국 안에서 B랭크까지 올라가서 일이 없어진 스잔느 일행.

그녀들은 그 나라 중 한 곳으로 이동해서 모험가로서 활동할 계획인 듯했다.

그리고 루데우스 그레이랫의 행선지도 거기였다.

물론 그는 자세한 목적지를 정한 게 아니었지만.

제1화　실의의 마술사

바쉐란트 공국, 제2도시 로젠버그.

아슬라 왕국의 국경에서 약 두 달 정도 걸리는 거리에 있는, 북방대지의 입구라고 할 수 있는 도시였다.

그 크기는 바쉐란트 공국 중에서도 1, 2위를 다툰다.

이 도시에서 아슬라 왕국으로 수출되는 마도구가 바쉐란트 공국의 이익 중 태반을 차지한다고 할 정도였다.

"…여긴가."

마차에서 내린 나는 주위를 둘러보았다.

하얗게 구름으로 뒤덮인 하늘 아래 모험가나 상인들이 기운차게 활동하고 있었다.

내가 타고 온 마차가 많은 짐을 싣고 있었기 때문이겠지.

저 멀리 아슬라 왕국에서 수입된 물건들은 비싸게 팔린다.

"…춥네."

그렇기는 해도 다소 쌀쌀한 탓도 있을까, 두껍게 입은 사람이 많았다.

이 근처는 겨울이 되면 폭설이 내리니까 나도 얼른 방한구를 사야겠지.

지금 당장이라도 사둘까….

아니, 그 전에 숙소를 찾아야지. 짐은 그리 많지 않지만 거점을 정하는 것부터 시작하는 건 모험가로서의 상식이다.

그렇게 생각하고 나는 발을 옮겼다.

신기한 일이지만 이 부근은 노점이 그리 많지 않았다.

마차는 모험가가 이용하는 입구와 다른 쪽으로 들어온 걸까.
아니, 이제 곧 해가 질 때니까, 날씨가 추운 이 지방에서는 해
가 지기 전에 장사를 걷는 걸지도 모르지.

그렇게 생각하면서 숙박거리를 찾아 입구에 적힌 가격을 확
인하면서 적당한 곳으로 들어갔다.

간판을 보면 B급 숙소로, 이름은 '둥근 방패 여관'. 이름이
건성이었다. 게다가 간판도 버클러 모양을 했기 때문에 방어구
가게랑 헷갈릴 뻔했다.

딱히 C급이든 D급이든 상관없었지만, 스잔느의 말로는 너무
싼 숙소면 난방설비가 없어서 얼어 죽을지도 모른다니까 묵을
거면 최소한 B급으로 하라고 했다.

그 여전사의 설명을 대충 흘려들었지만, 들어두면 좋은 이야
기가 많이 있었다.

역시 정보는 중요하다.

"음?"

여관에 들어가니 주인인 듯한 남자가 혼자 청소하고 있었다.

그는 나를 보더니 얼굴을 찌푸렸다. 뭔가 안 좋은 것을 보았
다는 듯한 표정이었다.

무례한 녀석이네.

"방을… 한 달 정도 부탁합니다."

"…그래. 그럼 여기에 사인과 지장을. 청소 끝난 곳이니까 3층 제일 안쪽의 방을 써라."

여관 주인은 부정적인 얼굴이면서도 곧바로 체크인용 용지와 열쇠를 준비해 주었다.

나는 시키는 대로 거기에 사인하고 숙박대금을 냈다. 이 부근은 아슬라 왕국의 돈을 받아준다. 언젠가 환전도 해야겠지만, 지금은 이걸로 충분하겠지. 그 여전사의 말로는 아슬라 화폐 쪽이 신뢰도도 가치도 높다고 그랬고.

주인은 테이블에 놓인 아슬라 은화 몇 닢을 보고 눈을 동그랗게 떴다.

겉모습이 마음에 안 드는 손님이라도 돈만 내면 만족하겠지.

마대륙에서 아슬라 왕국까지 여행하는 동안 번 돈은 거의 다 남아 있었다. 사실 셋이서 분배해야 할 돈이지만, 거의 전액을 내가 가지고 있었다. 또한 피트아령 난민 캠프에서 일을 거들 때 알폰스에게 받은 돈도 다소 있었다.

여관에서 한 달 남짓 머물 금액이지만 아직 여유는 있었다. 하지만 돈을 벌지 않으면 언젠가 없어지겠지.

그런 생각을 하면서 3층으로 올라가 방에 들어갔다.

"후우…."

방에는 침대와 옷장, 테이블과 의자가 하나씩.

특별한 것이라면 다른 나라에서는 별로 찾아볼 수 없는 벽돌이 그대로 드러난 벽이란 것과 벽에 난로가 하나 설치된 정도일까.

난로 옆에 장작과 부싯돌이 있으니까 추우면 알아서 켜라는 거겠지.

난로 사용법은 모르지만…. 뭐, 나중에 여관 주인에게 물으면 될까.

"후아…."

한숨을 내쉬면서 짐을 내던지고 침대에 뒹굴었다.

창밖으로 보이는 하늘이 하얬다. 구름 낀 경우가 많은 것은 설국 특유의 풍경일까.

아슬라 왕국에서는 하늘이 푸르렀다. 구름 한 점 없는 군청색 하늘이 한없이 펼쳐졌다. 나는 여행 도중에 계속 그것을 보았다. 파랑색은 실로 아름답다. 파랑색과는 정반대의 색깔은 내게서….

"……!"

그만두자.

색깔 생각은 그만두자.

그런 것보다 아래쪽을 보자.

그렇게 생각하며 몸을 일으켜서 창밖을 보았다.

녹색이었다. 3층이라고 해도 조금 높은 위치에 있는 탓인지, 이 여관에서는 시내가 한눈에 보였다.

바쉐란트 공국에서는 가로수를 많이 심었다. 만에 하나의 경우에 잘라서 장작으로 쓰기 위해서라고 들었는데, 일정 간격으로 심은 탓인지 녹색이 풍부하게 보였다.

그리고 보면 아슬라 왕국에서 나올 때의 숲, 거기는 좋았다.

거대한 나무들이 줄줄이 서서 수많은 잎을 드리우고 바람에 사락사락 소리를 내며 흔들렸다.

숲은 좋다. 자연은 좋다.

대자연은 세상의 고민거리를 죄다 잊게 해 준다.

풍부한 녹음 속을 이동하는 것만으로 마음이 씻겨나가는 듯했다.

"…에리스."

중얼거린 말에 또 마음이 가라앉았다.

망가진 마음을 아무리 씻어내도 깨끗하고 완벽한 마음으로 돌아오지 않았다.

솔직히 쇼크였다.

에리스와 맺어졌다고 생각했다. 서로가 서로를 좋아한다고 생각했다. 앞으로 부모를 잃은 에리스를 도우면서 아슬라 왕국에서 살 거라고 생각했다.

각오는 있었다.

얄팍한 생각일지도 모르지만 첫 상대였고, 마지막까지 책임을 지고 사랑할 각오는 있었다. 그레이랫 가문은 귀족이고, 그 뒤로도 여러 일이 있겠지만 마지막까지 지켜낼 각오는 있었다. 맞서든지, 도망치든지….

하지만 아니었다.

에리스는 그렇지 않았다.

에리스에게 나는 특별한 상대가 아니었다.

"크응…."

코끝이 찡해졌다.

아니, 이제 그만두자.

에리스가 없어진 지 몇 달. 몇 번이나 이 생각을 떠올리면 마음이 무거워졌다.

에리스는 혼자서 없어졌다.

그녀에게 나는 더 이상 가치가 없는 것이다. 그리고 나는 나대로 해야만 할 일이 있다.

길은 갈렸다.

서로 목표를 정하고 각자의 길을 가는 것이다. 그거면 되지 않는가.

나 같은 건 결국 그 정도다. 누군가의 특별한 존재가 될 수 없다. 기껏해야 단 한 번뿐인 행운에 감사하는 게 한계겠지.

응, 그런 것보다도 여기에 온 이유 쪽을 우선하자.

여기에 뭣 때문에 왔을까.

물론 어머니인 제니스 그레이랫을 찾기 위해서다.

결코 상심여행 같은 게 아니다. 아니라면 아닌 거다.

아슬라 왕국에 있으면 여자 얼굴이 떠올라서 괴롭다든가 하는 이유는 결코 아니다.

나는 마지막으로 남은 가족을 찾을 거다. 내 가족 중에서 유

일하게 발견되지 않은 제니스를 찾는 것은 아버지인 파울로와의 약속이기도 했다.

그렇다고 해도 계획은 없었다.

어떻게 하면 찾을 수 있을까, 어떻게 하면 찾게 될까.

"하아…."

입에서는 그저 한숨만 나오고, 머릿속에 있는 것은 그날의 일뿐. 그 행복했던 하룻밤은 대체 뭐였을까….

"아니, 아니."

그걸 간신히 구석으로 밀어내고 생각했다. 잘 돌지 않는 머리로 생각했다.

그래…. 일단 상황을 파악하자.

전이사건으로부터 세월이 상당히 지난 지금, 인목에 띄는 장소에 제니스가 있다고는 생각하기 어렵다.

이 도시는 크니까 찾으면 사람이 나올 듯한 분위기지만, 내가 찾을 수 있을 거면 이미 누군가가 발견했겠지.

그렇긴 해도 제니스를 찾으려면 사람이 많은 장소가 나으리란 건 틀림없었다. 제니스가 일부러 사람이 없는 장소에 있을 이유가 없다.

어쩌면 수색단의 눈이 닿지 않았을 경우일지도 모르고, 가령 그런 장소를 찾는다고 해도 사람이 있을 만한 장소에서 조사해야만 하겠지.

말하자면 사람이 많고 제니스가 있을 듯한, 하지만 수색의 손이 닿지 않은 장소를 찾는 것이다.

하지만 나 혼자서는 아무래도 다 뒤질 수 없는 패턴이 나올 것 같다.

어떻게 한다….

"역시 저쪽에서 날 발견하게 하는 편이 제일 좋을까."

나는 침대에서 뒤척이면서 그렇게 생각했다.

소리내어 말하고 보니 제법 좋은 생각 같았다.

이 한없이 넓은 세계에서 인간 한 명을 찾아내려고 하니까 어려운 거다.

1만 명 중에서 단 한 명뿐인 왼손잡이를 찾아라, 같은 건 정신이 아득해지는 작업이다.

하지만 그 1만 명에게 신고를 하게 하면 어떨까.

이 중에 왼손잡이 있습니까? 있으면 손을 들어 보세요? 그렇게 물으면 왼손잡이가 나오지 않을까?

그런 느낌으로 내가 유명해지면 제니스도 나를 발견하고 나타날 가능성이 있다.

이만큼 오랫동안 발견되지 않았으니까 리랴처럼 어떤 사건에 휘말려들었을 가능성도 있지만, 내가 눈에 띄면 저쪽에서 어떻게든 접촉하려고 할 가능성도 크다.

응, 그래. 틀림없어.

유명해져서 내가 제니스의 눈에 띄는 거다. 그런 계획으로 가자.

"하지만 유명해지려면 어떻게 해야…."

많은 사람에게 이름을 팔아야만 한다.

하지만…. 으음, 유명이라.

예를 들어서 나는 여태까지 루이젤드와 '데드엔드'의 이름을 팔았다.

그의 이름으로 선행을 하여 좋은 이름으로 인식되도록.

최종적으로는 얼마나 효과가 있었는지 모르겠지만, 마대륙에서는 다소 효과를 거두었다.

그와 비슷하게 나도 모험가로 활약하여 이름을 팔면 자연스럽게 유명해지겠지.

나는 루이젤드와 달리 이상한 저주에 걸린 것도 아니다.

평범하게 활동해서 이름을 팔면 딱히 사실을 곡해할 것도 없이 세간에 이름이 전해지겠지.

피트아령의 전이사건에 휘말린 제니스라는 이름의 어머니를 찾는 소년 마술사, 이름은 루데우스.

그런 존재가 이 근처에 있다. 그렇게 세간에 퍼지면 제니스 본인은 무리라도 제니스를 아는 사람이 내게 접촉을 해 올지도 모른다.

거짓 정보를 가져오면 곤란하지만, 딱히 돈을 노리고 그러는 거라도 상관없다.

"별로 하고 싶지 않은데…."

이렇게 추운 날씨 속에서 혼자 매명(賣名)행위.

그렇게 유명해지더라도 제니스를 찾는다는 보증은 없다.

보증은 고사하고 찾을 가능성도 낮다.

애초에 피트아령 수색단이라는 나름 큰 조직이 머릿수를 동원하여 찾았는데도 여태까지 발견되지 않았다. 못 찾을 가능성이 클 건 틀림없다.

수색단에는 분명 나보다도 똑똑하고 빈틈없는 사람도 있겠지. 정보를 모으는 것도, 정보를 퍼뜨리는 것도 잘하는 녀석이 말이다.

그런 사람이 찾으려는 마음을 가지고 작전을 짜서 노력했는데도 무리였다.

나 혼자서 애써 봤자 의미가 있을까.

나는 딱히 정보를 모으는 것도, 퍼뜨리는 것도 잘하는 게 아니다.

의미는 없지 않을까? 나 같은 게 찾아낼 리가 없지 않을까?

내가 하려는 짓은 헛수고 아닐까?

"……"

생각만 해도 한숨이 나오려고 했다.

하지만 달리 좋은 방법이 떠오르지도 않았다.

놀고 있을 수도 없다. 지금은 일단 떠오르는 것을 하나씩 할 수밖에 없겠지.

뭔가를 하는 동안에 다음 아이디어가 떠오르든가 다른 길이 열릴지도 모르고.

"…오늘은 자자."

나는 생각에 종지부를 찍고 눈을 감았다.

여행에 익숙하다고 생각했지만, 오랫동안 마차를 타서 온 몸에는 피로가 쌓여 있었는지 금방 잠에 빠졌다.

다음날.

나는 모험가 길드에 갔다.

이 도시의 모험가 길드는 왜인지 도시 입구에서도, 숙박거리에서도 떨어진 곳에 있었다.

이유가 있는지 없는지… 아무래도 좋지만.

"…으으."

쌍바라지문을 열고 안에 들어가자 많은 시선이 내게 꽂히는 듯했다.

여전히 시선은 좀 그렇다. 중앙대륙을 여행하면서 제법 익숙해진 줄 알았는데, 역시 혼자면 다르다. 당시에는 내가 아니라 루이젤드와 에리… 그만두자.

"어이, 꼬맹이잖아."

"신입인가…?"

"흥, 놀러왔겠지."

멀리서 날 놀리는 웃음소리가 들렸다.

야유라고 할 정도는 아니지만, 들어서 기분 좋은 것도 아니었다. 예전에는 흘려들었지만, 지금은 왜인지 마음에 꽂혔다.

하지만 열두세 살 정도의 소년이 혼자 길드에 들어왔으면 보통 눈에 띈다.

참자. 유명해지면 좋든 싫든 시선을 모으게 되겠고.

의뢰를 받기 전에 할 일이 있다.

나는 무거운 발걸음으로 접수처로 향했다.

접수 담당 누나는 딱히 예쁜 것도 아니지만, 가슴이 크게 파인 옷을 입고 있었다. 역시 모험가 길드에는 가슴이 큰 여성이 접수를 맡는 규정이 있는 거겠지.

나는 그녀에게 모험가 카드를 내밀었다.

"저기, 파티 해산의 수속…을 해 주실 수 있겠습니까."

파티. 내 모험가 카드의 제일 밑에는 아직 '데드엔드'라는 글자가 새겨져 있었다.

데드엔드. 루이젤드와 에리스와 나의 파티.

이미 아무도 남아 있지 않은, 이름뿐인 파티….

해산해야지.

이제 없으니까. 그런 파티는 이제 없으니까….

"크응."

눈물이 나와서 무심코 코를 훌쩍였다.

울 생각은 없었지만 아무래도 틀렸다.

내 옆에는 에리스도 루이젤드도 없다. 외톨이라는 사실을 거듭 느끼니 아무래도 눈물이 나왔다.

"…예, 수고하셨습니다."

뚝뚝 눈물을 흘리는 내게 접수 누나는 약간 동정하는 얼굴로 수속을 밟아 주었다.

갑자기 나타나 울면서 파티 해산. 기분 나쁘겠지.

"여기 있습니다."

"…고맙습니다."

로브 자락으로 눈물을 닦고 카드를 받았다.

'데드엔드'라는 글자가 사라진 카드.

에리스와 루이젤드도 카드를 갱신했을 때 파티가 해산된 것을 알겠지.

그때 그들은 어떻게 생각할까.

루이젤드는 아쉬워하겠지.

하지만 에리스는… 아니, 그만두자. 이제 됐다. 끝난 일이다.

"……."

돌아보니 길드 안의 시선이 모여 있었다.

우는 어린애가 그렇게 신기한 걸까. 길거리에서 곧잘 보는 광경일 텐데.

"어이, 저 녀석 왜 울지?"

"전멸한 거 아냐?"

"가엾게도 혼자만 살아남았나…."

아니었다. 동정의 시선이었다.

아무래도 나 이외의 파티 멤버가 싸우다가 전멸한 거라고 여겨진 모양이었다. 설마 내가 여자한테 버림받아서 우는 거라곤 생각 못 하겠지.

…왠지 한심하다.

솔직히 전멸해서 우는 편이 차라리 낫다.

아니, 루이젤드도 에리스도 죽는 걸 바라는 건 아니지만….

"……."

나는 말없이 의뢰가 붙어 있는 게시판으로 향했다.

게시판에는 대량의 의뢰가 붙어 있었다.

그 숫자는 마대륙 정도는 아니었지만 아슬라 왕국과는 천지차이였다. 이 부근에는 모험가 수요가 아주 많겠지.

의뢰 랭크는 C와 B가 많나.

아슬라 왕국에서는 낮은 랭크 의뢰가 많고, 랭크가 올라갈수록 의뢰가 적어진다.

고로 어느 정도 랭크가 오른 모험가는 아슬라 왕국을 떠나서 남부에 있는 왕룡왕국이나 북부에 있는 마법삼대국으로 이동한다.

"…어느 걸로 할까."

나는 현재 A랭크.

모험가 길드의 규정으로는 상하 1랭크의 의뢰를 받을 수 있다.

언뜻 보기론 S랭크 의뢰는 존재하지 않기 때문에, 내가 받을 수 있는 건 A와 B.

A도 B도 그럭저럭 많군. 중앙대륙에서는 보기 드물다. 그만큼 이 부근이 살기 힘든 곳이란 소리일까.

A : 쿠쿠루 호수 부근에 둥지를 튼 러스터 그리즐리 무리의 토벌

B : 해들러 숲의 대규모 채벌 계획의 호위

B : 네리스 공국으로 상품을 수송하는 상단의 호위

…으음.

…뭐, 아무래도 좋나.

나는 적당히 제일 먼저 눈에 들어온 A랭크 의뢰를 뜯었다.

러스터 그리즐리의 토벌. 이름을 보면 곰 계열 마물인 모양인데 잘 모르겠다. 아무래도 좋았다. 마물의 정보를 모으는 것도 귀찮았다.

그대로 의뢰를 손에 들고 접수처로 향했다.

"죄송합니다, 이거 부탁드립니다."

의뢰와 모험가 카드를 접수처로 내밀었다.

"어?"

접수 담당 누나는 여우에 홀린 듯한 얼굴을 하였다.

"저기, 파티는?"

"아, 아니요, 저기, 파티가 아니라 솔로인데요."

"예?"

접수 담당 누나의 이해가 안 간다는 얼굴.

아까 파티를 해산했는데 왜 파티로 의뢰를 받는다고 생각했을까.

"하지만 이 의뢰, 혼자서는… A급이라서 파티를 전제로 한 의뢰고요."

"아…."

"아무래도 이걸 당신에게 맡길 수는…."

그래, 마물 무리의 퇴치니까 보통은 그런가.

하지만 그 정도가 딱 좋을 듯했다. 유명해질 거니까 다소 무리는 필요하겠고.

위험성은 미지수지만… 뭐, 됐어.

어차피 살아 있어도 그리 즐거운 일은 없어.

결국 아무리 애써도 내 수중에는 아무것도 남지 않는다. 최종적으로는 다들 없어지고 나는 괴로운 마음을 맛볼 뿐이다.

분명 앞으로도 계속 그렇겠지.

그렇다면 괴로운 일만 겪다가 죽어도 좋지 않은가.

"……!"

거기까지 생각하다가 나는 가슴에 통증이 이는 걸 느꼈다.

나도 모르는 사이에 주머니 속으로 손이 갔다.

거기에 있는 것을 꾹 움켜쥐고 어금니를 악물었다. 가슴이 아프지만, 주머니에 있는 것을 움켜쥐면 왜인지 마음이 가라앉았다.

"뭐야? 싸움이라도 났어?"

뒤에서 들려온 목소리에 정신을 차렸다.

"…딱히 싸우는 건 아닙니다."

그렇게 말하면서 돌아보자, 거기에는 아는 얼굴이 있었다.

가무잡잡한 피부에 고수머리를 한데 묶은 여전사. 여기에 오는 도중에 괜스레 나한테 말을 붙이던 녀석이었다.

그 옆에는 나를 노려보던 소녀의 모습도 있었다.

분명히 여전사 쪽이 스잔느, 소녀 쪽은 사라라고 했던가.

또 그 뒤에는 그녀들의 파티 멤버인 듯한 남자들도 서 있었다. 그들의 이름은 기억나지 않았다.

B랭크 모험가 파티 '카운터 애로우'다.

"아니, 이야기는 들었어. 파티가 전멸하고 행방불명된 어머니를 찾고 싶은데 돈도 없다. 그러니까 이런 위험한 의뢰를 받으려는 거지? 대단해."

그런 말은 한 마디도 안 했다.

나는 파티가 전멸했다고도, 돈이 없다고도 하지 않았다.

분명히 돈에 그리 여유가 있는 건 아니지만 없는 것도 아니다.

"하지만 꼬맹아, 네 얼굴은 좋지 않아. 파티가 전멸했더라도 혼자서 하려는 기개로 넘치는 얼굴이 아냐. 그냥 될 대로 되라, 죽어도 좋다는 얼굴이야."

"……"

그 말에 뺨에 손을 댔다.

지금은 분명히 정곡을 찔린 얼굴을 하고 있겠지.

"그러니까 그 의뢰, 우리랑 같이 받아 보면 어때?"

"같이?"

"그래, 우리도 이쪽에 막 온 참이라서 모르는 게 많아. 본래 우리끼리만 할 수 있겠지만. 서로 이 동네 물정을 잘 모르는 몸이니 어때? 협력해 보지 않겠어?"

"아니, 저는 솔로로 유명해져서 어머니를 찾을 생각으로…."

"솔로로 움직여서 명성을 얻을 순 없을걸. 더 많은 사람들에게 알려야 해. 그러려면 파티를 짜서 오랫동안 살아남아야지. 다들 그렇게 생각하지?"

파티 남자들은 맞는 말이라는 듯이 끄덕였다.

다만 사라만은 납득할 수 없다는 듯이 입을 삐죽거렸다.

사라의 불만은 이해된다. 이 동네 물정을 모른다면 나 같은 게 아니라 이 근처의 지리나 마물에 밝은 베테랑을 붙잡으면 된다.

게다가 나는 여행 도중에 호위로 일하는 이 녀석들을 도운 것도 아니다.

차림새를 보고 마술사라는 건 알았겠지만, 어떤 기술을 가지고 있는지, 어떤 마술을 잘 쓰는지도 모른 채 말을 붙였다.

말하자면 동정이다.

동정만으로 내게 권유하는 것이다.

"……."

그렇긴 해도 그녀의 말에도 일리가 있나.

내가 솔로로 아무리 의뢰를 수행해도 소문이 확 퍼지지 않을 건 당연하다.

모험가는 기본적으로 다른 모험가에게 흥미가 없다. 흥미가 없는 상대의 정보를 얻으려는 녀석도 없겠지.

경우에 따라서는 소년 마술사가 솔로로 활동하고 있다는 정도의 소문이라면 퍼질지도 모른다. 무영창이라든가 피트아령 출신이라든가 전이사건으로 없어진 어머니를 찾는다든가, 그런 자세한 내역이 퍼지지 않으면 유명해져도 의미가 없다.

그걸 퍼뜨리려면 잘 알려질 필요가 있다.

잘 알려지려면 누군가와 파티를 짜는 편이 낫겠지.

그것도 최대한 많은 파티와 말이다. 모험가는 한 도시를 근거지로 삼은 이가 많지만, 과거의 우리와 마찬가지로 목적지까지 갈 돈을 벌기 위해 모험가 일을 하는 자도 있다.

그런 이들에게 나와 나의 목적을 알려줘서 퍼뜨린다, 라는 방향성으로 가면….

"너도 아직 나이가 어린 모양인데, A랭크인 걸 보면 실력은 제법 되겠지? 뭘 할 수 있지?"

"저는… 이전 파티에서 후위를 맡았습니다. 전위를 원호하기 위한 마술이라면 잘 합니다."

"그럼 딱 좋아. 우리 파티도 후위가 한 명 더 필요한 참이었어."

여기선 이 여자의 말에 따르기로 할까.

"그럼 부탁드리겠습니다."

"결정났군. 그럼 오늘은 준비를 하고 내일 아침 북문에서 집합하는 걸로 어때? 우리 편성에 대해서는 가는 길에 매듭짓는 걸로."

"알았어."

일단은 그렇게 되었다.

사라라는 소녀는 끝까지 뚱한 얼굴이었다.

제2화 러스터 그리즐리

다음날 나는 약속대로 북문으로 이동했다.

별로 의욕은 없었지만 할 일이 정해지면 몸은 움직여 주었다.

어제 동안에 러스터 그리즐리의 정보나 쿠쿠루 호수의 위치 등도 조사했다.

이것도 일찍감치 습관을 들인 덕분일까.

"……."

어둑어둑한 가운데 주위를 둘러보았다.

아침에 북문이라고 말했으니까 일찍 나왔는데, 그들은 아직 오지 않은 모양이었다.

시계가 없으니까 모르겠지만, 현재 시각은 4시 정도겠지. 너무 일찍 나온 걸지도 모르겠다.

아니, 어제는 잠이 잘 오지 않았다. 추운 탓인지, 아니면 잘 모르는 상대와 행동한다는 말에 긴장한 걸지도 모르겠다.

"…늦네."

시각은 지정되지 않았지만, 모험가가 멀리 나가려면 아침 일찍 집합이란 게 상식이다. 게다가 늦게 오는 것보다는 낫겠지. 버림받아서 혼자서 쓸쓸하게 계속 기다리는 것보다는 낫겠고.

실제로 이제부터 출발하려는 다른 파티도 북문 근처에 모였고.

저쪽은 이쪽과 달리 한 명이 다소 늦는 모양인데….

"…우우."

상식이란 건 내 착각이고 사실은 정오 즈음에 집합하는 거였을까.

목적지에 몇 시 정도에 도착하도록 출발 시간을 조정하는 걸지도 모르겠다.

아니, 어제 시점에서 내가 어디에 묵는지는 가르쳐 줬다.

그럼 출발시간을 결정한 시점에서 내 쪽으로 연락을 했겠지.

"아."

거기까지 생각하는데 문득 길 저편에 사람의 모습이 보였다.

아침 안개 속을 몇 명의 남녀가 걸어오고 있었다.

"어라, 일찍 왔네. 어제 봤을 때는 늦을 줄 알았어."

"…눈이 조금 일찍 떠져서요."

"헤에."

스잔느는 히죽 웃었지만, 사실은 츤데레라든가 혼자면 외롭다든가 하는 건 아니다.

뭐, 부정하는 것도 귀찮지만.

"그럼."

나는 주머니에서 손을 꺼내어 선두에 선 스잔느에게 내밀었다.

"오늘은 임시 파티인 걸로 잘 부탁드립니다. 루데우스 그레이랫. 마술사. 전에도 말했지만 원호가 특기입니다. 모험가 랭크는 A랭크입니다."

스잔느는 놀란 얼굴을 하였다.

그러고 보면 여행 도중에 그녀가 말을 붙여도 계속 귀찮게 여겼다.

이제 와서 친근한 대응을 해서 놀랐겠지.

생각이 있어서 그런 건 아니다. 그냥 자기소개 정도는 해두는 게 낫다고 생각했을 뿐이었다.

"나는 스잔느. '카운터 애로우'의 서브리더고 직업은 전사야. 전위를 맡고 있지."

"서브리더? 당신이 리더 아닙니까?"

"지휘한다는 의미로는 그렇지만, 리더는 다른 사람."

스잔느가 턱짓을 하자 한 남자가 앞으로 나왔다.

다소 음울한 느낌의 남자였다. 그도 마술사겠지. 적갈색 로브를 입고 긴 지팡이를 손에 들고 있었다.

"잘 부탁해요, 티모시입니다. 직업은 마술사. 후위에서 공격 마술을 특기로 합니다. 일단 이 파티의 리더란 걸로 되어 있지만…."

"잘 부탁드립니다."

실권은 스잔느가 쥐고 있다는 소릴까.

뭐, 리더가 실권을 쥐기보다는 바로 아랫사람이 실권을 쥐고 만사를 움직이는 편이 낫다는 것도 흔히 있는 이야기다.

무능하고 게으른 자는 총지휘관에 맞는다고 하고…, 그가 무능한지는 넘어가고.

게다가 일치단결한다는 건 깨지면 고칠 수도 없다는 말이니까, 여차할 때는 스잔느가 티모시의 판단에 따른다는 전제라면 이런 형태도 괜찮겠지. 어쩌면 대략적인 행동방침만 티모시가 결정하고 뒷일은 스잔느에게 맡긴 거라든가….

행동하는 자와 그걸 지켜보고 방향을 수정하는 자.

스잔느와 티모시의 관계는 좋은 콤비로 보였다.

나와 에리스와는 크게 달라서… 크응….

"어?! 왜, 왜 그러나요, 갑자기?"

"아뇨, 예전 일이 조금 떠올랐을 뿐입니다."

"그런가요…. 죽은 파티 리더는 참 훌륭한 분이었겠군요."

"아뇨…."

훌륭하지 않았다. 그 파티 리더는 끝까지 글러먹은 녀석이었다.

그런 것보다 파티의 이름의 유래가 된 녀석이 훨씬 훌륭했다.

"예, 뭐, 최대한 지장이 없도록 조심하겠습니다."

"그런가요…. 잘 부탁합니다."

그 뒤에 자기소개가 이어졌다.

"나는 치유 마술사 미미르. 치료가 중급, 해독이 초급이야."

새하얀 로브를 입은 평범한 체격의 미미르.

"내가 마법전사 패트리스. 뭐, 마법전사라고 해도 바람 마술을 초급까지 쓸 수 있을 뿐이지, 거의 전사지만."

허리에 검을 차고 손에 초심자용 롯드를 든, 덩치 좋은 전위 패트리스.

리더도 합쳐서 세 사람 모두 20대 중반에서 후반 정도일까.

몇 년 모험가 생활을 한 건지 모르겠지만, B급이라면 충분히 베테랑이겠지.

그리고….

"…중위. 활잡이 사라."

날카로운 얼굴로 나를 노려보는 사라.

다른 네 명과 비교해서 그녀는 젊었다.

십대 중반. 이 세계에서 성년이 되었을까 말까 한 정도일까.

뚱한 얼굴인 탓인지, 아니면 얼굴 자체가 전형적인 아슬라 계통인 탓인지, 다소 에리스와 비슷한 느낌도 들었다.

"뭐야?"

"아뇨, 아무것도 아닙니다."

노려보자 눈을 돌렸다.

"말해두겠는데 나는 이런 거 인정 안 해. 스잔느가 그렇게 말해서 맞춰줄 뿐인거지, 발목을 잡아서 누가 죽을 것 같으면 가만히 안 놔둘 거야."

"…예."

불만스러운 눈치인 그녀에게는 딱히 별 말 하지 않았다.

파티를 짤 거면 다소 친해져 두는 편이 좋겠지만… 어찌 되었든 잠깐 지나치는 상대다.

저쪽이 거절하는데 이쪽에서 다가갈 필요도 없겠지.

"그만둬, 사라."

"하지만 스잔느…."

"앞으로 너도 우리와 헤어져서 다른 모험가와 파티를 짤지도 모르잖아."

"뭐야, 그게? 해산한다는 소리?"

"그럴 가능성도 있고, 이 중에서 누군가가 죽으면 새로운 사람을 넣어야만 한단 소리야. 아슬라 왕국에서는 마음에 안 드는 녀석과는 파티를 안 짜겠다는 고집도 통용되었지만, 앞으로는 그런 것도 안 통하는 상황도 나오겠지. 그러니까 이쯤에서 우리만이 아니라 다른 이와의 연대를 배워둬야 해."

"……."

아하, 과연.

나에 대한 동정만이 아니라 사라의 교육도 겸한 건가. 어쩐지 꽤나 친한 척 들러붙는다 했다.

나이 어린 나를 택한 것도 5년 뒤, 10년 뒤를 넘겨보았겠지. 그 무렵에는 사라도 성장하겠고 새롭게 파티를 짜는 건 자기보다도 연하일 가능성도 늘어나겠고, 처음에 나처럼 태도가 안 좋은 녀석과 짜 보면 그 뒤에 평범한 녀석과 짤 때에 잘 풀린다.

이용당했나…. 뭐, 됐어. 그런 거라면 어울려 주지. 어차피 내 목적에 방해될 리도 없고.

"납득했어? 그럼 적당히 자기소개를 하고 출발하자."

스잔느의 말에 러스터 그리즐리 토벌 여행을 시작했다.

사흘 뒤.

우리는 로젠버그에서 북쪽으로 사흘 정도 걸리는 거리의 장소에 캠프를 꾸렸다.

사전 정보에 따르면 러스터 그리즐리 무리가 있다는 쿠쿠루 호수까지 몇 시간 거리인 곳이었다.

러스터 그리즐리는 밤눈이 어두워서 활동이 둔해진다. 그러니 여기서 밤까지 기다렸다가 습격한다는 수순이었다.

내친김에 도중에 만난 마물과의 싸움을 돌아보며 반성회도.

'카운터 애로우'라는 파티는 그렇게 나쁜 파티가 아니었다.

전위 두 명. 중위 한 명. 후위 두 명.

밸런스는 나쁘지 않았다.

거기에 내가 더해지면서 원거리에 적이 보인 시점에서 내가 진흙탕을 만들어서 발을 묶고 불 마술이 특기인 티모시가 최대한 원거리에서 적을 줄인다. 적이 접근하거든 스잔느와 패트리스가 앞으로 나서고 중위인 사라가 두 사람을 원호. 혹시 전위가 대미지를 입은 경우는 미미르가 회복하는 형태가 된다.

도중에 몇 차례 마물을 쓰러뜨리면서 연대 확인을 했지만, 문제없이 움직일 수 있었다.

스잔느, 티모시, 미미르, 패트리스는 확실히 베테랑이었다. 아무래도 루이젤드 레벨은 아니지만, 에리스보다는 파티로서 잘 움직이겠지.

다만 내 일이 진흙탕뿐이란 건 아무래도 너무 한가했다. 그래서 여러모로 제안을 해 보았다.

"전위 전투가 되면 저도 원호에 참가하는 편이 좋지 않을까요…?"

"스잔느나 패트리스가 어떻게 움직이는지 아직 잘 모르잖아! 오폭이라도 하면 안 돼! 너는 얌전히 있어!"

"그럼 발을 묶은 뒤에 적을 솎아내는 걸 거드는 편이 좋지 않나요?"

"싸움이 오래 걸릴 때는 마술사가 마력을 온존하는 게 상식이잖아! 네 일은 발을 묶는 것! 그걸로 충분!"

"저기…. 그럼 접근전이 시작되면 제가 앞으로 나서는 건?"

"너 뒤통수에 화살 맞고 싶어?"

여러모로 제안해 보았지만 전부 다 사라한테 딱지를 맞았다.

완전히 부자유였다. 내가 공격에 나서면 적이 접근하기 전에 끝낼 케이스가 많은데 접근전까지 벌어져서 전위가 다소 부상을 입었다.

비효율적이지만, 뭐, 이것도 사라가 경험을 쌓기 위한 것이라고 생각하면 나쁘지 않겠지. 나도 마대륙에서 겪어 보았고.

로마에 가면 로마법을 따르라는 말도 있다.

여기선 부자유스러운 걸 참고 연대 연습을 하자.

긴급 상황에 자기 판단이 가능하면 여력을 남겨서 행동하는 건 틀린 생각이 아니다.

팀워크는 평소 연습에서 생겨나는 거니까.

자기 판단에도 팀워크에도 자신은 없지만….

"너는 이 파티에 끼어든 거니까, 시키는 거나 똑바로 해. 방해만 하지 말고."

"예."

사라는 나와의 팀워크를 별로 중시할 생각이 없는 듯했다.

뭔가 실수한 기억은 없는데 꽤나 날 싫어하는 듯했다.

역시 첫 대면의 인상이 안 좋았을까.

억지로 친해질 필요는 없다고 생각하지만, 이렇게 딱딱거리면 왠지 옛날 일이 떠올라서 괴로웠다. 일곱 살 때 에리스가 아직 내 말을 귓등으로도 안 듣던 시절.

"사라, 그 정도로 해둬. 왜 그렇게 물고 늘어지는데?"

"그냥…. 이 녀석, 연하인데 나한텐 경어도 안 쓰고…."

"모험가들한테 그 정도는 보통이잖아. 너도 우리한테 경어 쓴 적 없잖아?"

"그건 그렇지만."

"그럼 마음에 안 든다는 생각은 속으로 숨겨. 이제부터 의뢰인데 분위기 해칠 것 없어."

"미, 미안."

스잔느의 말에 사라는 기가 죽었다.

하지만 마지막에 나를 찌릿 노려보는 걸 보면 나한테 사과할 생각은 없겠지.

그녀는 회의를 끝내자 얼른 누워서 눈을 붙이기 시작했다.

젊어서 좋군.

나도 볼일을 끝마치고 잠깐 눈 좀 붙이자.

그렇게 생각하며 다소 떨어진 위치에서 소변을 보는데 옆에 한 남자가 섰다.

티모시였다. 그는 그대로 바지를 내리고 그 얼굴에 어울리지 않게 훌륭한 것을 꺼내더니 나와 마찬가지로 볼일을 보기 시작했다.

"미안하네요."

갑자기 사과했다.

"…뭐가요?"

"사라 말입니다. 못된 애는 아닌데, 요즘 다소 콧대가 높아져서요."

"그 나이에 그 실력, 어쩔 수 없겠죠. 저건 천재예요."

B급인 네 명은 베테랑이라고 느꼈다.

하지만 사라만큼은 조금 느낌이 달랐다.

그녀의 실력은 이 파티에서 눈에 띄었다. 싸울 때 상당히 원거리에서 정확하게 마물의 급소를 꿰뚫어댔다. 상황 판단력도 있고 민첩하고 실수가 없었다.

강함만 놓고 본다면 A랭크일지도 모르겠다.

이 세계에서 활잡이는 적다. 그건 활이 원거리 공격임에도 불구하고 마술보다 공격력도 사정거리도 짧은데다가, 자면 회복할 수 있는 마술과 달리 물리적인 횟수 제한이 있기 때문이다. 화살을 많이 챙기면 짐도 늘어난다. 무슨 RPG처럼 1만 대의 화살을 가지고 다닐 수 있는 것도 아니다. 그렇다면 마술을 배우는 편이 낫다.

하지만 너무나도 뛰어난 재능은 때때로 성능 차이를 뒤엎는다.

어떤 상황에서도 정확하게 급소를 꿰뚫는 실력이 있다면, 마술보다 압도적으로 빨리 연사할 수 있다면 활로도 충분히 해나갈 수 있다. 적어도 모험가라는 직업으로는.

이것이 세계 최강을 노리는 거라면 또 다른 이야기겠지만.

하지만 저 나이에 A랭크. 에리스와 마찬가지로 천재겠지.

"그렇게 말하지만 당신도 대단하잖아요? 보면 알아요. 무영창 마술을 쓰는 마술사는 내 학교 선생님 이후 처음이니."

"…이런 걸 쓸 수 있다고 소중한 사람이 돌아오는 것도 아니고요."

"아, 그랬지요. 이거 미안한 소릴 했네요."

무영창 마술은 물론 편리하지만, 이걸 쓸 수 있는 정도로 우월감에 잠겨서 어쩐단 말인가. 여자 기분 하나도 못 맞추는 이걸로 뭘 할 수 있단 말인가….

뭐, 인기야 얻을 수 있나.

이상한 녀석은 달라붙겠지만, 제니스도 내가 무영창 마술을 쓰는 건 알고 있고.

"어찌되었든 미안하군요. 루데우스."

"아뇨."

하지만 재미있는 일이다.

사라 이외의 넷은 내 실력이 좀 된다는 걸 꿰뚫어본 모양이었다.

이건 베테랑이기에 생긴 관찰안이겠지.

그들은 자기들이 가진 리소스를 철저하게 사용하면서 행동한다.

실제로 그들의 실력은 C랭크 상위 정도밖에 안 되었다.

하지만 리소스를 유용하게 활용하여서 B랭크 모험가로 지내고 있었다.

자기들의 전력을 완벽하게 분석하고 그걸 확실하게 죄다 사용하여서 높은 퍼포먼스를 발휘하는 파티였다.

하지만 그러는 반면 **장난**이 한없이 적어진 바는 있었다.

사라가 내게 괜한 짓을 하지 말라고 한 것에 대해 주위가 나무랄 뿐이지 별말이 없는 것은 사라 자신의 성장을 위한 것도 있지만, 장난이 적은 탓이겠지.

장난이 적다는 소리는 내 성능을 오판하여 핀치에 빠졌을 때 완전히 커버할 수 없다는 소리다.

물론 여태까지도 내가 얼마나 할 수 있는지 확인해 왔다. 하지만 그들도 자기들이 이 땅에서 얼마나 할 수 있을지 확인하는 상태일 터였다.

자기신고로 어느 정도 할 수 있습니다. 라고 해도 아직 신뢰할 정도는 아니다.

그런 상황에서 왜 나를 데려왔나 싶기도 한데… 그건 동정도 얽혀 있는 걸까.

모두가 다 계산대로, 이상대로 움직일 수 있는 건 아니란 뜻이다.

"당연한 일입니다."

아무튼 나는 서포트로서의 역할에 충실하면 된다. 괜한 일은 생각하지 말고.

"고맙습니다. 그럼 해가 지면 출발이니까 그때까지 느긋하게 쉬세요."

"예."

티모시의 말에 고개를 끄덕이고 나는 캠프로 돌아가서 누웠다.

러스터 그리즐리. 마물로서의 랭크는 B.

그들은 이 중앙대륙 북서부에서 특히나 대중적인 마물로 알려졌다.

겉보기로는 백곰이고, 몸 한가운데에 등뼈를 따라서 검은 선이 한 줄기 나 있다.

보통 곰과 다른 것은 무리로 행동하는 것과 겨울이 가까워지면 무리지어서 식량을 모아다가 저장한다는 점이다. 그때 인간을 습격하는 경우도 많아진다. 물론 여름에는 비교적 얌전하고 물가 근처에서 번식하기 때문에, 그때는 흔히 모험가에게 토벌된다.

없애는 방법도 확립되었다. 여름철, 특히 번식기를 노린 야습이다.

"좋아."

우리는 다소 높은 언덕 위로 올라가서 러스터 그리즐리 무리를 확인했다.

바람이 불어가는 방향의 언덕 위에 있는 덤불 안에 숨었으니 들킬 걱정은 없었다.

그들은 오후부터 저녁에 걸쳐 교미를 하고 잠을 잔다.

딱히 굴을 파는 것도 아니라 바다사자처럼 웅크리고.

거기에 마술을 펑펑 날려 주면 순식간에 벌집을 쑤신 듯한 소동이 나고, 잠시 뒤에 이쪽으로 달려온다.

하지만 그때는 이미 무리 중 태반이 사망하여서, 전위와 중위만으로 충분히 섬멸가능하다.

그런 것이 이번 토벌 수순이었다.

"사라, 어때?"

"…스무 마리 정도."

언덕 위에 엎드려서 가장 눈이 밝은 사라가 적지를 정찰했다.

러스터 그리즐리의 숫자는 스무 마리 정도인가.

내가 봐도 알기 어렵지만, 거리로는 300미터 정도 너머에 몇 개의 하얀 덩어리가 뒹구는 게 보였다. 저게 러스터 그리즐리겠지.

루이젤드가 있으면 그 정도 거리의 적 숫자를 금방 파악해 주겠지만… 아니, 없는 사람 이야기를 해 봤자지.

"할 수 있겠어?"

"괜찮아! 그렇지?"

사라는 자신만만하게 돌아보았다. 러스터 그리즐리의 이동속도에 대해서는 모르지만, 위치는 이쪽이 유리하다. 진흙탕으로 이동을 저해할 수도 있고, 방금 전에 잠을 잤기 때문에 티모시, 패트리스, 미미르의 마력도 충분히 남아 있었다.

"그럼 시작할까요."

티모시의 말에 전원이 마음을 다잡았다.

고작 스무 마리, 별거 아닌 상대라고 해도 만에 하나의 경우가 있다.

나도 그들과 마찬가지로 기합을 넣고 지팡이를 움켜쥐었다.

"그대가 원하는 곳에 거대한 불꽃의 가호 있으라! 미쳐 날뛰는 불꽃이여, 거대한 은혜를 불사르라! '파이어볼'!"

"'매드풀'."

티모시가 중급 불 마술을 외우는 동시에 나는 진흙탕을 만들었다.

딱 사라의 사정거리에 아슬아슬하게 들어온 참이었다. 여기서 발을 묶으면 사라도 쏘기 쉽겠지.

"그대가 원하는 곳에 거대한 불꽃의 가호 있으라! 미쳐 날뛰는 불꽃이여, 거대한 은혜를 불사르라! '파이어볼'!"

티모시가 연속으로 날린 파이어볼은 큰 공 굴리기의 공 사이즈인데도 불구하고 멋진 속도로 러스터 그리즐리의 무리에게 빨려들어 착탄.

한 마리가 불길에 휩싸여서 순식간에 숨이 끊어지는 게 이 위치에서도 보였다.

도중에도 몇 차례 보았지만, 그의 중급 불 마술 '파이어볼'은

멋진 위력, 멋진 속도, 멋진 정확도였다. 상당히 익숙하겠지.

"찾았다."

러스터 그리즐리들이 어수선해지더니 차례로 이쪽을 향해 달려왔다. 움직이는 표적을 맞히는 건 어려운지 몇 차례 빗나가기 시작했지만, 티모시의 파이어볼은 멋지게 러스터 그리즐리에게 명중해서 한 마리, 또 한 마리 줄였다.

여유롭다.

진흙탕을 설치한 위치까지 오는 동안에 절반 정도 줄었다. 여기서부터 사라의 공격으로 또 더 줄일 걸 생각하면 근접전을 벌일 필요도 없을지 모르겠다.

이게 A랭크의 의뢰인가.

―그렇게 생각했을 때였다.

"어?!"

러스터 그리즐리의 무리가 진흙탕에 걸리기 직전.

티모시의 파이어볼이 무리 주위를 비췄다.

거기에 뭔가가 있었다.

진흙탕 옆에 러스터 그리즐리와 비슷한 크기의 시커먼 뭔가가 이쪽을 향해 이동하고 있었다.

"말도 안 돼! 검은색 러스터 그리즐리?!"

사라의 외침에 나는 그 정체를 알았다.

진흙이다.

러스터 그리즐리가 진흙을 뒤집어써서 그 모습을 숨기고 있었다. 그야말로 위장복처럼.

물론 내가 만든 진흙으로 위장한 건 아니었다.

호수 근처, 우리가 발견한 무리와 조금 떨어진 곳에 다른 무리가 있었던 것이다. 습지처럼 된 곳에 누워서 진흙 속에서 자고 있는데, 근처의 무리가 공격받는 바람에 황급히 일어나서 우리 쪽으로 달려오는 것이었다.

"너무 많아!"

"후퇴! 후퇴!"

티모시가 황급히 호령을 내렸다.

새로운 무리는 그 정도로 숫자가 많았다. 오십, 아니, 팔십은 넘겠지. 그런 러스터 그리즐리의 대군이 파이어볼이 남긴 불빛을 받으며 이쪽을 향해 달려왔다.

도저히 상대할 만한 숫자가 아니었다.

티모시는 그렇게 판단한 모양인데….

하지만 너무 늦었다고 해야겠다. 본디 놈들을 깨우기 전에 진흙 안에 있는 놈들을 알아차리고 전투를 벌이지 않기로 결정해야 했다.

낮에 정찰하지 않았던 탓에 발생한 실책이다.

"여기는 지형이 안 좋아. 도중에 발견한 장소까지 물러나자!"

어둠 속에서 스잔느의 목소리가 울렸다.

그녀의 판단은 정확했다. 혹시 러스터 그리즐리의 숫자가 너무 많을 때를 위해 단번에 싸우는 적의 숫자를 한정할 수 있는 장소를 찾아두었다.

거기까지 내려가서 태세를 가다듬는다. 틀린 생각은 아니었다.

하지만 몇 번이나 말하지만 너무 늦었다. 그 작전은 거리가 더 멀고 진흙탕이 진행방향 위에 제대로 설치되어 있을 때의 작전이다.

저렇게 옆에서 전속력으로 달려오는 러스터 그리즐리에게서는 도망칠 수 없다.

수가 없다.

"그건 안 돼, 따라잡혀!"

"칫, 내가 미끼가 될게. 다들 도망쳐!"

"스잔느!"

스잔느가 멈춰서고 사라가 창백한 얼굴로 스잔느를 돌아보았다.

"안 돼! 내가 남을게! 내 미스야! 내가 못 찾았으니까!"

"너로는 못 막아!"

"멍청아! 저런 숫자를 한두 명 남는다고 막을 수 있겠냐! 스잔느가 남을 거면 다 남아야 해!"

"좋아! 한 번 해 볼까요!"

사라의 외침에 미미르와 패트리스가 대답하며 준비를 갖추었다.

전방에서 밀려드는 러스터 그리즐리의 무리. 지진인가 싶을 정도의 소리를 울리면서 엄청난 속도로 몰려오는 놈들은 밤인데도 압도적인 존재감을 자랑하였다.

사라의 다리가 떨렸다.

사라만이 아니었다. 스잔느도, 미미르도, 패트리스도, 티모시도, 다들 얼굴이 파랬다.

하지만 그 누구도 도망치려는 자는 없었다.

그걸 본 내 심장은 벌렁벌렁 뛰었다.

러스터 그리즐리가 쫓아오기 때문에? 아니다. 다른 사람들은 아무래도 좋다.

왜일까. 스잔느와 사라, 티모시, 미미르, 패트리스.

그들을 보고 있으면 왜인지 가슴이 술렁거렸다. 숨이 가빠지고 기분이 고양되었다.

왜인지는 모르겠다.

모르겠지만, 러스터 그리즐리와 맞서려는 그들에게 느껴지는 바가 있었다.

"…아."

나는 무의식중에 주머니에 손을 넣고 거기 있던 것을 움켜쥐고 있었다.

"루데우스! 왜 그래?"

패트리스가 내 이름을 외치자 파티 전원이 돌아보았다.

그때 나는 전원의 얼굴을 보았다.

사라도 포함해서 전원의 눈이 살아 있었다.

전원이 필사적으로 살려는 눈을 하고 있었다. 이런 궁지에서도 누구 하나 포기하지 않았다. 살기를 포기하지 않았다.

나는 그들을 보고 깨달았다.

주머니 안에 있는 것의 감촉과 그들의 얼굴. 그리고 떠오른 과거.

그렇게 깨달았다.

이유를 알았다.

나는 그들이 왜 버티고 싸우려는지 알고 있었다.

훨씬 전부터 알고 있었다.

그리고 그걸 떠올렸을 때,

"괜찮아요, 맡겨 주세요."

스스로도 놀랄 만큼 조용한 목소리가 나왔다.

나는 속마음을 숨기면서, 달려드는 러스터 그리즐리를 향해 지팡이를 내밀었다.

"'엑조더스 프레임'."

지팡이에서 발생한 거대한 불길은 러스터 그리즐리 무리를 너무나도 간단히 불살랐다.

★　　★　　★

한 시간 뒤.

호수 주변은 불탄 황야로 변했다.

주위에는 러스터 그리즐리의 사체가 대량으로 굴러다녔다.

사체의 대부분은 숯이 되었지만, 몇 마리는 팔 수 있을 만한 모피를 남겼다.

"……."

현재 우리는 러스터 그리즐리의 껍질을 벗기고 있었다.

그 뒤로 내 불 마술에 태반을 잃은 러스터 그리즐리는 뿔뿔이 흩어져서 도망치기 시작했다.

몇 마리는 계속 덤벼들었지만 스잔느나 다른 이들이 싸워서 쓰러뜨렸고, 도망치는 러스터 그리즐리는 내가 스톤 캐논으로 마무리했다.

조용해진 전장, 거기서 얼떨떨해진 그들에게 "그럼 뒤처리를 하지요."라고 말하고서 지금에 이르렀다.

토벌의 증거가 될 러스터 그리즐리의 꼬리를 모으고 돈이 되는 모피를 벗기는 작업이다.

말할 것도 없는 것이지만 이런 종류의 마물의 모피는 잘 팔린다.

최대한 벗겨서 가지고 돌아가는 게 모험가의 룰이다.

우리는 2인 1조로 나눠서 모피를 벗기는 작업을 시작했다.

나와 한 조가 된 것은 리더인 티모시였다. 마술사 콤비로군.

티모시는 말이 없었다. 나한테 무슨 말을 걸어야 좋을지 모르 겠다는 얼굴을 하고 있었다.

아니, 티모시만이 아니었다. 다른 이들도 말이 없었다.

다만 부정적인 감정은 느껴지지 않았다.

나도 필요 이상으로 말할 생각은 없었다.

"......"

작업이 끝나서, 벗겨낸 모피와 꼬리를 모으고 사체를 모아서 불태울 무렵에는 동이 트기 시작했다.

고기 타는 냄새가 주위에 충만했다.

그 냄새를 맡으니 토벌이 끝났다는 게 확실히 느껴졌다.

그런 가운데 스잔느가 내 바로 옆에 섰다.

"신세졌네."

스잔느는 어깨를 으쓱이면서 말을 이었다.

"네가 없었으면 전멸이었어. 생각 이상으로 실력 있을 거라곤 예상했지만, 설마 이 정도라니. 상상의 범위를 넘었어."

"아뇨…. 제가 없었으면 여러분은 이 의뢰를 받지 않았겠죠? B랭크라든가, 분위기를 보게 C랭크의 의뢰부터 받았겠죠."

"으음…."

스잔느는 뺨을 긁적거렸지만 딱히 야유할 생각은 없었다.

오히려 감사했다. 나는 싸우는 도중에 깨달은 것 때문에 다 소 마음이 편해졌다.

"하지만 따라오길 잘했어요. 감사합니다."

"…그래. 그럼 돌아갈까."

"예."

스잔느는 내 얼굴을 보고 가볍게 미소짓더니 모피 쪽으로 걸어갔다.

그 뒤로 그걸 전원이서 가지고 갈 수 있을 만큼 챙겨서 개선하기로 했다. 토벌은 끝났지만, 의뢰는 끝나지 않았다. 의뢰의 증거를 가지고 돌아가서 돈으로 바꿔야 의뢰가 끝난다.

나도 옮기는 걸 거들자.

그렇게 생각하고 모피 다발을 짊어지려는 때에 문득 눈 앞에 한 소녀가 서 있는 것을 깨달았다.

나와 비슷한 키의 소녀.

"…신세졌어."

사라는 딱 한 마디만 하고선 종종걸음으로 스잔느 쪽으로 달려갔다.

대량의 모피를 가지고 모험가 길드로 돌아오자 기이한 시선이 눈에 들어왔다.

외부인을 향하는 시선이었다.

모험가 중에는 한 도시에 뿌리를 내리는 사람도 많다.

외부에서 온 녀석들이 갑자기 큰 수확을 올리면 이렇게 비아
냥대는 시선을 보낸다.

질이 나쁜 곳이면 시비를 거는 경우도 있다. 자릿세를 내라면
서.

"······."

어쩔 생각일까 싶어서 리더인 티모시를 보자, 그는 빙그레 웃
으면서 주위를 둘러보았다. 러스터 그리즐리의 토벌이라는, 성
공하면 짭짤한 의뢰를 대성공으로 마친 외부인을 노려보는 다
른 모험가들을.

그들을 향해 티모시는 말했다.

"우리가 이 도시에서 활동을 시작한 걸 기념하고자 합니다!
오늘 이 자리에 있는 모두에게 한 턱 내지요! 다들 술집으로 갈
까요!"

그 말에 주위 모험가들은 놀랐지만 타산적인 녀석들인지라
곧 환성이 일었다.

"이번에 온 놈들은 선심 좋구만!"

"하하! 최고잖아, 너희들!"

"이얏호! 공짜 술이다!"

나는 그 광경을 보고 얼떨떨해졌다.

일주일 벌이를 이렇게 쉽사리 써 버려도 좋나?

"이게 티모시의 방식이야. 이렇게 곳곳에서 술이라도 사면 어
디를 가도 미움 받지 않아. 이상한 녀석이 계속 시비 거는 걸

생각하면 훨씬 싸게 먹히지."

스잔느가 티모시를 자랑스럽게 바라보면서, 멍하니 있는 나를 향해 그렇게 말했다.

하지만 그런 건가. 그렇군.

분명히 돈이나 성공을 손에 넣으니까 질투를 산다.

그럼 그걸 선심 좋게 나눠주면 질투 하는 쪽도 '뭐, 괜찮네'라고 생각할 수 있다.

모험가에게 의뢰료는 생활비니까 어지간해선 할 수 없는 짓이지만, 크게 벌었을 때에 주위에게 환원하여서 어그로를 줄이는 것이다.

"너희들, 잘 듣고 기억해둬. 오늘부터 이 길드에 신세질 '카운터 애로우'와 '루데우스 그레이랫'이다!"

스잔느의 고함에 주위가 오오옷 소리를 냈다.

"카운터 애로우! 카운터 애로우!"

"루데우스! 루데우스!"

그렇게 울러 퍼진 환성은 일시적인 것이었지만, 틀림없이 효과가 있는 걸 보여 주었다.

이 정도로 효과가 있다면 나도 그를 보고 배워야겠지. 사라 같은 애와 괜히 트러블을 일으키는 짓은 피하고 싶다.

그렇게 생각하면서 나도 휩쓸린 것처럼 주점으로 이동했다.

몇 시간 뒤, 숙소로 돌아왔다.

술집으로 이동한 뒤 나도 조금 마셨다. 술 같은 거에 익숙하지 않은데다가 이 동네의 술은 위스키처럼 독하고 냄새가 강해서 금방 속이 안 좋아져서 해독 마술을 걸어야했다. 아마 두 번 다시 마시지 않겠지.

아직도 조금 아픈 머리에 치유 마술을 걸면서 방에 들어와서 난로에 불을 지폈다.

"후우…."

난로 안의 장작은 홀홀 작은 불꽃을 피웠다.

방이 따뜻해질 때까지는 아직 시간이 걸리겠지만 불을 보고 있으니 조금 마음이 놓였다.

"……."

난롯불을 보면서 주머니에 있는 것을 꺼냈다.

하얀 천이었다.

손수건은 아니다.

전이사건으로 모든 것을 잃어버리는 가운데 리랴가 내게 건네준 것…. 그래, 록시의 팬티다.

여행 도중 계속 주머니에 넣어두었다.

나는 그걸 두 손으로 들고 이마에 대고 눌렀다.

러스터 그리즐리와의 싸움 속에서 카운터 애로우의 멤버들을 보고 떠올린 것은 록시의 모습이었다.

록시, 그녀는 필사적으로 살았다. 나는 그녀가 생사의 위기의 상황에 빠진 장면을 본 적이 없지만, 그녀가 모험가였다는 말은 들었다.

아마 록시도 이번 '카운터 애로우' 멤버들과 마찬가지로 궁지에 처하면 그렇게 동료를 서로 감싸고 도우면서 살아남았겠지.

그리고 내 가정교사가 되었다.

가정교사가 된 그녀는 모험가로서 살아오며 배운 것을 내게 가르쳐 주었다.

산다는 것을 내게 실감으로 가르쳐 주었다.

그 실감은 그런 곳에서 나왔다.

"죽어도 좋다는 게 다 뭐야."

하얀 천을 내 가슴에 댔다.

"수중에 아무것도 남지 않았다는 게 다 뭐야."

흘러내리는 눈물에 천이 더러워지지 않도록 이마에 대면서 나는 웅크려서 통곡했다.

"윽… 흑…."

목소리에 울음이 섞여 나왔다. 훌쩍임이 멎지 않고 몸이 부들부들 떨렸다.

나는 분명히 받았다. 남아 있다.

조금 큰 것을 잃었다. 하지만 아직 내게는 남아 있는 게 있겠지.

떠올려, 이 세계에 왔을 때의 일을.

록시에 대한 것을. 그녀를 따라서 처음 밖으로 나갔을 때의 일을.

분명히 배웠다. 분명히 가르쳤다. 그것을 배신하면 안 된다.

록시만이 아니다.

가슴의 펜던트를 만졌다.

아마도 리랴가 만들었을 나무 펜던트.

그녀는 내게 헌신하였다. 언젠가 나와 재회할 때를 기다렸겠지.

파울로도 아직 미리스에서 노력하고 있겠지.

멀리 떨어져 있지만 아직 혼자가 아니다.

"…선생님, 나를 이끌어 주세요."

이런 곳에서 죽으면 안 된다.

괴로운 것은 괴롭다.

하지만 떠올려. **전에는** 더 괴로웠잖아.

될 대로 되라는 생각을 품어선 안 된다. 힘내, 해야만 하는 일을 하는 거야.

"…좋아."

마지막으로 짐에서 천 하나를 꺼냈다.

여행 동안 사내답지 않게 가지고 다닌 것, 에리스가 남긴 천 한 장, 추억의 물건이다.

나는 그걸 말없이 난로 안에 던졌다.

★ 사라 시점 ★

솔직히 얕보고 있었다.

그레이랫이라는 이름을 듣고 처음 떠오른 것은 내 고향을 다스리던 귀족이었다.

노토스 그레이랫. 밀보츠령의 영주다.

내가 어렸을 적에 병사를 데리고 마을에 와서 마물 사냥을 할 때 딱 한 번 본 적이 있었다.

기억은 흐릿하지만, 그 교활한 얼굴은 잘 기억한다.

루데우스는 그들과 많이 닮았다.

그레이랫이라는 이름은 아슬라 왕국에서 그리 드문 이름이 아니다.

하지만 그 태반은 하급, 중급 귀족이다.

시민이나 촌민 중에 그레이랫이라는 성을 가진 사람은 드물다.

아니, 애초에 그런 신분의 사람은 성 자체를 갖지 않는 경우도 많다.

나도 그렇다.

사냥꾼 부부 밑에서 태어난 나는 사라라는 이름밖에 갖지 않았다.

아버지도 어머니도 성 같은 건 없었다.

즉 루데우스 그레이랫이라는 이름의 이 소년은 귀족 도련님이다.

싸구려 로브를 걸치고 머리 손질도 안 해서 어디에나 있는 모험가를 가장한 모양이지만, 그 값비싼 지팡이 때문에 숨길 수 없었다.

세상 모르는 도련님이다.

그런 귀족 꼬맹이가 왜 아슬라 왕국과 멀리 떨어진 북방대지 같은 곳에 가려는 걸까.

그건 루데우스의 표정에서 추측할 수 있었다.

기품 있는 말과 달리 그늘이 있고 주위와 거리를 두려는 듯한 태도.

아마도 귀족이 간다는 귀족학교에서 무슨 안 좋은 일이라도 있었든가, 부모와 싸우기라도 했겠지.

요는 가출이다.

가출한 귀족 소년이란 것은 그리 드문 존재가 아니다.

나로서는 이해할 수 없는 일이지만, 다들 아슬라 왕국 귀족이라는 축복받은 환경을 받아들일 수 있는 것도 아닌 모양이었다.

그런 아이는 집이나 학교를 뛰쳐나와서 모험가가 되려고 한다.

귀족은 어릴 적부터 교육을 받는다.

읽고 쓰기, 산술은 물론이고 집안에 따라서는 검술도.

마술은 필요 없다고 무시하는 집안도 있다지만, 다니는 학교에 따라서는 초급 마술이 필수라는 이야기도 들었다.

어릴 적부터 검술이나 마술을 배우고 학교에서 나름 세상에 대해 배우면, 그런 풍요로운 기반 위에서 뛰쳐나오는 아이도 많다.

특히나 루데우스 정도 나이의 아이 중에 많다.

나도 여태까지 몇 차례 그런 귀족 아이를 호위한 적이 있다.

루데우스처럼 아슬라 왕국 밖에 나가고 싶다고 말하는 녀석은 없었지만… 대개 한두 차례 모험으로 공포가 앞서서 원래 있던 곳으로 돌아가게 된다.

개중에는 재능을 발휘하여 그대로 모험가가 되는 사람도 있는 모양이지만, 나는 본 적이 없다.

루데우스도 그런 귀족 도련님 중 하나라고 생각했다.

그리고 나는 그런 귀족 도련님을 싫어했다.

유복한 집에서 태어나서 아무 고생도 않고 교육을 받아서, 그냥 멍하니 있기만 해도 풍요로운 생활이 손에 들어온다.

그런 녀석이 모험가가 되려는 것에 나는 분노를 느꼈다.

아니, 백 발 양보해서 모험가가 된다는 것 자체는 그래도 용서할 수 있다.

그들에게는 모험가로서 살아갈 각오나 목숨을 잃을 각오가 전혀 없다.

마물과 만나서 부상을 입거나 동료가 위기에 빠지면 그들은 도망친다.

왜냐면 그들에게는 도망쳐서 돌아갈 장소가 있기 때문이다.

싫어지면, 무서워지면 돌아가도 된다. 그런 도주로를 준비하고서 모험가가 되려는 것이다.

도망칠 곳도 없이 모험가라는 일에 평생을 바치려는 사람이 있다고는 생각도 하지 않는다.

자기 도락에 어울린 끝에 부상을 입고 모험가 생명이 끝나 버린 인간의 말로 따윈 생각하려고 하지 않는다.

루데우스도 그런 녀석 중 하나라고 생각했다.

어머니를 찾으러 간다는 말을 처음 들었을 때에는 충격을 받았지만, 시간이 지나자 거짓말일 거라고 추측했다.

자기는 다른 녀석들과 다르다, 아슬라 왕국이 아니라 북방대지에서 모험가를 하겠다, 그렇게 생각하는 거라고만 보았다.

궁지에 몰렸을 때 이 녀석은 혼자서 도망칠 거라고 생각했다.

그러니까 아무것도 시키지 않고, 그냥 방해만 되지 말아달라고 생각했다.

솔직히 얕보고 있었다.

루데우스는 도망치기커녕 거의 혼자서 러스터 그리즐리떼를 처리했다.

상급, 어쩌면 성급 마술사라는 걸 숨기고 있었다.

그 사실에 나는 더욱 짜증이 났다.

도움을 받은 건 사실이고 일단 인사도 했지만, 솔직히 감사할 마음은 들지 않았다.

"사라, 언제까지 삐져 있을 거야?"

"아니거든!"

숙소로 돌아온 뒤에도 짜증은 가시지 않았다.

그 귀족 소년을 인정할 마음은 들지 않았다.

애초에 나는 귀족을 싫어한다.

"스잔느는 왜 그 녀석에게 눈독을 들인 거야?"

"왜냐니…. 가만히 놔둘 수 없잖아. 그렇게 조그만 애가 혼자 여행을 하다니. 나중에 죽었다는 말이라도 들으면 꿈자리가 사나울 거 아냐. 뭐, 실력을 보니 괜한 참견이었던 것 같지만."

"그냥 내버려두면 되잖아. 어차피 어머니를 찾는다는 건 거짓말이고 가출이나 그런 거겠지. 죽어도 자업자득이야."

"사라. 인정하기 싫은 마음은 알겠지만, 분명히 거짓말이 아니라는 걸 알면서 거짓말이라고 우기는 게 아냐."

나도 알고는 있다.

정말로 거짓말이라면 루데우스가 그런 행동에 나설 리가 없다는걸. 모험가 길드에서 눈물 같은 걸 보이지 않았으리란걸.

나도 알고 있다.

그의 말이— 피트아령 전이사건에 휘말리고 마술을 배우고 몇 년 걸려 돌아왔더니 집이 없어졌고 행방불명인 어머니를 찾는다는 게 사실이란 것을.

그런 가혹한 운명이 거짓말이 아니라는 것 정도는 그와 일단 함께 의뢰를 수행했으니까 알고는 있다.

"……."

하지만 마음 속 어딘가에서 루데우스를 거절했다.

왠지 절대로 인정할 수 없었다.

어쩌면 귀족 도련님의 도움을 받았다는 사실 자체를 인정하기 싫었을지도 모른다.

"흥. 이번에는 여유가 있었던 모양이지만, 어차피 자기 여유가 없어지면 도망칠 게 뻔해."

나는 스잔느의 말을 거부하듯이 침대에 기어들어가서 등을 돌렸다.

왠지 자꾸만 분했다.

제3화 진흙탕 루데우스

"후우…. 후우…."

나는 아침 해가 뜨기 전의 어둑어둑한 시내를 달리고 있었다.

내뱉은 숨결은 하얗고, 달리는 길에는 안개가 희미하게 껴 있었다.

다리를 움직일 때마다 버석 소리가 울리고, 기분 좋은 감각이 발바닥에 남았다.

경쾌하게 흘러가는 시내를 보면서 나는 그저 계속 달렸다.

"후우…."

숙소 앞에 도착해서 간신히 멈추었다.

"오늘 운동은 어때?"

심호흡을 하면서 실룩실룩 떨리는 다리의 목소리를 들었다.

오른다리 틴달로스와 왼다리 배스커빌.

사냥개처럼 민첩해지자고 이름 붙인 내 든든한 두 다리.

"후후, 그래, 그래. 좋아, 좋아."

강아지처럼 장난치는 근육들을 주무르면서 나는 숙소로 돌아갔다.

산책 후에는 확실하게 마사지를 해 줘야만 한다.

치유 마술은 안 된다. 그건 분명히 근육통을 완화시키지만 사랑이 자라질 않는다.

"오늘도 애썼다."

운동을 한 뒤에는 애정을 담아서 내 다리를 주무른다.

애정을 담으면 그만큼 근육은 애정으로 답해 준다. 그들은 절대로 배신하지 않는다. 내 노력에 반드시 응해 주는 존재다.

물론 이쪽의 애정이 부족해지거나 과도하게 괴롭혔을 경우에는 쉽사리 고개를 돌린다. 소중히 대해줘야만 하는 상대다.

그리고 여차할 때에 이 유대가 나를 구해 준다.

"어차, 물론 너희도 잊지 않았어."

다리 쪽을 끝마친 뒤에는 팔이다.

오른팔 헐크와 왼팔 헤라클레스.

다부져지라는 마음으로 이름 붙인 내 든든한 두 팔이다.

그들은 두 다리 다음에 상대한다. 마술사인 나는 별로 팔의 근육이 필요하지 않지만, 전혀 안 쓰는 것도 아니다. 인간은 여러 상황에서 두 팔을 쓴다. 단련하지 않으면 여러 상황에서 후회를 곱씹게 된다.

그들은 질투가 깊다. 게다가 서로 이어져서 정보를 공유하고 있으니까 안 쓴다고 했다간 바로 토라진다.

"자, 팔굽혀펴기 백 번, 원 세트부터."

바닥에 엎드려서 천천히, 하지만 몇 번이나 상체를 올렸다 내렸다.

횟수가 아니라 어디까지나 단련 자체를 목적으로 한 움직임이었다.

차례로 환희하며 떠는 헐크와 헤라클레스에게 격려의 말을 걸면서 차츰 무게를 올렸다.

나도 힘들다. 하지만 그들도 힘들다.

하지만 함께 힘들어한 기억은 분명히 나중에 우리의 유대가 되고 힘이 된다.

"후우…. 좋아, 수고했어, 애 많이 썼어."

칭찬하면서 마사지와 아이싱을 했다.

헐크와 헤라클레스도 만족한 모양이었다. 오늘도 호감도 상승을 느꼈다. 좋아, 좋아.

오늘도 좋은 땀을 흘렸다.

"…그럼 오늘도 잘 부탁드립니다."

뜨거운 물로 한바탕 땀을 씻어낸 뒤, 숙소 구석에 만든 제단에 기도를 올렸다.

그리고 제단에서 팬티를 들고 천으로 잘 싸서 주머니에 넣었다.

본디 그것을 제단에서 옮기는 것은 안 될 짓이지만, 도둑맞을 지도 모른다고 생각하면 어쩔 수 없다. 귀중품은 가지고 다니는 게 숙소에 묵을 때의 철칙이다.

"자, 오늘은 무슨 좋은 의뢰가 있으면 좋겠는데."

그렇게 중얼거리면서 나는 로브로 갈아입고 숙소를 나섰다.

그 뒤로 몇 달이 경과했다.

나는 근육 트레이닝이나 몸만들기를 재개하면서 예정대로 모험가로 일했다.

"진흙탕, 저번에도 고마웠어."

"역시 너는 든든해."

"그 원호 타이밍, 나도 한 수 배웠어."

나는 모험가로 그럭저럭 괜찮은 스타트를 끊었다.

"아뇨, 이쪽이야말로 고마웠습니다. 저는 도운 것에 불과합니다. 여러분의 실력이 있었기에 나온 결과지요."

"또 겸손이냐! 그만큼 활약했으면 보통은 잘난 척 좀 해야 되는 거 아냐?"

"뭣하면 우리 파티에 그대로 들어와도 좋은데?"

"아뇨, 그건."

"어이, 권유는 금지야."

"어차, 미안, 미안."

"아하하…."

나는 기본적으로 솔로로 일하며, 실력적으로 다소 어려운 의뢰를 받을지 고민하는 파티를 지원하고 용병처럼 따라가서 돕는 일을 계속하였다.

보수는 그 의뢰로 받는 금액의 1할 정도. 마물을 퇴치하고 입수한 수집품으로 나오는 수입은 내가 들 수 있는 양의 절반이 내 몫이다. 파티에 들어가는 것도 아니고 용병으로 따라가서 금전을 받는 행위는 모험가 길드로서 별로 바람직한 행위가 아니라고 들었지만, 일단 규약 위반은 아니라고 묵인되었다.

내 파티가 전멸하고, 그러고도 필사적으로 어머니를 찾는다는 걸 길드가 아는 탓도 있겠지.

분명 다른 도시로 이동하면 임시로 어느 파티에 들어가야만 한다.

다만 역시 다른 파티에 들어간다는 것에는 아직 거부감이 있었다.

"어찌 되었든 널 고용하길 잘했어. 또 부탁해."

공손하고 겸허한 태도로 대하면서 싸움 속에서는 자신의 존재를 어필한다.

그런 보람이 있는지 이 도시에서 '루데우스 그레이랫'의 이름은 제법 퍼졌다.

"여, 진흙탕!"

"진흙탕! 이번에는 우리 파티 좀 도와줘! 이제 막 출발하려는 참이야."

"죄송합니다, 오늘은 다음 의뢰를 좀 알아볼까 하고 나왔을 뿐이라서."

물론 단순한 루데우스가 아니라 '진흙탕 루데우스'라는 별명이 퍼졌다.

이건 내가 원호라는 이름으로 진흙탕이나 안개 마술만 쓴 탓이겠지.

티모시 흉내를 낸 탓인지, 태반의 모험가는 웃는 낯으로 나를 대해 주었다.

물론 거기에는 '저렴하고' '성능 좋은' '돈 가치를 모르는' '연하'라는 평가가 있기 때문이겠지. 다들 자기가 써먹기 좋은 상대에게는 미소를 보이는 법이다.

하지만 적어도 모험가 길드에 드나드는 사람들에게는 얼굴과 이름이 알려졌다.

이런 식이라면 시내에 소문이 퍼지는 날도 그리 멀지 않았다.

"여어, 진흙탕! 네 어머니 이야기를 어디서 들으면 너한테 전달되게 할 테니까."

"아, 잘 부탁드립니다."

며칠 뒤에 다른 도시로 이동한다는 파티가 엇갈리면서 그런 약속을 해 주었다.

활동은 실로 순조로웠다.

이대로 가면 제니스의 귀에 들어갈 날도 머지않겠지.

뭐, 물론 근처에 있을 경우의 이야기로, 근처에 있을 가능성은 실로 낮지만.

그래도 지금 이 도시에서 하는 활동이 헛수고라곤 생각하지 않았다.

이 도시에서 가능한 일이라면 다른 도시에 가서도 할 수 있다.

그리고 더 많은 도시로 이동하면서 북방대지 동쪽으로, 동쪽으로 이름을 퍼뜨리면 언젠가 제니스의 귀에도 들어가겠다.

석 달 만에 간신히 반응이 있는 정도. 확실성을 띠려면 한 도시에 1년 정도일까. 아득한 세월이 걸리겠지.

하지만 할 수밖에 없다.

그렇죠, 록시 선생님?

"어이, 또 뭘 비는 거야?"

"내버려둬. 경건한 녀석이야. 저번에도 길가에서 기도하더라고."

어차, 이런.

어느 틈에 또 록시의 팬티를 쥐고 간이기도를 올렸던 모양이다.

하지만 이게 있는 한 나는 괜찮다. 나는 해나갈 수 있다. 나는 더 노력할 수 있다.

록시 선생님이 지켜봐 주시는 한 나는 무적이다. 절대무적 루데우스 로봇이다. 로봇이다. 머신이다.

"흥…."

"뭐가 진흙탕이야."

"잘난 척이나 하고."

물론 그런 나를 아니꼽게 여기는 녀석도 있다.

하지만 신경 쓸 것 없다. 적어도 직접적으로 해코지하는 건 아니니까. 얌전한 태도를 지키고 괜한 짓을 하지 않는 한 내 편을 들어주는 세력이 강하다. 써먹기 편한 녀석의 기분이 망가지는 걸 바라지 않는 사람은 많다.

거슬리는 녀석들과는 얽히지 않도록 했다.

사실은 그들에게도 협력을 얻고 싶지만 무리하진 않았다.

내 목적은 인류 전체와 친해지는 게 아니니까. 효율 좋게 가자, 효율 좋게.

"아…."

그런 생각을 하면서 모험가 길드에서 나가려는 때에 낯익은 얼굴이 실내에 들어왔다.

사라였다.

"음⋯."

그녀는 내 모습을 보자마자 얼굴을 찌푸렸다. 기분에 거슬리는 모습이었다.

"뭘 보는 거야?"

"아니, 아무것도."

그녀와는 여전히 사이가 좋지 않았다. 첫 의뢰 때부터 내가 마음에 안 드는지 항상 이런 어조였다.

"지금 가는 거야?"

"예, 지금 막 의뢰가 끝나서 이제부터 숙소로 돌아가려는 참입니다."

"흐응, 우리는 이제부터 의뢰를 받을 건데 같이 갈래?"

"어어⋯. 으음⋯."

처음에 같이 일한 적도 있어서일까. 모험가 파티 '카운터 애로우'와는 몇 차례 같이 일했다. 같이 일한 횟수가 가장 많은 파티이기도 했다.

내 행동 목적을 생각하면 한 파티와 여러 차례 행동을 함께하는 건 효과가 별로다.

어느 정도 친해져서 내 힘과 목적을 알려주면 그 이상은 무의미하니까.

"어어, 내일 출발인가요?"

그렇긴 해도 왠지 나는 그녀들의 권유를 거절할 수 없었다.

스스로도 잘 알 수 없었다. 하지만 그들에게는 얼마 전에 내

안 좋은 부분을 보여 주고 말았으니까 은혜라도 좀 갚고 싶은 걸지 모르겠다.

그렇게 생각하고 물어보았는데, 사라는 입을 삐죽거렸다.

"항상 그렇게 고민하는데, 가기 싫거든 그냥 거절하면 돼. 꼭 너랑 가야 하는 것도 아니고."

여전히 사라는 퉁명스럽게 말했다.

그렇긴 해도 처음 만났을 때의 태도보다는 나아진 듯했다. 적어도 당초에 느꼈던 가시 돋친 분위기는 별로 느껴지지 않았다.

물론 딱히 사이가 좋아진 것도 아니지만….

아니, 나도 필요 이상으로 사랑받고 싶은 건 아니다.

"죄송합니다. 우유부단해서 결단에 시간이 걸리거든요."

"…그 경어도 그만두지? 기분 나빠."

사라는 태연한 얼굴로 그렇게 말했다.

딱히 비꼬거나 하는 게 아니라 진짜로 그렇게 생각했겠지.

물론 기분 나쁘다는 말을 들어도 그만둘 생각은 없었다. 앞으로는 얌전한 태도로 지내기로 결심했으니까.

"사라, 그만해."

그때 다른 멤버들도 들어왔다.

볕에 탄 피부에 고수머리를 하나로 땋은 스잔느였다.

그녀를 필두로 붉은 로브 차림의 티모시, 미미르, 패트리스가 들어왔다.

'카운터 애로우'의 멤버들이다.

"예~."

스잔느의 말에 사라는 입을 삐죽거리며 고개를 돌렸다.

"그래서 루데우스, 갈래?"

그 질문에 생각했다.

방금 전에 결단에 시간이 걸린다고 말했지만, 내 안에서는 이미 대답이 정해져 있었다. 결국 나는 망설이는 시늉을 할 뿐이었다.

"예, 참가할게요."

"그럼 먼저 의뢰만 정해 둘까."

"예."

사라의 푸념을 제외하면 '카운터 애로우'는 마음 편한 파티라고 할 수 있었다.

싹싹하니 잘 돌봐주는 스잔느에 인품 좋은 티모시. 말없는 기타 남자들.

파티로서의 밸런스도 좋은데다가 그들은 내가 있을 때의 연대 같은 것도 잘 갖추게 되었으니 전투도 아주 쉽다.

물론 거기에는 사라나 전위를 성장시키기 위한 흐름도 들어 있어서 나 혼자서 다 쓸어 버리는 형태가 되지 않으니 다소 답답하긴 하지만, 돕는다기보다도 공동 작업을 한다는 실감이 있었다.

다른 식으로 말하자면 동료…란 느낌.

"그럼 어떤 걸로 할까. 이번에는 루데우스도 있으니까."

"누님, 이건 어떨까요?"

"오, A급 채취 의뢰인가. 스노우 드레이크의 비늘…. 으음, 하지만 우리한테는 좀 짐이 무겁지 않아?"

"이번에는 루데우스도 있고, 다소 쏠쏠한 놈을 노려도 괜찮을 것 같은데."

게시판 앞에서 이러쿵저러쿵 말하는 것을 보니 왠지 그리운 기분이었다.

옛날에 에리스와 루이젤드도 이렇게 게시판 앞에 서서 이런저런 이야기를 나누었다.

정하는 것은 기본적으로 내 역할이었지만….

"…루데우스, 넌 어떻게 생각해?"

"예? 아, 저도 좋다고 생각합니다."

지금은 의견을 요구받는 쪽이다.

그런 면은 '데드엔드'와 달랐다. 나는 리더도, 서브리더도 아니고 바깥의 존재. 편하게 의견을 말하고 누군가가 정한다.

편하다.

"그럼 결정했어. 이걸로 가자."

스잔느의 말에 의뢰가 결정되었다.

이번에도 비슷한 의뢰지만 이런 게 차곡차곡 쌓여서 결과를 낳는다.

힘내자.

★　　★　　★

　다음날.

　준비를 마친 나는 '카운터 애로우' 멤버들과 함께 시외로 나갔다.

　목적지는 남쪽.

　로젠버그에서 이틀 정도 남하한 곳에 문제의 유적이 있다는 모양이다. 나도 아직 가본 적 없는 장소였다.

　일단 의뢰에 대해서도 예습해 왔다.

　'스노우 드레이크의 비늘의 채취.'

　스노우 드레이크란 것은 이 부근에서는 이 유적에만 생식하는 마물로, 그 이름대로 눈처럼 새하얀 비늘을 가진, 드래곤의 하위종족이다. 크기는 3미터에서 4미터 정도. 날개가 없기 때문에 하늘은 못 날고, 동굴이나 미궁 안 깊숙한 곳에 둥지를 틀고 무리지어서 생활한다.

　전투력이 높은데다가 무리를 짓기 때문에 그 강함을 따지면 S급으로 분류된다. 하지만 빛을 싫어하여 별로 밖으로 안 나오는데다가 비교적 온후한 성격이라서, 둥지를 습격하지 않는 한 저쪽에서 먼저 공격해 오는 일도 적기 때문에 위험도가 낮다고 간주되었다. 기껏해야 A급 상위일까.

　이번에는 그런 스노우 드레이크가 생식하는 갈가우 유적에 침입해서 유적 안을 탐색하고, 그 안에 떨어진 스노우 드레이크의 비늘을 모아 온다는 형태였다.

스노우 드레이크의 비늘은 단열성이 뛰어나기 때문에 주로 건축 자재로 이용된다. 이렇게 추운 지역에서는 여러 단열재가 있지만, 스노우 드레이크의 비늘은 특히나 고급품이다. 딱딱하고 튼튼하고 오래 가며, 더군다나 투명할 듯이 하야면서 빛을 반사하면 다소 푸른빛이 돈다. 그렇기 때문에 귀족 저택의 침실 등에 타일처럼 깔아서 사용한다.

혹은 갑옷이나 방패 등에도 이용된다. 바쉐란트 공국의 근위 기사단은 스노우 드레이크의 비늘을 사용한 갑옷과 방패를 가졌다고 한다. 모험가 중에서는 가진 사람이 소수지만, 이 부근의 마물에게 유효성이 높다고 해서 S급 모험가 중에는 스노우 드레이크의 비늘을 사용한 장비를 갖춘 자도 있다.

이 부근에서 가장 강한 마물은 이 대륙의 마물들끼리 싸웠을 때에도 가장 강하다. 그러니까 다른 마물과 싸울 때에 그 소재를 사용한 장비는 유효하다는, 알기 쉬운 이야기였다.

우리는 앞으로 그런 마물의 생식지에 침입한다.

물론 둥지에는 가까이 가지 않겠지만, 유적에는 스노우 드레이크 이외의 마물도 많이 생식하고 스노우 드레이크도 온후하다고 해도 무슨 이유로 공격해 올지 알 수 없다.

그런 고로 파티 멤버들 사이에서도 다소 긴장이 떠도는 듯했다.

유적에 침입하기 전에 야영하면서 회의를 가질 때도 평소보다 더 꼼꼼하게 확인했다.

"이번에 화룡뼈로 만든 화살촉을 가져왔는데, 혹시 통할지도 몰라."

"그럼 독도 써 볼까?"

"빛을 싫어한다면 불로도 쫓을 수 있지 않을까?"

"그걸로 쫓을 수 있으면 S급에 가깝다는 소리가 안 나오겠죠."

그들은 진지했다.

각자가 각기 정보를 모아서, 자기가 할 수 있는 최고의 효과를 내려는 자세였다. 여기에 각자의 능력이 더 높았으면, 아니 파티 멤버가 7명이 다 갖춰졌으면 A급으로 간단히 올라갔겠지.

다만 그들처럼 너무 고지식한 자세는 모험가 중에서도 꽤나 이단적이었다.

보통은 더 적당히 하는 법이다.

"아까부터 아무 말도 없는데, 방해는 하지 마?"

"예, 물론입니다."

"진짜 부탁해. 안 그래도 내 화살이 안 통할지 모르니까…. 네 근처까지 적이 오면 원호하지 못할지도 모르니까…"

사라도 이번에는 긴장한 듯했다.

정확하기 그지없는 사격능력을 가진 사라지만, 아주 단단한 비늘을 가졌다는 상대에게는 약하다.

물론 눈이든 입이든 노릴 장소는 많지만 불리한 건 틀림없고,

그렇게 슬금슬금 더 불리해지는 경우도 많다.

그리고 사라의 화살에 버티거나 회피하는 마물은 A급 중에 얼마든지 있다.

이번 스노우 드레이크도 그런 상대다.

이번 유적에 있는 다른 마물은 대단할 것 없지만, A급 이상의 마물과 싸울 때면 사라의 공격이 화력으로 간주되지 않는 경우가 많다는 소리다.

답답한 심정이겠지.

물론 모험가란 그런 것이다.

혼자 힘으로 할 수 있는 일은 그리 많지 않다. 나도 혼자선 아무것도 할 수 없다.

뭐든지 할 수 있다고 자랑했지만 보다 강한 상대에게 두들겨 맞고, 이해했다고 생각했더니 뒤를 찔리는 게 세상이다. 고로 겸허하게 살아야만 한다.

사라는 아직 젊고 여태까지 그리 좌절을 맛보는 일도 없었겠지.

이번에도 자기가 잘못하면 다른 멤버가 어떻게 될지 모른다는 정도의 마음일 것이다.

뭐, 그런 건 다른 멤버나 내가 잘 서포트하면 되겠지.

그래도 안 된다면 그때는 그때다.

"별로 부담가질 것 없어요. 우리의 의뢰는 어디까지나 채취, 스노우 드레이크랑 싸우는 게 아니죠. 놈들이 떨어뜨린 비늘을 조금 청소할 뿐인 이야기니까요."

"그래, 가급적 싸우지 않도록 움직이자고."

"여차하면 도망치면 돼."

"넌 도망은 빠르지."

"미미르, 도망이 제일 빠른 건 너잖아?"

티모시의 말에 모두가 웃으며 멤버의 긴장이 다소 풀렸다.

평소엔 조용한 티모시도 필요할 때에는 필요한 말을 할 수 있다. 나도 참고로 삼고 싶다.

"좋아, 그럼 가자."

스잔느가 손뼉을 치자, 다른 멤버는 표정을 다잡고 일어섰다.

유적 입구는 계곡을 내려간 곳에 있었다.

계곡의 절벽 밑, 얼음이 떠 있는 강 옆에 뻥하니 뚫린 동굴이었다.

동굴은 절반 정도 얼음으로 뒤덮였고, 고드름이 차양처럼 나 있어서 절벽 위에서는 잘 안 보였다.

아니, 유적이라기보다는 곰 둥지라고 하는 편이 그럴듯한 모습이었다.

잘못 안 게 아닐까 싶은 느낌도 들었다.

하지만 10년 정도 전에 어느 모험가가 우연히 발견한 갈가우 유적의 입구에 대해서는 이런 느낌이라는 정보는 있었다. 그 내부에 대한 정보는 거의 없기 때문에 잘 모르겠지만.

"정말로 여기 맞나?"

스잔느의 말은 내 본심이기도 했다.

"사람 발자국이 있으니까 아마 틀림없어."

사라가 가리키는 곳에는 분명히 발자국이 있었다.

정확한 숫자는 모르겠지만, 상당수의 인간이 드나든 걸 알 수 있었다.

"어라, 발자국이라니…. 혹시 더블부킹 아냐?"

"아니…. 발자국 자체는 대엿새 전의 것 같으니까 그건 아닐 거야."

"하지만 선객이 있을 가능성은 있어."

"동굴 밖으로 나가는 발자국도 있으니까 돌아갔을 가능성도 있어."

사라와 스잔느의 대화를 들으면서 나는 동굴에 들어갈 준비를 했다.

미리 준비해둔 횃불을 꺼내고 끝에 불을 붙였다. 동굴 탐색의 필수품이다. 램프를 써도 좋지만, 횃불에 붙인 불 그 자체가 무기가 되는 경우도 있고, 어느 정도 난폭하게 다뤄도 불이 꺼지지 않기 때문에 전투 때 내버리더라도 광원으로 쓸 수 있다.

동굴 안에 가스가 차 있을 경우에는 눈뜨고 못볼 꼴이 될지도 모르고 불을 너무 썼다간 산소결핍이 될 우려도 있지만, 그런 걱정을 할 거면 처음부터 동굴에 안 들어가는 편이 낫다.

사실은 더 광량이 강하고 횃불을 대신할 만한 게 있으면 좋겠는데.

LED 랜턴 같은 게 필요하다.

"곳곳이 얼어 있으니까 발밑을 조심해."

횃불을 선두에 서는 스잔느에게 건넸다.

미궁 탐색 때에는 횃불을 가진 멤버를 정하는 경우도 있는 모양이지만, 우리의 경우는 전원이 가진다. 밤눈이 밝은 사람은 없고, 활잡이인 사라가 있으니까 밝으면 밝을수록 좋다.

여섯 명이나 불을 들면 대낮처럼 환한 정도는 아니더라도 스트레스를 느끼지 않을 정도로 밝다.

"……."

동굴에 들어가면 잡담은 끝난다.

다소 내리막길인 외길 동굴을 말없이 전진했다.

마물의 수는 적었다. 때때로 나오는 벌레 같은 마물은 선두에 있는 스잔느가 혼자서 정리할 수 있을 정도로 약해서, 지금으로선 전투다운 전투가 일어나지 않았다.

이 좁은 외길 동굴에 대량의 마물이 나온다면 그건 그거대로 문제다. 여기서부터 마물이 많아진다면 철수도 생각해야만 하겠지. 설령 안쪽으로 들어갔더니 마물이 전혀 안 나온다고 해도.

발밑에는 때때로 얼음이 얼어 있어서 주의하지 않으면 금방 미끄러질 것 같았다.

일단 대책으로 부츠 바닥에 스파이크를 달았지만 넘어질 때는 넘어진다.

"앗!"

"어차."

눈앞에 있던 사라의 몸이 주르륵 기울어서 즉각 손을 뻗어 붙잡았다.

이럴 때에 예견안은 편리하다.

이럴 때고 뭐고 예견안이 도움이 되지 않았던 적은 여태까지 한 번밖에 없지만.

"……어딜 만지는 거야?"

"딱히 만지지 않았어요."

메마른 지면에 내려주자, 사라는 자기 가슴을 누르면서 힐끗 뒤쪽을 노려보았다.

"……."

사라의 얼굴은 붉었고, 그 눈은 아직 나를 노려보고 있었다.

가슴을 만졌다고 화내는 걸까. 만졌다고 해도 내 손에는 딱딱한 감촉밖에 남아 있지 않았다. 가슴을 만진 게 아니라 가슴바대에 손이 닿았을 뿐이다. 그런 걸로 화내도 곤란하다.

나도 그 정도로 흥분하지 않는다.

예전이라면 그래도 조금 두근거렸을지도 모르지만, 나는 이미 동정이 아니고.

"미안합니다."

그래도 일단 사과했다.

하지만 동굴 자체가 좁기 때문에 아무래도 대열의 간격도 좁아지는군.

현재 스잔느와 패트리스가 선두에 나란히 서고, 미미르와 사라, 나와 티모시의 2열종대로 가고 있었다.

내 눈앞에는 사라의 목덜미가 있지만, 나보다도 다소 키가 작은 그녀는 자기 앞에 패트리스가 있으면 아무것도 안 보이지 않을까.

열에서 살짝 옆으로 나와서 사선과 시야를 확보하고 싶지만, 아쉽게도 공간이 부족하니 이대로 갈 수밖에 없었다.

여차할 때에는 전위 두 사람의 앞에 흙벽을 만드는 것도 생각해둘까.

"…오."

그렇게 생각하는데 갑자기 동굴이 끝났다.

밖으로 나왔나 싶을 정도로 밝아지고 시야가 트였다.

"오 오…."

올려다보니 천장에는 푸르스름한 빛을 띠는 무수한 뭔가가 있었다.

이끼, 아니면 보석 같은 걸까. 판별할 수는 없었지만, 그것들이 내뿜는 빛이 횃불 없이도 괜찮을 만큼 주위를 밝히는 건 틀림없었다.

길도 넓어졌다. 여태까지 두 사람밖에 통과할 수 없었던 길이 다섯 명은 통과할 수 있을 정도로 넓어졌다.

또 그 안쪽, 길 가장자리 중 한쪽은 절벽이었다.

절벽 아래쪽은 어두워서 잘 안 보였지만, 호수 아니면 강인 듯했다. 호수라면 지저호겠지. 분명히 거대한 물고기가 살고 있을 게 틀림없으니 떨어지기는 싫다.

그리고 길 끝. 절벽을 따라서 똑바로 난 길 끝에 목적하던 게 있었다.

다소 무너지긴 했지만 거대한 요새 형태의 건축물이었다.

저게 갈가우 유적이다.

"갈가우 유적은 제1차 인마대전 때 세워진 요새입니다. 만든 건 당시 5대마왕으로 공포를 샀던 지저마왕 '라곤하곤'."

티모시가 조용히 말했다.

죽을 때 파괴신을 불러낼 것만 같은 이름이었다.

"마왕은 신급 흙 마술을 썼으며, 저렇게 인간의 손이 닿지 않는 위치에 요새를 만들고 땅 속에 길을 뚫어서 대규모의 기습을 특기로 삼았다고 합니다."

"헤에…. 잘 아네요, 티모시 씨."

"이 부근은 지저마왕과 인간의 격전구였던 모양이라, 옛날이 야기로 그런 이야기가 다소 남아 있습니다. 나도 예전에 자주 들었지요."

구전인가.

하지만 이런 땅 밑에 저렇게 커다란 요새를 지을 정도니까 사실이겠지.

저런 걸 많이 만들어서 지면에 구멍을 뚫고 기습한다. 성벽은 의미를 잃고 언제 공격을 받을지 불안한 나날이 이어지는 병사들…. 그런 적을 상대로 인간은 용케 전쟁에 승리했구나.

"티모시는 라노아 왕국 출신이었지."

스잔느가 문득 떠오른 것처럼 뒤를 돌아보고 그렇게 말했다.

"예, 라노아 왕국의 이름 없는 마을에서 태어나서 마법대학으로 이름 높은 마법도시 샤리아에서 자라며 꿈을 꾸었죠. 그리고 아슬라 왕국에 와서 모험가가 되었다가 현실을 알고 지금에 이르렀습니다."

라노아 왕국인가.

나도 언젠가 가게 되겠지.

"적이다!"

멍하게 생각하는데 사라가 소리치며 횃불을 내려놓고 활을 들었다.

시선을 돌려보니 1미터 정도 크기의 검은 뭔가가 퍼덕퍼덕 날아오는 참이었다. 상당한 속도였다.

"자이언트 배트!"

"진형! 후위에게 맡겨!"

사라의 보고에 스잔느가 소리치고 내 바로 눈앞에 패트리스가 벽처럼 섰다.

나와 사라와 티모시를 스잔느와 패트리스, 미미르가 지키는 진형.

하늘을 나는 적, 또한 공간이 넓다고 해도 바로 옆이 절벽 같은 장소에서는 함부로 움직이기 힘들다.

전위가 될 만한 세 사람이 벽이 되고, 나머지 세 사람이 격추하는 것이다.

"얍!"

사라가 작은 기합소리를 내면서 화살을 연사했다. 엄청난 속도로 나는 자이언트 배트를 향해 화살이 빨려들 듯이 날아가고 헤드샷. 자이언트 배트 한 마리가 나선을 그리면서 절벽 밑으로 떨어졌다.

첫 공격부터 아름다운 편차사격. 예술적이다.

"작은 연기가 거대한 은혜를 불사를지니! '프레임 스로워'."

티모시는 그런 예술적인 짓을 하지 않는다.

두 손을 하늘로 쳐들고 광범위로 공격하는 불 마술을 써서 자이언트 배드를 요격했다. 순식간에 박쥐 두 마리가 호수를 향해 떨어졌다.

"'윈드 블래스트'."

나는 더 대충이었다. 두 팔을 펼치고 공중에 폭발을 일으킬 뿐.

저 크기의 박쥐라면 이걸로 충분하겠지. 그런 눈대중처럼 나머지 자이언트 배트의 날개에 구멍이 뚫리고 비행하기 힘들어져서 떨어졌다.

비틀거리며 고도가 떨어지는 거대한 박쥐를 보고 한숨 돌렸다.

그렇게 생각한 순간 호수에서 뭔가가 모습을 드러냈다.

"오오…"

"우어어…"

남자들의 감탄사와 사라의 불쾌해하는 목소리.

호수에서 모습을 보이며 박쥐를 덥썩 먹은 것은 더 거대한 개구리였다.

흉흉한 청색과 흑색의 대비는 독개구리 같았다. 틀림없이 독이 있겠지.

크기는 판별하기 어렵지만, 1미터짜리 박쥐를 파리라도 먹듯이 덥썩 한 입에 먹을 정도였다. 5미터, 혹은 그 이상일까.

아주 쌩쌩하니, 먹이가 더 안 떨어지나 싶어서 주위를 두리번거리는 것 같았다.

이런 추위에 동면도 하지 않는 걸 보면 마물이라고 해도 터프하군.

"저기로 떨어지긴 싫어."

조용히 중얼거린 스잔느의 말에 사라가 소름끼친다는 듯이 고개를 끄덕였다. 그녀는 개구리를 싫어하는 걸지도 모르겠다. 개인적으로는 애교 있는 얼굴이라고 생각하는데….

마대륙에서는 개구리 같은 얼굴의 종족도 있었다. 꺼리기만 해선 살아갈 수 없다.

"떨어지지 않도록 조심하면서 전진하죠."

티모시의 말에 우리는 절벽의 길을 가기 시작했다.

갈가우 유적은 정말 커서 가까이서 보면 압도되었다.

높이는 5층 정도, 폭은 중학교 건물 정도 될까. 얼마나 넓은 지는 알 수 없었지만, 바위에 파묻히듯이 존재하는 걸 보면 상당히 넓다고 보면 되겠지.

이 세계에서 본 건축물 중에서 1, 2위를 다툴 정도의 크기… 는 아니지만, 이렇게 큰 게 지하에 존재한다는 것에 놀라움을 감출 수 없었다. 흙 마술로 만들었을까.

거기로 들어가는 입구는 정문이 아니라 뒷문, 혹은 건물 벽에 난 단순한 구멍 같은 것이었다.

또 거기서 보이는 풍경도 좋았다.

왼쪽으로는 우리가 오랫동안 내려온 절벽의 길, 오른쪽으로는 거대한 공간이 있고, 조용한 호수가 그 밑에 펼쳐졌다. 내가 원래 있던 세계에서도 이런 광경은 좀처럼 볼 수 없겠지. 보려고 하면 게임 안이나 영상 안뿐, 그야말로 판타지 세계다.

하지만 거기에는 영상으로 알 수 없는 뭔가가 있었다. 냄새와 공기, 때때로 거대한 개구리가 철벅 소리를 내며 호수에 거품을 만드는 것이 소름끼치는 현실감을 주었다.

저기서 헤엄치면 어떻게 될까, 라는 생각을 떠올리면서도 나는 그 광경을 그저 멍하게 바라보았다.

"언제까지 보고 있을 거야?"

"아, 아뇨, 지금 갈게요."

사라의 재촉에 대열로 돌아왔다.

"건물 같은 거 좋아해?"

"딱히 좋아하는 편은 아니지만, 이런 장소는 본 적이 없어서."

"흐응….."

지금은 일하는 중이다. 카메라라도 있으면 찍었겠지만 그럴 틈은 없었다. 얼른 임무를 마치고 시내로 돌아가야만 한다.

나밖에 없는 그 쓸쓸한 방으로….

"……."

고개를 내저어서 안 좋은 생각을 떨쳐내면서 앞을 보았다.

"이게 제1차 인마대전 때 마족의 요새인가….."

일단 마대륙을 여행한 적도 있기 때문에 마족의 건축물이란 것은 많이 보았다.

리카리스 시에도 있는 키시리스 성을 시작으로 크고 이상한 느낌의 성은 많았다.

이 유적도 그런 느낌이었지만, 역시 다소 오래되었다고 할까, 내가 본 건축물과는 미묘하게 느낌이 달랐다. 어쩌면 여기가 전투용으로 만들어진 탓일지도 모르겠다.

전체적으로 큼직하게 만들어졌고 천장 높이는 5미터 정도나 되었다. 하지만 그에 비해 통로가 다소 좁기 때문에 언밸런스한 인상을 받았다.

천장이 높은 것은 병사의 키가 전체적으로 컸기 때문일지도 모르겠다. 마족은 인간과 달리 여러 녀석이 있으니 거기에 맞췄겠지.

통로가 좁은 것은 공격을 받을 때를 생각한 걸까.

"으음…. 스자, 다음은 오른쪽이다."

"알았어."

어느 틈에 티모시가 유적 지도를 한손에 들고 걷고 있었다.

간간이 사람이 드나들기 때문에 그런 것이 만들어졌겠지.

"이거야 원, 마족은 무슨 생각으로 이런 복잡한 구조로 만든 건지."

티모시가 내 옆에서 한숨을 내쉬었다.

슬쩍 지도를 들여다보자 미로 같은 구조의 내부가 보였다.

분명히 언뜻 봐선 멋지니까 이런 구조로 했다고 할 만한 구조였다.

마족이라면 그런 짓을 해도 이상하지 않지만….

"그들은 우리와 몸 구조도 다르니까 이건 이거대로 편리했을지도 모르지요."

"그런 걸까요."

이런 땅속에도 군대로서 싸웠다면 하늘을 나는 녀석이나 벽에 달라붙는 녀석도 있었겠고, 그런 녀석이 있다면 이렇게 높은 천장에 좁은 통로, 어수선한 구조도 납득이 갈지 모르겠다. 예를 들어서 저 통풍구처럼 보이는 천장의 구멍은 사실 그런 종족을 위한 통로였다…든가.

일부라고 해도 마족은 다닐 수 있고, 인간은 다닐 수 없는 통로. 그런 게 있다면 여차할 때에 도움이 되겠지.

"……."

그렇기는 해도 아까부터 마물의 모습이 없네.

유적 내부에는 곤충 계열이든 양서류든 마물이 많다는 정보가 있었는데, 아까부터 한 마리도 나오지 않았다. 뼈는 여기저기에 떨어져 있고 핏자국 같은 게 달라붙은 곳도 있는데, 마물 자체의 모습은 보이지 않았다.

물론 안심할 수 있는 상태는 아니었다.

그때 문득 바람 소리 같은 게 들렸다. 휴오오오오, 하고 등골이 오싹해지는 소리가.

"적습이다!"

그 소리를 들은 순간 미미르가 갑자기 외쳤다.

그 목소리에 나는 전방을, 후방을, 위를 보았지만 적의 모습이 보이지 않는 것에 위화감을 느꼈다.

"어디인가요?!"

"발밑!"

적은 아래에 있었다.

길 곳곳에 떨어져 있던 해골이 덜걱덜걱 소리를 내면서 천천히 일어서는 참이었다.

인체 골격이었다.

아니, 그게 아니라 스켈톤이다.

그리고 움직이는 해골을 쫓아온 것처럼 길 저쪽에서 반투명한 뭔가가 모습을 보였다.

거기에 목은 없었다. 다리도 없었다.

홀쭉한 인간의 몸을 가졌고 낡은 망토를 나부끼면서 천천히 미끄러지듯이 이쪽으로 다가왔다.

유령이었다.

"스켈톤이랑 레이스예요!"

"아슬아슬할 때까지 끌어들여! 패트리스!"

"음!"

"사라랑 티모시랑 루데우스는 뒤! 스켈톤만 노려!"

"예!"

그 말에 나는 뒤를 돌아보았다. 녹슨 검을 든 해골이 덜걱거리며 이쪽으로 다가오는 게 보였다. 꽤 빨랐다.

"비켜!"

후위인 나와 티모시를 지나쳐서 사라가 앞으로 나섰다.

그녀는 활을 등에 메고 대신하는 무기로 커다란 나이프도 가졌다.

"루데우스, 스켈톤은 타격에 약해!"

"그거라면 자신 있어요!"

나는 손을 스켈톤에게 돌렸다.

타격에 약하단 소리는 내가 상대할 적이란 소리다.

"'스톤 캐논'!"

내가 가장 특기로 삼는 마술이 선두를 달리는 스켈톤과 부딪쳐서 가루로 만들었다. 바위 탄환은 그대로 관통하여 뒤쪽의 스켈톤도 박살냈다.

"불확실한 신이여! 내 외침에 답하여 적을 깨뜨려라! '스톤 캐논'."

한 발 늦게 티모시도 스톤 캐논을 날렸고, 그의 스톤 캐논은 한 마리를 박살내고 멈추었다.

내 승리로군…. 아니, 경쟁할 때가 아니지만.

"이쪽은 정리…."

"아직입니다!"

돌아보며 스잔느 쪽을 원호하려던 내 몸은 티모시의 고함소리에 다시 정면을 향했다.

"!"

시야에 들어온 것은 스켈톤이었다.

내가 박살낸 스켈톤이 서서히 다시 모여서 또 하나의 인간 형태로 변하려고 했다.

"스켈톤은 레이스가 살아 있는 한 불사신입니다!"

그런가, 그러고 보면 그랬다.

스켈톤은 불사신. 불태워도 불이 붙은 채로 움직이고, 완전히 다 타도 재에서 부활한다.

가장 유효한 것은 타격 공격. 그게 가장 빠르게 행동불능으로 만드는 방법이다.

그리고 스켈톤이 행동불능인 사이에 레이스를 쓰러뜨려야만 한다.

레이스는 불 마술로 소멸시킬 수도 있지만 그건 어디까지나 일시적인 것으로, 불 마술로 사라진 레이스는 잠시 뒤에 부활한다고 한다.

저 유령에 대해 가장 유효한 것은 신격 마술이다. 불 마술보다도 압도적으로 빠르고, 그리고 완전히 소멸시킬 수 있다. 신격 마술로 죽은 레이스는 부활하지 않는다.

내친김에 말하자면 스켈톤도 신격 마술을 맞으면 빛의 입자로 변하여 소멸하는 듯하지만 레이스를 쓰러뜨리지 않는 한 스켈톤은 무한하게 소환되는 듯했다.

"어머니 대지에게 은혜를 내리시는 우리 신이여! 도리에 등을 돌린 어리석은 자에게 신벌을 내리소서! '엑소시스트 레이트'!"

그리고 아무래도 미미르는 그걸 쓸 수 있는 듯했다.

들어본 적 없는 주문에 힐끗 돌아보자, 미미르가 쏜 빛덩어리가 레이스에게 직격하는 참이었다.

"끼에에아아아아아!"

레이스가 단말마를 남기고 사라졌다.

그 반투명한 몸이 갈가리 찢기고 빛의 입자가 되어 소멸했다.

동시에 스켈톤도 지지대를 잃은 것처럼 산산이 무너졌다.

"좋아, 이제 없어! 대열을 정비해!"

스잔느의 말에 사라가 내 옆을 빠져나가 앞에 섰다. 미미르도 중위로 돌아와서 진형이 원래대로 돌아왔다.

그렇기는 해도 저게 신격 마술인가.

"신격 마술은 처음 봤네요…. 유령계 마물도."

"나도 이걸로 두 번째예요. 처음에는 영문도 모른 채 동료가 한 번 죽어서 힘든 경험을 했기에 배웠지요."

"그때 미미르 씨는 없었나요?"

"예, 아직 이 파티가 되기 전의 이야기니까요. 다만 여차할 때를 위해서 연대 연습을 해두길 잘했네요."

티모시와 이야기하는데, 사라가 이쪽을 돌아보고 입가에 손가락을 대는 포즈를 취했다.

우리의 대화가 시끄러워서 소리가 안 들리는 거겠지.

"실례."

느긋하게 잡담이나 할 장소도 아니었다.

방심이 죽음으로 이어지는 건 틀림없다.

…하지만 유령계 마물까지 나오다니 기분 나쁘네.

그 유령, 언뜻 보기론 전사 같았는데… 어쩌면 제1차 인마대전 때의 망령이 아닐까…. 아니, 설마. 그런 역사적 유령이 사람들이 그럭저럭 드나드는 이런 유적에 출몰할까. 그래, 최근 몇 년 내로 죽은 모험가겠지.

나무아미타불, 성불하길.

"여기로군."

스잔느의 말에 정신을 차렸다.

시선을 주니, 미로 같은 통로가 끝나고 다소 큰 공간이 펼쳐져 있었다.

100미터 정도는 될 법한 널찍하고 긴 복도, 무너진 계단, 양쪽에 죽 이어진 것은 거대한 석상. 명백히 이 앞에 중요한 장소가 있습니다, 라고 말하는 듯한 장소였다.

"오오."

그리고 그 바닥.

거기에는 대량의 하얀 비늘이 흩어져 있었다. 그야말로 흩어진 벚꽃잎처럼.

우리가 찾던 것, 스노우 드레이크의 비늘이었다.

고급품인데도 그야말로 쓸어다 버린 것처럼 떨어져 있었다.

정보에 따르면 여기는 스노우 드레이크가 둥지에서 먹이를 잡으러 가는 루트라서, 먹이를 잡기 전에, 혹은 잡아온 뒤에 여기서 곧잘 **털다듬기**를 한다는 모양이다. 비늘을 모을 거면 여기라고 했다.

"안쪽은 스노우 드레이크의 영역이야. 제일 안쪽에 있는 저석상보다 안으로 들어가지 않도록 해. 다들 알았지?"

"음!"

스잔느의 목소리에 남자들이 대답하고 제각각 상정한 대로 비늘을 모았다.

나는 사라, 티모시와 함께 전후좌우를 경계했다. 정보에 따르면 안쪽에서는 스노우 드레이크가, 뒤나 옆, 2층에서는 자이언트 배트나 붉은눈 두더지, 마이코니드, 레이스 같은 마물이 출몰한다.

스노우 드레이크가 나오면 그늘, 혹은 방금 전의 통로에 숨고, 기타 마물이 나오면 퇴치한다.

그러면서 비늘을 모아서 여섯 개 들고온 주머니에 가득 채우면 완료. 귀가다.

스노우 드레이크와 전투 상태가 되면 큰일이지만… 그래도 A급이라고 할 수 없을 만큼 편한 의뢰라고 할 수 있겠지.

본디 마물과의 전투가 더 많았어도 이상하지 않겠지만, 꽤나 마물의 숫자가 적네. 레이스밖에 나오지 않았다.

이럴 때에는 보통 무슨 일이 일어난다. 조심해야지….

"……."

그렇게 생각하면서 스노우 드레이크의 둥지 쪽을 경계했다.

제일 안쪽에 서 있는 석상 방향. 사슬을 단 손을 허리에 대고 다리를 벌리며 서 있는 반바지에 가슴바대, 망토를 둘렀을 뿐인 차림의 요염한 여자 석상. 머리 부분만 떨어져서 없어진 게 아쉽다.

저 다리 사이에 있는 커다란 입구 안쪽, 그리고 한동안 더 전진한 곳에 스노우 드레이크의 영역이 있다니까 나온다면 저기로 나오겠지.

"……."

그렇기는 해도 저 석상의 모습, 어디서 본 적이 있는 것 같은데….

아! 그건가? 이 석상, 혹시 키시리카 키시리스인가?

내가 전에 본 것은 로리 같은 모습이었는데, 설마, 아니, 그건…. 하지만 저런 석상은 꽤나 미화해서 만드는 법이다. 저렇게 미녀로 그리는 것도 이상하지 않지.

그렇기는 해도 너무 날조한 거 아닌가? 특히나 저 가슴 부분이라든가 키라든가.

으음…. 크네….

"어차, 이런."

집중이다, 집중.

언제 적이 나타나도 괜찮도록, 언제 불의의 사태가 일어나도 괜찮도록 집중.

그렇기는 해도 가슴을 봐도 별로 흥분하지 않게 되었군. 생생한 감촉을 알았기 때문일까.

난 이제 동정이 아니야….

"…뭐지?!"

티모시가 외쳤다.

동시에 내 귀에 날카로운 울음소리가 들어왔다.

"안 좋은 예감이 드는데요…."

"전원 전투준비! 등짐은 옆쪽에 모아 주세요!"

안 좋은 예감은 적중한다.

밀집대형을 만들고 경계에 임했다. 주위에서 울리는 울음소리는 아무래도 유적 안쪽에서 들려오는 듯했다. 점차 커졌다.

"……."

긴장하면서 주위로 눈짓했다.

울음소리의 숫자는 많았다. 혹시 마물이 대량으로 솟아나온다면 여태 모은 비늘만 가지고 얼른 돌아가는 것도 수다. 세 사람에서 각기 모은 등짐은 세 개. 그게 모두 다 가득 찼으니 의뢰 규정치에는 도달했을 터였다.

스잔느도 주위의 비늘과 등짐을 보았다가 울음소리를 들었다.

"…소리가 이쪽을 향하는 것 같진 않아. 나는 얼른 모으는 쪽이 좋다고 생각해."

스잔느는 그렇게 말하고 빈 등짐에 눈짓했다.

분명히 울음소리는 멀었고, 우리를 향한 것도 아닌 것처럼 느껴졌다. 우리와는 다른 누군가가 스노우 드레이크를 시끄럽게 만든 거라면 그 틈에 모으는 것도 선택지 중 하나다.

하지만 그건 결국 예상에 불과하고 그 다툼에 휘말려들 가능성도 있다.

안전책을 택하여 의뢰를 최저치로 달성할 것인가, 아니면 조금 위험한 선에 들어가더라도 의뢰를 최대치로 달성할 것인가…. 이렇게 경계하는 것만으로도 점점 위험선이 가까워진다. 물론 아무런 일도 일어나지 않을 가능성도 있지만, 도망치든 모으든 얼른 정하고 싶다.

"나도 모으는 쪽이 낫다고 생각해."

"나도 그렇게 생각합니다."

"조금 남았고."

사라, 미미르, 패트리스는 스잔느의 의견에 동의했다.

솔직히 나는 도망치는 편이 낫다고 생각했다. 하지만 아쉽게도 나는 이 의뢰에 실패해도 아무런 리스크가 없다. 의뢰 실패의 위약금을 내지 않아도 되는 입장에 있다. 그러니 아무 말도 할 수 없었다.

"좋아. 그럼 얼마 안 남았으니까 얼른 모으지요."

티모시의 말에 채취가 재개되었다.

경계는 전보다 강화했지만 울음소리는 차츰 커지고 더 시끄러워진 듯했다.

나는 지팡이를 움켜쥐고 석상을 바라보았다.

목소리는 멀었다. 이쪽을 보고 있으면 이쪽에서 들려오는 것도 같지만, 유적 안에서 메아리 치기 때문인지 뒤쪽에서 들리는 것도 같았다.

아예 우리가 온 통로 외에는 흙 마술로 막아 버리는 건 어떨까.

아니, 그러다가 우리가 온 길 쪽에서 마물이 쏟아져오면 대책이 없다.

진정해. 무슨 일이 일어나고 있는지 모르면서 무슨 짓을 했다간 일이 꼬일 수도 있다. 다행스럽게도 여태까지 전투는 없었다. 전원에게 여유가 있다. 궁지에 빠져도 어떻게든 헤쳐 나갈 만한 여력은 남아 있다. 응, 그러니까 스잔느도 채취를 우선하자고 말했다.

나는 마물이 나타나거든 쓰러뜨린다. 그것만 생각하자.

그렇게 생각하며 채취가 끝나기를 기다렸다.

다리가 떨릴 정도의 울음소리를 들으면서 그저 기다렸다.

"…응?"

채취가 서서히 끝나감에 따라 울음소리도 점차 작아졌다.

"……?"

스잔느가 고개를 들고 의아스러운 눈치로 목소리 방향을 보았다.

아무래도 내 걱정은 기우로 끝난 듯했다. 어쩌면 발정기나 무슨 구애행동을 했을 뿐일지도 모르겠다. 일부 동물도 발정기가 되면 시끄러워진다. 스노우 드레이크도 우연히 지금이 그 시기였던 것뿐일지도 모른다.

그렇게 생각하며 지팡이에서 힘을 뺀 순간이었다.

"큭! 적습!"

석상 발밑에서, 그리고 무너진 목 부위에서 하얀 덩어리가 솟아났다.

도마뱀붙이처럼 네 다리를 가지고 새하얀 비늘을 가진 도마뱀… 스노우 드레이크가 엄청난 속도로 석상 너머에서 솟아났다.

순간 시야가 도마뱀으로 가득해졌다.

놈들은 핏발 선 눈으로 멀뚱히 이쪽을 보면서 우리 바로 눈앞에서 급정지했다.

그 숫자는 보이는 범위로만 여섯 마리. 그 이상은 시야에 다 들어오지 않았다.

"......!"

너무나도 갑작스러워서 티모시도 정지해 버렸다.

철수라는 말도 나오지 않았다.

하지만 그건 저쪽도 마찬가지였던 걸로 보였다. 도마뱀의 놀란 얼굴은 본 적이 없지만, 눈을 동그랗게 뜨고 경계하듯이 발을 멈추고 위협하는 것처럼 입을 반쯤 벌리며 이를 드러내었다.

시간이 정지한 것처럼 우리와 스노우 드레이크는 대치했다.

"도망쳐!"

내가 소리치는 동시에 일행은 반사적으로 출구를 향해 달렸다.

"끄아아아! 또 이 패턴이냐!"

패트리스의 외침이 신호가 된 것처럼 스노우 드레이크들도 움직였다.

"'어스 포레스트'."

나는 그 진로를 가로막듯이 흙벽을 만들어냈다. 통로를 분단하듯이 만들어낸 흙의 장벽.

그 높이는 석상의 어깨 정도까지 솟구쳐서 우리와 스노우 드레이크를 분단했다.

그 틈에 나도 발길을 돌려서 출구로 향했다.

도중에 힐끔 돌아보다가 목 안에서 히익 소리가 나오는 걸 느꼈다.

스노우 드레이크는 도마뱀이다. 높기만 한 벽 따위는 아무런 의미도 없었다. 위쪽에서, 옆쪽에서 차례로 얼굴을 내비쳤다.

이런. 이대로 있다간 따라잡히고 포위된다.

매일 운동한 덕분에 숨을 헐떡이지 않았지만 내 다리는 느렸다.

"큭!"

돌아보고 손을 내밀었다.

상대는 도마뱀, 뭐가 통할까? 냉기? 추위로 움직임을 둔하게 만들면.

"'블리저드 스톰'."

순간적으로 사용한 것은 얼음 마술이었다. 공간에 엄청난 냉기가 몰아치고 지면에 흩어졌던 비늘이 춤추고, 넓적다리 사이즈의 얼음창 몇 개가 틈새를 비집고 나온 스노우 드레이크에게 쇄도했다.

좁은데도 불구하고 스노우 드레이크는 민첩한 움직임으로 그걸 회피했다.

몇 발은 명중했지만 효과는 별로였다. 비늘을 관통하지 못하고 튕겨났다.

실책이다. 스노우 드레이크의 비늘은 단열재. 이렇게 추운 지역에 사는 이 녀석들에게 얼음 마술은 통할 리가 없다.

벽이 무너졌다.

하얀 덩어리가 잔해를 넘어왔다. 두 손으로 다 꼽을 수 없을 정도의 스노우 드레이크.

거대한 하얀 도마뱀이 나를 향했다. 엄청난 숫자다. 방금 전에 몇 마리밖에 보이지 않았는데, 벽에 달라붙으면서 점점 숫자가 늘어났다. 이놈이고 저놈이고 덩치는 엄청 큰 주제에 작은 도마뱀과 비슷한 정도의 속도로 움직였다.

틀렸다. 따돌릴 수가 없다. 싸울 수밖에 없다. 싸우면서 후퇴할 수밖에 없다. 내가 할 수 있을까. 할 수 없겠지.

다른 멤버는 도망쳤을까.

내가 죽었을 때를 상정하고 편지를 숙소에 맡겨두었다. 모험가 사이에서는 누군가가 죽었을 때 나머지 파티 멤버가 그 유품을 정리한다. 나는 '카운터 애로우'의 일원이 아니지만, 그들은 내 지인에게 편지를 보내 줄까….

왼손을 주머니에 넣고 거기에 있는 것을 쥐었다.

다가드는 스노우 드레이크를 앞두고 각오를 다졌다.

"얍!"

그때 뒤에서 기합소리가 들렸다.

내 옆을 빠져나가듯이 화살이 날아와서 스노우 드레이크의 왼눈에 꽂혔다.

"끼아아아아아아아!"

스노우 드레이크가 무시무시한 소리를 지르면서 옆으로 비껴서 석상 하나에 충돌했다. 그대로 벽에 몸을 벅벅 비비면서 우리 옆을 빠져나갔다.

"작은 연기가 거대한 은혜를 불사를지니! '프레임 스로워'."

내 왼편을 화염이 내달렸다.

달려오던 스노우 드레이크는 그 화염을 꺼려서 발을 멈추었다.

"가자, 패트리스!"

"으음!"

스잔느를 중심으로 패트리스와 미미르가 앞으로 나왔다.

전위가 세 명, 후위가 세 명.

어느 틈에 나를 중심으로 그런 대형이 만들어졌다.

"우리가 먼저 공격하진 마! 눈앞의 녀석을 옆으로 쳐내듯이 공격해!"

"예압!"

"왼쪽에서 온다!"

전위가 서로에게 소리치면서 스노우 드레이크 떼를 상대했다. 사라가 시위를 당기고, 티모시가 마술을 써서 그걸 원호했다.

혹시 날 구하러 와 준 걸까.

왜? 나는 파티 멤버도 아닌데.

"……."

멍하니 있었더니 티모시가 툭 등을 두드렸다.

구하러 와 준 것이다.

그렇게 생각한 순간 내 마음속에 뭔가 따뜻한 것이 넘쳤다.

"…큭!"

하지만 그와 동시에 나는 그 따뜻한 것을 억눌렀다.

이유는 모른다. 다만 뭔가 견뎌낼 수 없을 것만 같았다.

이 따뜻한 것에.

"왜 멍하니 있어! 너도 싸워!"

사라의 목소리에 정신을 차렸다.

"으, 응!"

지팡이를 스노우 드레이크 떼로 돌리고 마력을 담았다.

전위가 막아주는 덕분에 다소 진정할 수 있었다.

분명히 스노우 드레이크는 우리를 습격하는 느낌이 아니었다. 우리를 장해물로 보고 배제하려는 경향은 있지만, 대부분의 개체는 우리를 피해서 벽이나 천장을 따라 우리 뒤쪽으로 향했다.

그렇다면 상대는 무리가 아니다. 우리 눈앞에 있는 두어 마리를 상대하면 된다.

그것도 대미지를 주면 자연히 옆으로 피해서 도망치는 놈들이었다.

힘겹다고 해도 궁지에 몰린 쥐는 아니고 도망치려는 상대.

사라의 활은 통하지 않고, 티모시의 마술도 치명상에는 미치지 못한다. 스잔느나 패트리스의 공격도 결코 대미지가 잘 들어가는 게 아니다.

하지만 버텨내는 것뿐이라면 어떻게든 된다.

"'스톤 캐논'."

나는 눈앞의 적을 쳐내기 위해 스톤 캐논을 날렸다.

내 스톤 캐논은 직격하면 스노우 드레이크의 비늘을 깨뜨리고 그 살을 헤집는다. 그래도 아직 치명상에 미치지 않는 것은 거리 문제일까, 스노우 드레이크가 아슬아슬하게 흘려내기 때문일까. 하지만 그래도 좋다. 그걸로 스노우 드레이크의 진로를 틀 수 있다.

이걸 반복한다. 그것만으로 살아남을 수 있었다.

"좋아, 조금씩 벽 쪽으로 이동한다!"

스잔느의 말에 따라 벽 쪽으로 이동했다. 진로 한가운데에 있는 것보다는 옆으로 비껴나는 쪽이 돌진의 방향을 한정할 수 있다.

내친김에 그대로 뒤로 물러나면 출구와도 이어진다.

스노우 드레이크의 파도가 언제까지 계속될지는 모르겠지만, 탈출할 수 있을 것이다.

그렇게 생각하면서 조금씩 오른쪽으로 이동하는데,

"으랴아아!"

갑자기 파도 안쪽에서 피보라가 일었다.

뭔가가 도약하여 엄청난 속도로 전장을 뛰어다니고 스노우 드레이크를 차례로 찢어댔다.

그뿐만이 아니었다. 파도 안쪽에서 뭔가가 나타나서 불 마술을 난사하기 시작했다.

스노우 드레이크는 마치 그것에 내몰린 것처럼 유적 밖으로 도망쳤다.

"뭐야, 덤벼봐!"

선두에 선 남자는 차례로 스노우 드레이크를 쫓아내고 그 뒤의 녀석들이 그걸 원호하였다.

원군이다. 순간적으로 그렇게 생각했다.

티모시에게 눈짓하자 그도 마찬가지로 생각했는지 끄덕였다.

"좋아, 우리도 공격하지요!"

"오옷! 맡겨줘!"

스잔느가 앞으로 나섰다. 반격이 시작되었다.

마지막 한 마리를 쓰러뜨린 건 나였다.

스톤 캐논이 스노우 드레이크의 정수리에 직격해서 그 머리를 쪼개고 뇌수를 흩어놓았다.

"…끝인가."

나는 멍하니 중얼거리고 다시금 주위를 경계했다. 주위에는 스노우 드레이크의 사체가 대량으로 굴러다녔다. 대부분 중간에 나타난 놈들이 해치웠지만, 우리가 쓰러뜨린 것도 적게나마 섞여 있었다. 움직이는 스노우 드레이크의 모습은 더 이상 없었다.

천장 부근이나 그늘 등에 없는지 살펴보았지만, 지금으로선 괜찮은 듯했다.

"……."

그리고 마지막으로 유적 안쪽에서 나타난 이들과 눈이 마주쳤다.

남색 코트를 입은 검사를 중심으로 다들 이쪽을 보고 있었다.

검을 든 녀석에 방패를 든 녀석. 지팡이를 든 녀석…. 확인할 것도 없이 모험가겠지.

제일 앞에 선 남자는 아마도 검사다. 그것도 상당한 실력이겠지.

그는 뚜벅뚜벅 이쪽으로 걸어왔다. 다소 성격이 안 좋아 보이는 얼굴은 싸움이 끝난 직후인 탓인지 아직 험악했다.

하지만 도움을 받은 건 확실하니까 고맙다고 말해야만 하겠지.

그렇게 생각하고 티모시에게 눈짓했다. 이럴 때는 파티 리더가 대표로 말하는 법이다. 내가 뒤처진 탓에 대면하는 흐름이지만, 일단 물러나 있자.

"여어, 안녕하세요, '카운터 애로우'의 티모시입니다."

티모시가 얌전한 태도로 남자에게 다가갔다.

"방금 전에는—— 커억."

갑작스러웠다.

남자는 여전히 험악한 얼굴인 채로 티모시를 후려쳤다.

티모시가 지면에 쓰러지자 스잔느가, 사라가 일제히 무기를 쥐었다.

"남의 먹잇감을 가로채고 실실대지 말란 말이야."

남자가 스잔느나 사라를 노려보았다. 남자가 내뿜는 건 퉁명스러운 오라로, 시선에서는 살기가 느껴졌다.

"가로채?! 우리는 이 녀석들에게 갑자기 공격받았어! 휘말렸다고!"

재빨리 스잔느가 외쳤다.

하지만 남자는 흥 하고 웃더니 퉁명스러운 시선을 스잔느에게 보냈다.

"남이 일하는데 뒷문으로 살금살금 숨어들어서 비늘만 가지고 돌아갈 작정이었으면서 갑자기고 뭐고 없지."

"너희가 일한다는 건 몰랐어!"

"대대적으로 말했을 텐데!"

"못 들었다고 했잖아!"

남자는 화가 났고, 남자의 뒤에 있는 놈들도 화가 났다.

하지만 아무래도 서로 이야기가 어긋나는 느낌이었다.

그래도 그들에 대해선 알고 있었다.

그들은 '스텝 트리더'. S급 모험가 파티다.

대규모 클랜 '선더볼트'에 소속된 민완 파티로, 로젠버그라는 도시에서 최강의 모험가라고 할 수 있는 집단이었다.

이 남자는 '스텝 트리더'의 리더로 이름은 분명히 졸다트 헤켈러.

검신류 검술을 쓰는 민완 검사라고 했다.

"아."

거기까지 떠올리자 기억이 이어졌다.

내 목소리에 반응하여 스잔느가 돌아보았다. 그녀만이 아니라 그 자리에 있던 모두가 나를 보았다. 시선을 받아 순간 주저했다.

"루데우스, 뭐 알고 있어?"

"어어…. 아뇨, 그러고 보면 분명히 저번에 그들이 S급 의뢰를 받았다는 이야기를 길드에서 했습니다."

그래. '카운터 애로우'가 다른 의뢰로 나갔을 때 분명히 길드에서 무슨 이야기를 했었다.

우리가 이 의뢰를 받아주지, 돌아오거든 위업을 칭송하도록 해라, 라는 식으로.

그 의뢰는 분명히….

"일브론 동굴에 대량 발생한 스노우 드레이크 무리의 토벌…."

"일브론 동굴?! 그건 여기서 하루거리에 있잖아!"

그 말을 듣고 스잔느가 외쳤다.

그 말에 졸다트도 불쾌함을 드러내며 소리쳤다.

"멍청한 소리 마! 떨어졌든 말든 여기가 일브론 동굴이다!"

"뭐?! 무슨 헛소리 하는 거야! 여기는 갈가우 유적이야!"

스잔느와 졸다드의 말의 응수.

"스잔느, 진정하세요."

거기에 얻어맞은 티모시가 일어나서 스잔느를 뒤로 보냈다.

"티모시…. 너 괜찮아?"

"예, 그래도 힘을 빼고 친 모양이라서… 사라도 활을 내리고."

티모시는 목 근처를 문지르고 반대쪽 손으로 뒤에서 활시위를 아슬아슬한 선까지 당기는 사라를 제지했다.

"대충 이야기는 이해했습니다."

티모시는 한숨을 내쉬면서 역시나 웃으며 남자를 보았다.

"분명히 며칠 전에 일브론 동굴에서 대량의 마물이 나와서 그걸 토벌하러 간 파티가 전멸, 생존자 한 명이 동굴 안쪽에서 스노우 드레이크의 둥지를 보았다고 발표했다…는 이야기는 알고 있습니다."

그래, 나도 기억한다.

일브론 동굴은 로젠버그 시에서 하루거리에 있는 동굴로, 출현하는 마물은 E에서 D급이 많고 동굴 안쪽에는 암염 덩어리가 있기 때문에 때때로 모험가가 의뢰로 그걸 채취하러 간다.

그런 장소에서 갑자기 C급 마물이 대량으로 솟아나는 사태가 발생했다.

근처에는 마을도 있고 로젠버그도 가까우니 위험과 긴급도가 높다고 판단되어서 곧 의뢰가 발생했다.

하지만 그 파티는 전멸, 유일한 생존자에게 스노우 드레이크 떼를 보았다는 보고를 받고 B급이었던 토벌 의뢰가 S급으로 격상되었다.

다들 꽁무니를 빼는 가운데 평소에는 미궁 탐색을 주로 하던 S급 모험가 파티 '스텝 트리더'가 나섰다.

"어쩐지 도중에 마물이 적다 싶었습니다만… 다름 아니라 일브론 동굴과 갈가우 유적의 중심이 어떤 요인으로 이어져서 갈가우 유적의 마물이 일브론 동굴로 흘러갔던 거겠지요."

"……."

갈가우 유적은 과거 마왕의 요새.

지하에 성을 만들고 곳곳에 구멍을 뚫어서 지상의 인간을 공격했다.

일브론 동굴이 그 공격용 구멍 중 하나였다면… 그리 이상할 것도 없었다.

전쟁으로 길이 막혔든가, 아니면 오랜 세월 동안 암반 붕괴라도 일어나서 자연스럽게 막힌 걸지도 모른다.

하지만 실제로 구멍이 뚫리자 마물들은 그 길을 통해서 사냥터인 일브론 동굴로 밀려들었다. 이쪽에 마물이 적었던 것은 그런 이유겠지.

"그럼 너희는 다른 의뢰로 여기에?"

"그렇습니다. 뭣하면 길드로 돌아가서 확인하셔도 상관없습니다.”

티모시가 그렇게 말하자 졸다트는 얼굴을 찌푸렸다.

그리고 짜증난다는 듯이 침을 내뱉었다.

“쳇, 갑자기 때린 건 미안해….”

“아뇨, 전투 직후라서 흥분했고, 오해했으니 어쩔 수 없겠죠. 이쪽이야말로 미안했습니다.”

이쪽은 아무런 잘못도 없다.

그렇게 생각했지만 티모시는 사과했다. 이것도 처세술일까.

“하지만 이놈들은 우리 먹잇감이었어. 그러니까 여기에 있는 사체 중에서 너희 몫은 한 마리뿐이야. 알겠지!”

“예, 물론입니다.”

티모시는 부드럽게 웃었지만, 사라나 스잔느는 그 제안에 납득하지 않은 것처럼 짜증난 얼굴이었다.

그래도 뭐라고 할 수 없는 것은 모험가들 사이의 암묵적인 약속이 있기 때문이다.

혹시 마물과 싸우는 도중에 다른 파티가 휘말리게 되면 휘말린 쪽은 자기 몫으로 한 마리만 받을 수 있다는 것으로, 그것은 원래 일부러 휘말리는 파티를 억제하기 위한 것이었다.

“비늘을 줍거든 뒤처리는 우리한테 맡기고 돌아가. 유적 안쪽의 구멍도 확실히 막아두지.”

졸다트는 그렇게 말하고 발을 돌렸다.

‘스텝 트리더’의 다른 멤버들도 어깨를 으쓱이면서 유적 안쪽으로 모습을 감추었다.

이제부터 저쪽에 있는 둥지의 사체를 처리하는 거겠지. 게다가 전리품도 독점한다.

비겁하다고 할 건 아니지만, 우리가 고생해서 쓰러뜨린 몫도 처분된다고 생각하니 별로 기분 좋은 이야기는 아니었다.

그들이 없었으면 우리가 위기에 빠질 일도 없었다. 오히려 위자료라도 달라고 하고 싶을 정도였다.

그러다가 다툼이 일어나는 것도 귀찮지만… 복잡한 기분이었다.

"그럼 비늘을 모아서 돌아갈까요."

티모시의 지친 미소와 부은 얼굴을 보면서 나는 한숨을 내쉬었다.

모험가 길드로 돌아오자, 대량의 스노우 드레이크의 발톱이나 비늘, 이빨이 모험가 길드 뒤에 쌓여 있었다.

더 말하자면, 모험가 길드 안에서는 '스텝 트리더'의 멤버들이 자랑스럽게 자기들의 전과를 떠들고 있는 판이었다.

"그렇게 해서 일브론 동굴과 갈가우 유적이 안쪽에서 이어졌던 거야. 우리가 없었으면 지금쯤 이 도시에 스노우 드레이크가 밀려들었을 가능성도 있지!"

졸다트가 기분 좋게 떠드는 것을 다른 모험가들이 쓴웃음을 지어가며 들었다.

그를 보면 왠지 파울로의 얼굴이 떠올랐다. 얼굴이 닮은 건 아니지만… 어쩌면 파울로가 젊었을 적에 저런 느낌이었을까.

"가자."

아무튼 '카운터 애로우' 멤버들은 길드 안에 별로 있고 싶지 않은 눈치였다.

재미없다는 얼굴로 길드를 가로질러서 얼른 의뢰 완료 수속을 끝마치고 밖으로 나갔다.

"자, 루데우스. 이게 이번의 네 몫이야. 확인해 줘."

"예, 감사합니다."

받아든 꾸러미에는 스노우 드레이크의 비늘이 담겨 있었다.

분위기는 나빠졌지만 보수는 나쁘지 않았다.

이런저런 일이 있었지만 스노우 드레이크의 비늘은 예정보다 많이 갖고 올 수 있었다.

어쩌면 이번 사건 덕분에 앞으로 스노우 드레이크의 비늘 가격이 폭등할 가능성도 있으니, 이번에는 죄다 환금하지 말고 비늘 상태로 보관하기로 했다.

혹시 반년 정도 보관하면 지갑이 꽤나 두둑해질지도 모른다.

돈 같은 게 있어도 안 쓰지만 없는 것보다는 있는 게 낫다.

"그럼 난 이만."

"…루데우스!"

그리고 발을 떼려는데 뒤에서 날 불러 세웠다.

어쩐 일로 나를 불러 세운 건 사라였다. 그녀는 나를 향해 뭐라고 말하려는 듯이 어중간한 느낌으로 손을 뻗고 있었다.

또 무슨 야유라도 던지려는 걸까?

그렇게 생각하는데 그녀는 말했다.

"너도 가끔은 뒤풀이에 참가 안 할래?"

"어…?"

"뒤풀이, 술집에서 마실 뿐이지만."

아니, 뒤풀이의 의미 정도는 안다.

모험가 사이에서는 며칠에 걸친 의뢰를 끝마쳤을 경우 그대로 술집으로 이동해서 술을 마시면서 서로의 건투를 칭찬하고 살아 돌아온 것을 기뻐한다.

나는 항상 이런 종류의 모임에는 참가하지 않고 숙소로 돌아가서 기도를 하고 잠들었다.

그들도 그걸 알고 있을 것이다. 나는 거절한다.

나는 돌아가서 오늘도 애썼다고 팬티 앞에서 기도하며 록시에게 보고해야만 한다.

여태까지 계속 그랬고, 앞으로도 그럴 생각이었다.

"아, 그럼 참가하겠습니다."

하지만 왜인지 승낙했다.

"…어쩐 일이래?"

사라는 자기가 말해놓고서 얼떨떨한 표정을 지었다.

어쩌면 거절하면 또 무슨 야유라도 날릴 생각이었을지 모르겠다.

"안 되나요?"

"안 될 거 없어, 가자."

하지만 사라는 별로 퉁명스러운 얼굴도 하지 않고 태연하게 고개를 내젓더니 내 옆을 지나쳐서 앞장섰다.

미미르와 패트리스가 내 어깨를 툭 두드리고 뒤따라갔다.

스잔느와 티모시가 평소보다 다소 기쁜 얼굴로 내 등을 밀었다.

모험가 길드에서 다소 떨어진 술집에서 우리는 잔을 맞부딪쳤다.

"그럼 건배!"

"건배!"

여기는 평소에 가던 곳과 좀 다른 술집이라는 듯했다.

그런 장소를 택한 것은 '스텝 트리더' 멤버들과 마주치는 걸 피하고 싶었던 탓이겠지. 아마 그들도 그 뒤에 뒤풀이를 할 테고.

"넌 안 마셔?"

"…미성년이라서."

"그게 뭐야. 나이 같은 건 상관없잖아."

전원이 술을 마시는 가운데 나는 물에 과즙을 섞은 것을 마셨다.

이런 주점에서 알콜이 들어 있지 않은 음료라고 하면 이거랑 염소젖 정도다.

"괜찮지 않습니까. 술을 못 마셔도 분위기는 띄울 수 있습니다."

아니, 전원이 아니라 티모시도 나와 같은 것이었다.

"너는 못 마시는 것뿐이잖아."

"못 마시는 것과 안 마시는 건 다르니까."

"하하하!"

멋쩍게 머리를 긁적이는 티모시를 보며 미미르가 유쾌하게 웃었다.

"참나…."

아무래도 티모시는 술을 전혀 못 하는 모양이라, 이 흐름은 '카운터 애로우'가 항상 주고받는 것인 듯했다. 그렇기는 해도 술을 못 마신다니 신기하네. 이 세계에서, 그것도 모험가가 알콜을 못 마시는 경우는 처음 봤을지도 모르겠다.

"어찌되었든 그렇게 많은 마물과 상대해서 안 죽었던 건 행운이었어. 보통은 그런 상황에서 한 명 정도는 죽는데."

"루데우스는 운이 좋았어."

사라가 재미없다는 듯이 말했다.

"운인가요. 여러분께 도움 받은 느낌인데요."

"그것도 포함해서야. 보통 파티였으면 거기서 버리고 도망쳤을 테니까."

이건 암암리에 감사하라는 말일까.

그래, 그렇겠지, 그런 거야.

"감사합니다."

"됐어…. 내가 아니라 티모시나 스잔느한테 말해."

사라를 향해 머리를 숙이자 그녀는 입을 삐죽이면서 잔을 기울였다.

하지만 당사자인 스잔느는 싱글거리면서 팔꿈치로 사라를 찔렀다.

"그런 소리 하면서 제일 먼저 튀어나간 건 사라, 너였잖아. 미미르가 이제 틀렸다고 했는데도 아직 안 늦었다고 하면서…. 아아, 그건 뜨거웠어."

"아니, 스잔느, 그만해!"

사라가 스잔느를 손바닥으로 밀자, 스잔느는 킬킬 웃으면서 그 몸을 피했다.

"너한테는 전에도 신세를 졌고, 그 빚을 갚고 싶었을 뿐! 나는 남한테 빚지는 게 싫어."

사라가 찌릿 노려보는 바람에 나는 시선을 돌렸다.

그러자 시선 앞에 있던 미미르와 눈이 마주쳤다.

"아, 아니, 나도 너한테는 감사하고 있어. 응, 무슨 딴 생각이 있어서 틀렸다고 말한 게 아니라… 이해하지?"

"이해합니다."

미미르의 판단은 정확했다.

그리고 내친김에 더 말하자면 그도 그렇게 말하긴 했지만, 분명히 달려와서 전위에서 싸워 주었다.

그것만으로 충분했다.

"뭐, 어찌 되었든 다들 살아서 돌아왔어. 돈도 많이 벌었고. 좋은 의뢰였잖아!"

스잔느가 그렇게 마무리 짓고 전원이 웃었다.

"여기에 그 녀석들이 없으면 정말 좋은 의뢰였는데, 하아…."

"대체 뭐야. 길드에서 제일 세다고 으스대고."

"계속 미궁에 틀어박혀 있었잖아. 뭐가 '우리가 없었으면 지금쯤 이 도시에 스노우 드레이크가 밀려들었을 가능성도 있었다'야. 그런 사태가 나면 나라의 군대가 나설 테니까 상관없잖아."

"나로서는 티모시를 갑자기 때린 걸 참을 수가 없어. 아무것도 모르면서 느닷없이 마술사를 때리다니, 그러고도 파티 리더야?"

다들 이러쿵저러쿵 투덜거렸다.

이런 자리에서 이런 말을 하는 것도 적당히 숨 돌리기로 중요하겠지. 모처럼 티모시가 잘 수습해 주었는데 쌓아두고 있다가 괜한 데서 싸움이 나는 것도 좋지 않다.

물론 나는 별로 그런 말을 할 기분이 들지 않았다. 이렇게 험담을 하는 건 별로 좋아하지 않는다. 나 자신이 생전에 쓰레기였고.

분명 그 검사도 나름 고생이 있겠지.

싫은 녀석은 싫은 녀석대로, 글러먹은 녀석은 글러먹은 녀석대로 애쓰고 있다.

그러니까 그의 다른 파티 멤버도 쓴웃음을 지을 뿐이지, 그의 말에 따르는 것이다.

졸다트의 그 자리에서의 대응에 문제가 있었던 거야 분명하지만, 첫 대면의 인상이 나빴다고 해서 모든 것을 부정하는 어조로 말하는 건 좋아하지 않는다.

"……"

그러니 이 자리에서 말하는 것도 좋지 않다.

이 자리에서 그런 말을 하면 나는 이 자리에 있는 이들과 어울릴 수 있겠지.

하고 싶은 말은 있지만 하지 않는다. 그 정도가 이 자리에서 딱 좋다.

그렇게 생각하면서 일단 밥을 먹었다. 말없이 먹었다.

뭔지는 정확하게 모르는 콩 스프. 다소 매콤짭짤한 맛은 식욕을 돋우고 배를 채웠다.

"…어찌되었든 앞으로도 잘 부탁해, 루데우스."

"그래, 이러니저러니 신세지고 있으니까."

"예, 이쪽이야말로 잘 부탁드립니다."

그들은 술을 마시고 불쾌한 얼굴을 하면서도 아주 즐거워보였다.

이대로 즐거운 시간이 계속되면 좋겠다. 그러면 또 내일부터도 마찬가지로 생활할 수 있다.

진전되는 감각이 별로 없는 생활이지만 그래도 살고는 있다.

"아…."

그렇게 생각한 순간이었다.

술집 문을 열고 남자 셋이 들어왔다.

셋 다 아는 얼굴이었다. 특히나 그 중 하나는 요 며칠 동안 완전히 기억했을 정도였다.

"오."

내가 알아차리는 동시에 저쪽도 이쪽을 알아차렸다.

그쪽은 퉁명스러운 얼굴로 이쪽으로 다가왔다. 얼굴이 꽤나 벌겋고 발걸음도 비틀거리는 걸 보면, 이미 다른 가게에서 한 잔 걸치고 온 거겠지.

"여어."

고주망태가 된 녀석은 우리가 있는 테이블에 쾅 손을 짚었다.

졸다트 헤켈러였다.

"…뭐야?"

스잔느와 다른 이들은 그때에 비로소 그 존재를 알아차렸는지 갑자기 퉁명스러워졌다.

그도 그렇겠지. 방금 전까지 험담의 대상이었던 남자가 갑자기 끼어들었으니까.

"동굴 안에선 나도 열이 좀 올랐으니까. 다시 한 번 말할까 하고."

졸다트는 차가운 눈으로 우리를 노려보고 열 오른 목소리로 말했다.

"그 자리에서는, 뭐, 내가 잘못했어. 일이 그렇게 됐는 줄은 몰랐어."

하지만 졸다트의 입에서 나온 것은 의외로 사죄의 말이었다.

얼떨떨한 얼굴로 서로를 바라보는 '카운터 애로우' 멤버들. 그런 그들을 향해 졸다트는 눈썹을 찌푸리며 티모시를 가리켰다.

"하지만 네 녀석 낯짝은 싫어. 항상 실실거리고. 싸워야 할 때에 묵묵히 얻어맞고 불평도 없이, '예, 그렇습니다.'라며 꽁무니 빼는 놈을 나는 싫어해. 설령 그게 그 자리의 싸움을 수습하기 위한 거라고 해도. 남자는 싸워야만 할 때가 있다!"

"으음…. 뭐, 그렇지요. 스잔느한테도 자주 그런 말을 듣습니다…. 조심하지요."

"그래! 알면 됐어, 알면!"

졸다트는 티모시의 어깨를 좀 세게 두드렸다. 티모시는 쓴웃음을 지으며 머리를 벅벅 긁적였다.

다른 이들도 어안이 벙벙해진 눈치로 졸다트를 보았다.

독기가 빠졌다는 건 바로 이런 걸 말하겠지.

졸다트는 만족스럽게 끄덕이더니 스윽 내 쪽을 보았다.

"진흙탕."

"예."

갑자기 날 부르는 바람에 난 고개를 들었다.

내가 무슨 짓 했나?

"티모시는 그렇다고 해도… 너는 최악이야."

거기서부터 시작된 말은 욕설의 폭풍이었다.

"대체 뭐야 너? 항상 남의 눈치나 보고."

"기분 나쁘다고, 그 웃음. 너는 웃는다고 생각할지 모르지만, 웃는 게 아냐. 눈이 남을 깔본다고!"

"자식아, 혹시 자기가 이 세상에서 제일 불행하다고 생각하는 거 아냐? 아앙?!"

그 커다란 욕설은 어느 틈에 술집에 울렸다.

"싸움이야?"

"확 패버려!"

"시끄러!"

주위에서 부추기는 목소리를 졸다트의 고함이 틀어막았다.

"알겠냐, 진흙탕. 너 말이지…"

"어이, 졸, 그만해."

계속 나를 향해 뭐라고 말하려고 몸을 내미는 것을 뒤에서 지켜보던 졸다트의 일행이 어깨를 붙잡고 말렸다.

"시끄러! 이 녀석은 말이지, 이 세상에서 자기가 제일 불행하다는 낯짝을 하고 있어! 무슨 일이 있었는지는 모르지만, 확 쳐져 있다고! 뭔가에서 도망치고 있어! 그런 주제에 자기는 한 사람 몫을 한다고, 자기는 특별하다는 얼굴로 용병 짓이나 하지! 나는 그런 망할 새끼를 보는 게 제일 싫어!"

가슴에 꽂히는 말.

모르는 틈에 다리가 떨리고 무릎 위로 주먹을 움켜쥐었다.

떨리는 몸, 떨리는 목. 하지만 나오는 목소리는 의외로 정상적인 것이었다.

"죄송합니다. 눈에 거슬렸군요. 앞으로는 최대한 시야에 들어가지 않도록 조심하겠습니다."

그 말에 졸다트가 테이블을 깨뜨렸다.

흩어지는 나뭇조각과 요리. 내 무릎에도 붉은색의 콩 스프가 좌악 쏟아졌다.

"장난 치냐! 그 태도는 뭐야! 얕보는 거냐! 웃기지 말라고! 이름만 팔고 돈은 필요 없다는 낯짝을 하면서 뭐가 재밌는데! 우리는 살아가기 위해 돈이 필요하잖아!"

졸다트의 외침을 나는 그저 조용히 들었다. 아무 말도 할 수 없었다.

이런 녀석에게는 무슨 소리를 해도 헛수고다.

"미안, 이 녀석이 과음해서… 어이, 졸!"

"시끄러! 놔! 어이, 덤벼봐, 진흙탕! 열 받잖아! 짜증나잖아! 덤비라고! 진흙 속에서 꽥꽥 우는 것밖에 모르는 돼지 새끼한테 싸움 걸 용기가 있다면 덤벼보라고!"

나는 고개 숙인 채 폭풍이 물러가기를 기다렸다.

싸워도 의미는 없다. 졸다트의 도발에 응해도 돌아오는 건 하나도 없다.

주정뱅이를 상대해도 좋은 일이라곤 하나도 없다.

참자. 여기선 참자.

"졸, 그만해! 말이 지나쳐!"

"놔! 제길! 어이, 진흙탕! 넌 사는 게 재밌냐! 재미없으면 얼른 죽어 버려! 거슬린다고, 새꺄!"

끌려가는 졸다트와 시선을 마주치지 않고 나는 그저 무릎에 묻은 스프를 보면서 왼쪽 주머니에 있는 팬티를 움켜쥐고 마음을 비웠다. 아무 생각도 하지 않으려 했다.

졸다트가 없어지고 옆에 앉아 있던 사라가 무릎의 스프를 닦아줄 때까지 계속.

"저 녀석, 최악이야."

사라의 말에 나는 천천히 끄덕였다.

★ 사라 시점 ★

나는 화내면서 방에 돌아왔다.

활과 화살을 테이블 위에 두고 겉옷을 난폭하게 벗어던지고 침대에 쓰러졌다.

"최악이야."

졸다트라는 남자를 향한 분노로 얼굴이 시뻘개진 게 느껴졌다.

뭐가 남자한테는 싸워야만 하는 때가 있단 말인가.

항상 티모시가 얼마나 우리를 위해 '싸워'주는지 모르면서 멋대로 떠들고.

스잔느가 옛날에 말했다. 티모시의 그 미소는 그의 싸움방식이라고.

그런데 그게 나쁜 것처럼 말하다니 용서할 수 없다

남자한테 싸워야만 하는 때가 있다면 파티 리더에게는 괜한 다툼을 피하고 파티를 지킬 의무가 있다.

그런데 졸다트는 전혀 그걸 다하지 않았다.

혹시 우리와 그 자리에서 싸움이 벌어졌으면 어쩔 생각이었을까.

우리 정도는 다 죽이고 입을 막을 수 있다고 생각했을까. 도주로도 막지 않고 마물 둥지 안에서?

그렇다면 보통 교만이 아니다.

리더로서 어울리지 않는 건 티모시가 아니라 졸다트다.

게다가 대체 왜 루데우스에게까지 시비를 걸까.

루데우스야말로 싸워야만 할 때에 싸웠지 않나. 우리가 도망칠 수 있도록 혼자서 용감하게 적과 맞서려고 했다.

그걸 모르고, 아무것도 안 보고서, 왜 그런 말을 할까.

분명히 루데우스의 태도는 좋지 않다. 티모시와 달리 너무 실실거린다. 나도 짜증날 때가 있다. 아니, 의미도 없이 억지로 웃음을 지으니까 만날 때마다 짜증난다.

하지만….

"……."

그때 문득 나는 루데우스를 옹호하려는 마음이 되었다는 걸 깨달았다.

왜 그런 녀석을 옹호하는 걸까. 나는 그 녀석을 싫어하지 않았던가.

어쩌면 나는 그 녀석을 싫어하는 게 아니었을까.

"아니…!"

그게 아니다. 그럴 리가 없다.

즉… 졸다트가 루데우스 이상으로 싫은 녀석이니까.

그래, 그게 틀림없어. 졸다트보다 루데우스 쪽이 나을 뿐이다.

적어도 루데우스는 우리에게 그런 폭언을 하지 않고, 티모시에게도 경의를 가지고 대한다. 그만한 마술 실력을 가졌으면서 우리의 제안에 싫은 얼굴 한 번 하지 않고 따라와주고, 필요하면 도망을 위한 미끼 역할도 맡아준다.

"…그러니까 그게 아니라니까."

루데우스는 귀족 집안 아이다.

별로 귀족다운 면은 없지만, 그런 건 관계없다. 귀족의 피가 흐른다는 게 문제다.

나는 모험가 행세하는 귀족 도련님을 싫어하지만, 귀족 그 자체도 싫어한다.

내 고향은 귀족의 태만으로 멸망했다. 숲에서 마물이 쏟아져 나왔을 때에 귀족 놈들이 끝까지 기사단을 파견해 주지 않았던 탓이다.

부모님도 그 바람에 돌아가셨다.

영지를 지킬 의무가 있는 귀족이 영지를 지키지 않았다.

그때의 절망감은 아직 잊을 수 없다.

응, 그래, 그래.

그러니까 나는 귀족을 싫어하고, 귀족의 피를 이은 루데우스도 싫어한다.

"…하지만 루데우스는 싸워 줬어."

러스터 그리즐리 때도, 스노우 드레이크 때도 그는 싸워 줬다.

결코 혼자서 도망치지 않았다.

의무고 뭐고 없었다. 그는 '카운터 애로우'의 멤버도 아니다.

그런데도 그는 혼자 방패가 되어 우리가 도망칠 수 있게 하려고 했다.

그리고 나는 그런 그를 보고 죽게 내버려둘 수 없다며 뛰쳐나갔다.

딱히 루데우스가 죽었으면 했던 건 아니다. 결코 아니다.

하지만… 하지만 내가 그렇게 나선 것은 의외였다.

그런 장면에서는 내버려도 이상할 것 없는 존재라고 생각했다.

"…정말 최악이야."

최근 그를 보고 있으면 내 발밑이 무너지는 듯한 기분이 든다.

귀족이 싫었을 텐데, 그 자신을 그렇게 싫어할 수 없어서 답답했다.

나는 뭘 좋아하고 뭘 싫어했는지 알 수 없어졌다. 의미를 알 수 없었다.

응, 하지만 그래, 맞아.

인정하자.

그를 싫어하지 않는다.

그는 귀족 아이지만, 그 자신은 귀족 그 자체가 아니니까 싫어하지 않는다.

다만 그건 어디까지나 싫어하지 않을 뿐이다.

결코 좋아하지 않는다.

그래, 싫어하지 않는 거랑 좋아하는 건 다르다.

"나는 루데우스를 좋아하지 않아."

그렇게 재확인하면서 나는 또 잠에 빠졌다.

제4화 한밤중의 숲

그 뒤로 또 몇 달이 경과했다.

정확하게 며칠이 지났는지는 기억하지 않지만 겨울이 되었다.

북방대지의 겨울은 혹독하다. 아슬라 왕국에서 조금 북쪽으로 갔을 뿐이라고 생각할 수 없을 만큼 많은 눈이 쏟아지고, 세계가 새하얗게 파묻힌다.

세계가 눈에 갇힌 동안은 도시도 갇힌다.

이웃나라에서 들어오던 수입품은 일절 들어오지 않게 되고, 야채도 먹을 수 없게 된다. 먹을 수 있는 것은 겨울이 되기 전에 대량으로 수확해둔 콩이나 절임 같은 발효식품, 그리고 모험가가 잡아오는 마물 고기뿐이다.

그렇게 조야하다고 할 수 있는 맛대가리 없는 식량을 다소 독한 술로 넘기는 게 이 근방의 방식이라는 모양이었다.

나는 술을 못 마시니까 다소 동정어린 시선을 받았지만, 별로 상관없는 일이었다. 최근에는 뭘 먹어도 맛 따위 없으니까.

겨울이 되었다고 해도 내 생활은 변함없었다.

근육 트레이닝을 하고 기도를 하고 밥을 먹고 모험가 일에 나선다.

그런 매일이었다.

하지만 슬슬 이 도시에 온 지 반년. 할 수 있는 일도 적어졌다고 생각했다.

진흙탕 루데우스의 지명도는 좋든 나쁘든 높아졌다.

적어도 로젠버그의 모험가 중에서 나를 모르는 자는 없을 것이다. 신참 모험가에게도 적극적으로 협력을 제안하고, 베테랑에게도 잘 보였다. 로젠버그에 있는 모험가 파티 중에서도 협력적인 사람들은 다소 먼 마을 등에 갈 때에 제니스에 대해 물어봐 주기도 했다. 겨울이 되기 전에 떠난 파티는 내 존재를 퍼뜨려 주겠다고 말했다.

수수한 노력의 성과도 나오는지, 모험가와 거래하는 상인 등도 내 존재를 인지해 주었다.

무기상, 방어구상, 도구상.

기타 마도구를 전문적으로 다루는 가게 등에도 연줄이 생겼다.

그들에게 문제가 생기면 돕고 보수로 정보를 퍼뜨려 달라고 하는 형태였다. 어느 정도 효과가 있을지는 모르지만, 상인에게는 상인의 네트워크가 있다. 그 연줄로 제니스에게 닿으면 좋겠지만….

뭐, 이만큼 활동하고도 소식이 없으니까 이 주위에는 없는 거겠지.

어쩌면 제니스는 이미…. 아니, 그런 생각을 해도 수가 없다. 그만두자.

"후우…."

나는 한숨을 내쉬면서 방한구를 걸치고 숙소를 나섰다. 목적지는 모험가 길드였다.

밖은 추웠다. 오늘은 눈이 흩날리는 정도고 바람도 별로 세지 않았다. 스노우 헤지혹의 모피로 만든 방한구는 따뜻하지만, 얼굴에 닿는 바람은 아플 정도로 차갑고 내뱉은 숨은 새하얗고 입안의 침마저도 얼어붙을 지경이었다.

밤이나 새벽과 비교하면 낫다고 해도 추운 건 춥다.

나는 몸을 떨면서 눈이 쌓인 길을 저벅저벅 걸었다.

'봄에는 다음 도시로 이동하는 게 좋겠어.'

그렇게 생각했지만 아무래도 발걸음이 무거웠다.

겨울의 모험가 길드에는 사람이 많다.

주위가 눈으로 파묻히는 이 시기, 며칠 노정으로 멀리까지 가는 파티는 적기 때문이다.

시내에서 하는 일에 종사하든가, 당일치기로 갈 수 있는 의뢰만 우선해서 한다. 혹은 거기서 묵는 전제로 하루나 이틀거리인 마을로 가든가.

그렇게 되면 필연적으로 길드 안에서 시간을 죽이면서 적당한 의뢰가 오기까지 기다리는 파티가 늘어나는 것이다.

물론 그렇게 되어도 내 일은 변함없다.

의뢰를 망설이는 사람에게 말을 붙이고, 아니면 내게 제안이 들어오면 그 사람들을 따라서 의뢰를 수행하러 출발한다.

네 종류의 공격마술을 무영창으로 쓸 수 있는 나는 편리하기 때문에 기본적으로 환영받는다. 단순히 편리하게 써먹히는 것만이 아니라 알려지고 퍼지는 일을 중점적으로 하고 싶은 나로서는 별로 바람직하지 않을지도 모르지만, 다음에 뭘 해야 할지가 떠오르지 않았다.

오늘도 평소처럼 게시판 앞의 의자에 앉았다.

어느 틈에 이 의자는 내 자리로 간주되는 듯한 느낌이었다. 내가 의뢰로 없을 때에는 누가 앉는 걸까….

"…칫."

의뢰가 나붙은 게시판을 보면서 다른 모험가를 기다리는데 혀 차는 소리가 들렸다.

나는 마음이 무거워지는 걸 느끼면서 그쪽을 돌아보았다. 게시판으로 다가오는 '스텝 트리더' 멤버들의 얼굴이 보였다.

혀를 찬 것은 당연하게도 졸다트.

술집에서의 사건 이후로 졸다트에게는 미움을 샀는지 보기만 하면 혀를 차든가 비아냥거렸다. 나도 가능하면 만나고 싶지 않지만, 겨울에는 그들도 미궁 탐색에 나갈 수 없는지, 최근에는 얼굴을 마주치는 기회가 늘었다.

"또 국물이나 주워 먹으려는 거냐?"

"…목적이 있어서 그러는 거니까요."

"뭐가 목적이야…. 넌 하는 짓이 어중간하다고."

졸다트는 불쾌한 눈치로 말하고 게시판 쪽으로 가 버렸다.

어중간하다는 건 나도 안다. 뭘 어떻게 고치면 좋을지는 모르겠지만, 모두가 다 완벽해질 수 있는 건 아니다. 나는 지금 내가 해야 할 일을 열심히 하려는 것이다.

대체 그게 뭐가 불만인 걸까. 상관없는 사람은 입 닥치고 있었으면 싶다.

졸다트 일행은 얼른 의뢰를 결정하더니 접수를 마치고 모험가 길드를 나갔다.

그는 나와 같은 공간에 있는 게 싫은 건지, 얼른 일하고 싶은 건지, 모험가 길드에 오래 붙어 있는 법이 없었다.

내가 오면 게시판으로 가서 얼른 의뢰를 받고 나가 버린다.

돌아오는 건 다음날이나 저녁, 그때 나와 마주치면 또 비아냥거린다.

딱히 괴롭히는 건 아니었다. 졸다트도 나와 가급적 얽히고 싶지 않은 기색이었다.

하지만 역시 매번 최악이네 쓰레기네 어중간하네 하는 말을 들으면 나도 역시 피곤해진다. 모험가 길드에 있기 싫게 만드는 게 그의 목적일지도 모르겠다.

가끔은 '카운터 애로우'의 멤버가 있으면 나를 도와주기도 하지만, 오늘은 없는 모양이었다.

돌이켜보면 이틀 동안 얼굴을 못 봤다.

시내에서도 못 봤으니까 어느 마을에 장기 의뢰라도 수행하러 간 걸까.

왠지 조금 쓸쓸하네.

그 날도 눈에 띄는 의뢰는 없었다.

내가 모험가 길드에 들어온 직후 즈음부터 눈발이 거세졌다.

눈보라 속에서 찔끔찔끔 푼돈을 버는 건 수지가 안 맞기에, 여유 있는 파티는 휴일, 아무래도 돈에 쪼들리는 사람은 개인별로 자유의뢰를 받는 자가 많은 모양이었다.

자유의뢰는 눈치우기나 지붕 위의 눈을 쓸어내는 일이었다.

이런 눈보라 속에서 눈을 치워 봤자 언 발에 오줌 누기라고 생각하지만, 안 하는 것보단 낫겠지.

의뢰가 없으면 나도 한가하다.

하지만 잔뜩 흐린 분위기 속에서 모험가 길드 안에 앉아 있기만 하는 것도 왠지 아닌 듯했다.

그런 고로 나도 자유의뢰를 받아보기로 했다.

졸다트가 말한 '어중간'이나 내가 생각하는 '또 다른 것'이란 역시 다른 것이겠지만, 그래도 뭔가 하지 않으면 안 된다는 마음에 떠밀린 것은 틀림없었다.

"길의 눈치우기, 지붕의 눈치우기, 영주 저택 정원의 눈치우기, 성벽의 눈치우기."

게시판을 보면 의뢰자가 다를 뿐이지 죄다 눈 관련 일이었다.

이렇게 추운 밖에서 열심히 눈을 쓸어서 방해가 되지 않는 장소까지 가져간다. 생각만 해도 마음이 푹 가라앉지만, 돈이 들어오니까 좋은 일이라고 해야 할까… 아니, 받는 금전과 노력이 맞지 않을 듯한데….

그렇게 생각했지만 나는 그 의뢰를 하나 받아보기로 했다.

"어쩐 일인가요. 진흙탕 씨가 이런 의뢰를 받다니."

"뭐…. 기분전환 같은 거예요."

"기분전환이라…. 그렇군요. 괜찮겠네요!"

접수 담당 누나는 살짝 기쁜 듯이 웃으며 의뢰를 수리해 주었다.

★　★　★

의뢰를 받아 찾아간 곳은 눈의 집적소 같은 장소였다.

시내의 눈이 운반되어 오는 곳인데, 그렇게 넓은 것도 아니었다. 공원 사이즈 넓이의 광장 중앙에 커다란 가마 같은 것이 설치되어 있을 뿐이었다.

나는 거기의 책임자 같은 남자에게 의뢰용지를 보여 주었다.

"루데우스 그레이랫입니다. 잘 부탁드립니다."

"네가 그 유명한 진흙탕인가."

"유명한지는 모르겠지만…."

"그럼 얼른 시작해 줘."

시작해달라고만 하면 모르겠는데.

"저기…. 어떤 일인지 물어도 될까요?"

"아, 처음인가…. 일은 간단해. 여기에 눈이 운반되어 올 테니까 그걸 저기 있는 삽으로 안쪽에 모아줘. 말하자면 눈의 정리지. 마도구로 가는 길은 만들어 놨으니까 그건 메우지 마. 그리고 어느 정도 모이거든 신호에 맞춰서 거기 있는 마도구를 가동시켜. 그것뿐이야. 마력이 떨어져도 눈은 오니까 돌아가지 말고 정리만이라도 해 줘."

"알겠습니다."

어떤 일인지 도무지 모르겠지만, 일단 뭘 해야 하는지는 알았다.

해야 할 일을 알았으면 의미를 생각하지 말고 그냥 하면 된다.

"……."

나는 다른 사람에게서 삽을 받고 시키는 대로 광장에 적당히 버려진 눈을 안쪽으로 옮기기 시작했다.

처음부터 안쪽까지 가져다주면 좋겠다 싶지만… 마도구는 중앙에 있다. 그게 부서지거나 마도구 자체가 파묻히는 경우를 생각하면 아는 사람끼리 분업하는 편이 낫겠지.

멍하니 그렇게 생각하면서 삽을 움직였다.

함께 일하는 다른 모험가와 두어 마디 대화를 나누면서 눈을 옮겨서 내 키 정도 되는 선반 위에 던졌다.

선반 위에서는 또 다른 남자가 눈을 정리했다.

최종적으로 내 키의 세 배 정도 되는 눈의 벽이 생겼다.

눈은 무겁지만, 내게는 단련된 오른팔(헐크)과 왼팔(헤라클레스)이 있다.

그들은 갑자기 주어진 맛있는 유산에 환호성을 올렸다.

허리에 힘을 주고 버티고 서서 팔을 움직이면, 근육들이 맡기라는 듯이 눈을 들어올렸다. 적당히 좋은 무게였다. 이런 식으로 가자고 헐크가 자랑스럽게 외치며 팔꿈치 근육을 불끈거리고, 헤라클레스는 한심하다는 듯이 상완이두근을 뽐냈다. 두 상완이두근은 끊어질 듯했다.

"너, 마술사치고 제법 힘이 있군."

"마술사라도 힘은 필요하니까요. 단련하고 있지요."

"마술사한테 힘은 필요없잖아…."

몸이 뜨거워지고 상반신에 땀이 솟는 것을 느꼈다.

역시 평소에 쓰지 않는 근육을 쓰는 건 좋군. 그것만이라도 이 의뢰를 받은 건 정답일지 모르겠다.

의외로 나한테 이런 일도 나쁘지 않았을지 모르겠다.

"좋아, 진흙탕. 슬슬 마도구 쪽으로 가 줘. 신호를 할 테니까."

"예."

책임자의 말에 나는 삽을 돌려주고 마도구 쪽으로 이동했다.

물론 마도구는 이미 눈벽 중심에 있었다. 광장 입구 쪽으로 돌아가야만 했기 때문에, 나는 눈벽 안에 만들어진 통로를 지나기 위해 입구 쪽으로 이동했다.

마술로 적당히 녹여서 이동해도 좋겠지만, 로마에 가면 로마법을 따르라고 했다. 여기선 시키는 대로 해야겠지.

"…애들도 많네."

광장 입구 부근에는 계속 눈이 운반되어왔다.

눈을 나르는 건 모험가나 시민, 그리고 병사가 많지만, 조그만 아이들도 꽤나 섞여 있었다. 눈을 옮기기만 하는 거라면 애들도 할 수 있기 때문이다.

운반방법은 평범하게 양동이로 옮기는 사람, 등지게 같은 걸 쓰는 사람, 짐마차로 옮기는 사람, 나무상자에 담아오는 사람 등 가지가지였다.

다들 무표정해서 별로 즐겁지 않은 얼굴인 건… 당연한가.

눈치우기 같은 건 누구에게도 즐겁지 않다.

다만 아이들만큼은 조금 쌩쌩해 보였다. 눈을 옮기는 게 재미있을까, 아니면 옮기면 옮기는 만큼 용돈이 늘어난다는 현실적인 이유일까. 소년소녀가 얼굴이 시뻘개져서 눈이 가득 담긴 나무통을 어딘가에서 가져오는 짓을 몇 번이나 반복했다.

이렇게 눈발이 세면 주민들도 할 일이 없는 탓인지, 의외로 사람이 많았다.

"……."

보고 있자니, 아장아장 눈을 옮기던 소녀가 넘어졌다.

눈 위에서 넘어졌으니까 아프지 않을 텐데, 다리를 누르면서 울상을 하였다.

나는 별 생각 없이 그 아이에게 다가가서 웅크려 앉아 말을 걸었다.

"왜 그러나요?"

"아, 아무것도 아냐…."

아이는 겁먹은 것처럼 다리를 누르며 바로 일어서려다가 얼굴을 찌푸리며 비틀거렸다.

"보여 주세요."

나는 아이의 손을 치우고 신발을 벗겼다.

그러자 아이의 다리는 빨갛게 부었고 발가락은 검게 변색되었다. 곳곳에는 물집이 잡혀 있었다.

이건 동상일까. 보고 있기만 해도 아파 보였다.

"…신성한 힘은 방순한 양식, 힘을 잃은 자에게 다시금 일어날 힘을 주어라. '힐링'."

"앗."

내가 거기에 손을 대고 치유 마술을 사용하자 순식간에 다리는 원래대로 되었다.

이 세계의 치유 마술은 실로 편리하다.

반대쪽 다리도 치료해 주자 아이는 절망적인 얼굴로 나를 보았다. 치료해 줬는데 왜 그런 얼굴을 하는 걸까….

"…혹시 괜한 짓을 했나요?"

"저, 저기, 도, 돈, 없어요…. 돈, 못 줘요…."

"아하."

어디서 들어본 적이 있는 것 같다. 그런 악덕업자도 있는 모양이라고.

병에 걸리거나 다친 사람에게 들이닥쳐서 멋대로 치료하고 억지로 돈을 요구한다.

특히나 고아에게 그런 짓을 하고 돈을 못 낼 경우는 고아를 노예로 팔아 버린다나.

"돈 같은 건 필요 없어요."

나는 그렇게 말하고 일어섰다.

아이를 상대로 그런 짓을 했다간 루이젤드를 볼 낯이 없다.

"어이, 진흙탕, 뭐 하는 거냐!"

일어서자 책임자가 이쪽을 향해 호통치고 있었다.

광장은 이미 눈으로 가득했다.

내 키의 세 배는 될 만한 선반이 눈으로 가득 채워졌다. 내가 왔을 때에는 이미 광장의 절반이 눈으로 메워지기도 했지만, 순식간이었다.

"지금 갑니다."

나는 바로 마도구 쪽으로 달려가서 지정된 위치에 섰다.

"좋아, 진흙탕, 시작해."

"예."

시키는 대로 나는 마도구에 손을 대고 마력을 주입했다.

마도구는 별로 익숙하지 않으니까 얼마나 마력을 넣어야 좋을지 알 수 없었다. 하지만 그런 점은 책임자가 말해주겠지. 나는 그만 두라고 할 때까지 계속 마력을 넣으면 된다.

"……."

마력을 주입하여 마도구가 작동하는 것을 확인하면서 주위를 보았다.

"오오."

그러자 마도구와 가까운 곳부터 눈이 녹는 게 보였다.

순식간에 마도구 부근의 눈이 녹아서 지면에 흡수되었다.

아무래도 지면도 마도구로 만들어졌는지 벽돌처럼 보이는 바닥에는 기하학적인 문양이 새겨져 있었다. 어쩌면 이 광장 전체가 하나의 마도구일지도 모르겠다.

나는 마력을 넣으면서 눈이 녹는 것을 바라보았다.

자연해동을 빨리 감기로 보는 듯한 광경에는 왠지 눈을 빼앗겼다. 눈이 녹고 오렌지색 바닥이 퍼지는 것은 봄이 찾아오는 모습을 보는 듯한 기분이었다.

물론 하늘은 잿빛으로 우중충하고, 녹이 계속 녹는다고 해도 봄과는 거리가 멀지만.

보고 있자니, 광장이 모두 녹고 광장에 모인 사람들의 얼굴이 보였다.

"오오~."

그러자 주위에 술렁거림과 동시에 박수가 일었다.

뭐지? 나도 마도구에서 손을 떼고 일단 같이 박수를 쳤다.

"으음, 대단하군. 이게 A랭크 마술사의 마력인가…."

방금 전의 책임자가 다소 감동한 얼굴로 다가왔다.

"어어…. 이제 괜찮나요?"

"그래, 충분해."

"아직 마력이 바닥나지 않았는데요…?"

오렌지색 벽돌은 계속 내리는 눈으로 곧 하얗게 물들었다. 이대로 있다간 곧 또 쌓이겠지.

"아니, 됐어. 의뢰는 끝났다. 수고했어. 혹시 짬이 나거든 또 와 준다면 고맙겠어."

책임자는 그렇게 말하고 의뢰 완료 사인을 해 주었다.

왠지 몰라도 쉽게 끝났다.

"저기, 눈 옮기는 작업은 더 안 해도 됩니까?"

"그만한 눈을 녹였으니까 이제 됐어. 솔직히 3분의 1이나 녹을까 싶었는데… 이 이상 돈을 지불해 줄 순 없거든."

그런가. 그 눈을 죄다 녹였으니까 내가 의뢰받은 만큼은 일한 게 됐단 소린가.

그래. 입다물고 있었으면 더 부려먹을 수도 있었을 텐데. 이 책임자는 좋은 사람이구나.

하지만 덕분에 한가해져 버렸다.

딱히 눈을 치우고 싶었던 건 아니지만, 왠지 불완전연소로군.

공짜 일이라도 좋으니까 삽을 빌려 볼까…. 아니, 모처럼이니까 모험가 길드에 돌아가서 다른 눈치우기 의뢰를 받는 것도 좋을지 모르겠다.

아니, 그러니까 눈치우기는 됐다니까. 예를 들어서 근육 트레이닝을 하는 것도….

"마술사 오빠!"

그런 생각을 하며 광장을 나가려는데, 조그만 애가 말을 걸어왔다. 여자애지만, 방금 전에 치유 마술을 걸어준 애랑은 다른 애였다.

"이름이 뭐예요?"

"…루데우스 그레이랫이라고 합니다."

잘 모르지만 일단 대답해 주었다. 어린애는 싫지 않아.

"!"

아이는 내 이름을 듣자마자 아무 말도 않고 확 뛰어갔다.

사람의 이름을 듣고 갑자기 뛰어가다니 대체 뭐지? 무례한 애네.

그렇게 생각했는데, 아이가 달려간 방향에는 고만고만한 키의 아이들이 모여서 나에게 이름을 들은 아이와 섞여서 뭔가 의논하는 듯했다. 소곤소곤 말하는 목소리에 내게도 들렸다.

내 이름에 그렇게 의논할 만한 가치가 있기라도 한 걸까.

한동안 지켜보는데 그들은 고개를 끄덕이더니 뒷골목으로 사라졌다.

"……"

슬쩍 본 바로는 아이들 중에 내가 치유 마술을 걸어준 애도 섞여 있었다.

그녀는 내 쪽을 보더니 꾸벅 고개를 숙인 뒤에 뛰어갔다.

"흐음."

대체 뭘까. 잘 모르겠지만 나쁜 느낌은 아니었다.

사람들이 날 두고 떠들면 보통은 기분 나빠지지만, 이번에는 그렇지 않았다.

그럼 분명 험담은 아니었겠지.

저런 아이들에게도 내 이름을 기억시키면 뭔가 좋은 일이 있을지도 모른다.

뭐, 그게 아무런 도움이 안 되더라도 가끔은 이런 것도 좋지.

그렇게 생각하고 오래간만에 기분이 조금 좋아졌다.

자, 모험가 길드로 돌아가자.

오후의 모험가 길드에는 아는 얼굴이 있었다.

스잔느와 티모시, 패트리스였다.

'카운터 애로우'가 다 모였다…도 아니지만, 이런 시간에 있는 걸 보면 의뢰를 마치고 돌아왔든가, 나와 엇갈렸을 뿐이지 애초부터 도시에 있었다는 소릴까.

평소에는 저쪽에서 말을 걸어오지만, 가끔은 내 쪽에서도 말을 걸어보자.

오늘은 조금 기분이 좋으니까.

"안녕하세요."

"아, 루데우스인가."

어라? 왠지 기운이 없는 것 같다.

스잔느만이 아니라 티모시와 패트리스도.

"…무슨 일 있었나요?"

"어어…. 그게, 미미르랑 사라가 말이지."

나머지 두 사람의 모습은 보이지 않는데, 파티라고 꼭 하루 종일 붙어 있는 것도 아니고.

그렇게 생각하며 무시했는데.

무슨 일 있었을까.

"두 사람이 결혼이라도 했습니까?"

"…당신도 그런 농담을 하는군요."

"…죄송합니다."

티모시의 얼굴에 항상 있는 웃음이 없었다. 뿐만 아니라 표정이 어둡고 내 말에 짜증내는 것처럼도 보였다.

혹시 진짜로 무슨 일 있었나?

"저기, 물어봐도 되나요…?"

"……"

티모시는 침묵했다.

대신 스잔느가 고개를 들었다.

"죽었어."

모처럼 즐거운 기분이었는데 단숨에 날아갔다.

"…아, 그런, 가요."

죽었다는 말에 나는 솔직하게 그걸 받아들였다.

딱히 이게 처음인 것도 아니다.

모험가에게 죽음은 가까운 존재다. '카운터 애로우' 외에도 나름대로 친하게 지냈던 파티가 전멸했다는 이야기를 들은 적도 있었다.

다만 역시 마음이 가라앉는다. 받아들이는 것과 가라앉는 것은 또 다른 문제니까.

두 사람과는 그렇게 사이가 좋았던 것도 아니고, 서로를 잘 안다고 할 수 있는 것도 아니었다. 하지만 그래도 같이 밥을 먹고 생사를 넘나든 상대가 죽었다는 말을 들으면 마음이 가라앉을 수밖에 없다.

하지만 이건 어쩔 수 없는 일이다.

모험가는 언젠가 죽는다. 이르냐 늦냐의 문제는 있어도, 은퇴하지 않는 한 죽음의 가능성은 따라붙는다. 그런 법이다.

"아니, 미미르는 몰라도 사라는 아직 죽지 않았습니다."

나는 그 말만으로도 죽음을 받아들였지만, 티모시는 그렇지 않은 모양이었다. 분한 듯이 얼굴을 찌푸리고 스잔느와 패트리스에게 따지고 들었다.

"그녀는 싸움 중에 놓쳤을 뿐입니다. 사체를 확인한 게 아닙니다. 그러니까 어쩌면, 조금만 더 찾으면 아직…"

"그만둬. 그런 눈보라에 시야가 협소한 숲 속이었어. 죽었다고 생각하는 게 좋아."

"하지만."

"그만두라고 말했잖아! 그 이상 그 자리에 머물러서 수색했다 간 우리까지 죽었어! 그걸 아니까 우리는 네 지시에 따른 거야!"

스잔느의 외침에 티모시는 깊게 고개를 수그렸다.

아무래도 티모시의 지시로 철수한 모양이었다. 그는 그래서 후회하는 듯했다.

갈등하면서도 그때의 상황에 따라서 이편이 좋겠지, 이편이 낫겠지, 그렇게 생각하고 한쪽을 선택한다.

그리고 후회한다.

현황을 보고 다른 쪽을 고르는 게 더 나은 결과를 낳지 않았 을까 후회한다.

실제로는 다른 쪽을 고르면 더 나쁜 결과가 기다렸을지도 모 르는데.

물론 커다란 것을 버리게 되면, 설령 더 나쁜 결과가 되더라 도 일종의 희망에 걸어보는 게 좋지 않았을까 하는 생각을 할 수밖에 없다.

"…티모시, 네가 혼자 끌어안고 있을 게 아냐. 우리도 그 자리 에선 반대했지만, 최종적으로는 수긍해서 여기까지 돌아왔어. 공범이야."

"그래. 우리도 같아. 그러니까 혼자 마음 앓지 마."

스잔느와 패트리스가 티모시를 위로했다.

두 사람 다 괴롭겠고 혹시나 하는 일말의 희망 정도는 가지고 있겠지만, 찾으러 가는 위험성과 헛고생으로 끝날 가능성이 너무나도 커서 말로 할 수 없는 것이다.

그들에게는 아직 앞날이 있으니까, 여기서 충동에 따라 뛰쳐나갔다가 운 나쁘게 한 명 더 죽으면, 두 명 죽으면, 전멸하면, 그런 생각을 하지 않을 수 없다.

"……."

거기까지 생각하다가 문득 몇 달 전의 일, 겨울이 되기 전에 들어갔던 그 동굴에서의 일을 떠올렸다.

그러고 보면 사라가 제일 먼저 달려갔다고 그랬지.

돌이켜보면 그것도 전멸이든가, 아니면 한 명 정도 죽을 위험성이 높은 행동이었다.

"그런데 어디서 잃어 버렸습니까?"

"서쪽의… 트리어 숲이야. 눈보라로 시야가 좁아져서 어느 틈에 숲에서 길을 잃었어. 어떻게든 빠져나오려던 때에 스노우 버팔로 떼의 공격을 받았지."

"그런가요, 고생이었군요."

트리어 숲…. 분명히 여기서 한나절 정도 거리로군.

"……."

"그럼 저는 실례하겠습니다."

나는 그렇게 말하고 발길을 돌렸다.

그들은 그 이상 아무 말도 없었고 나를 붙잡지도 않았다.

나는 그대로 모험가 길드를 나서서 숙소로 돌아갔다.

숙소에 들어가서 계단을 뛰어올라가 내 방으로 들어갔다.

방한구는 벗지 않고 물방울만 즉각 털어냈다.

방구석에 놓아둔 커다란 백팩을 테이블에 올려놓고 방에 남아 있던 보존식을 있는 대로 쑤셔넣고 짊어졌다.

방을 나가 계단을 내려가서 숙소를 나섰다.

목적지는 도시의 출구. 서쪽 출구였다.

왜 이런 짓을 하려는 건지 스스로도 알 수 없었다. 분명 헛걸음이 되리라는 건 왠지 알고 있었다.

그래도 가고 싶었다.

스잔느의 흉내를 내어서 경박하게 행동하는 소녀가 죽었는지 확인하러 가고 싶었다.

왠지 모르게, 그래, 왠지 모르게.

왠지 모르게 나는 시야가 안 좋은 눈보라 속을 걸었다.

"…이 눈보라 귀찮네."

나는 하늘을 올려다보았다.

흩날리는 눈이 꿈틀거리는 잿빛 하늘. 거기를 향해 지팡이를 쳐들었다.

록시가 되도록 안 하는 쪽이 좋다고 그래서 가급적 안 했던 일을 했다.

구름을 움직이고 돌개바람을 만들어서 날려 버렸다.

"좋아."

나는 맑은 하늘 아래를 성큼성큼 걷기 시작했다.

★　★　★

트리어 숲에 도착했을 때에는 주위가 어두컴컴했다.

밤중의 숲이었다. 날씨를 조작한 덕분에 눈보라 속을 지나는 일은 없었지만, 나무들이 하늘을 가린 탓에 횃불만으로는 다소 광량이 부족했고 게다가 발밑에는 눈이 두껍게 쌓여 있었다. 한 걸음 내딛기만 해도 허리 근처까지 눈에 파묻혔다. 평소보다 꽤 걷기 어려웠다.

그런 곳을 한 걸음, 또 한 걸음 천천히 걸었다.

"윽!"

때때로 바로 옆의 나무에서 대량의 눈이 떨어져서 나를 묻어 버리려고 했다.

눈에 묻힐 뻔한 게 아니다. 의도적으로 나를 묻어 버리려고 했다.

나는 그걸 의도적으로 일으킨 마물을 올려다보았다.

스노우폴 트렌트. 여름에는 보통 트렌트지만, 겨울이 되면 나뭇가지에 눈을 모아두다가 그 이름처럼 자기 근처를 지나는 여행자에게 대량의 눈을 떨어뜨려서 움직임을 막는다. 이 지역 특유의 하급 트렌트다.

그저 눈을 떨어뜨릴 뿐이지만, 때때로 이 트렌트 중에는 얼음 마술을 쓰는 녀석도 섞여 있다. 그 경우는 떨어지는 게 눈이 아니라 얼음덩어리다. 인간은 한 방에 깔려죽겠지.

그게 상급 트렌트의 일종인 아이스폴 트렌트인데, 아직까지는 만난 적이 없다. 가능하면 만나고 싶지 않다.

"'버닝 플레이스'."

나는 떨어진 눈더미를 불 마술로 증발시키고,

"'스톤 캐논'."

스톤 캐논으로 트렌트를 파괴했다.

트렌트는 줄기에 커다란 구멍이 뚫려서 파편을 흩날리며 그 동작을 멈추었다.

이 정도라면 대단한 장해는 되지 않는다. 장해라면 이 발치에 쌓인 눈쪽이 훨씬 장해였다.

걷기 힘들고 때때로 다리가 빠진다.

그때마다 불 마술을 써서 녹였지만, 방한구인 스노우 헤지혹의 모피로 만든 코트는 물을 흡수하면 괜히 무거워지고, 그때마다 바람 마술을 사용하여 말려야만 하기 때문에 아무래도 이동속도를 확보할 수 없었다.

앞으로는 이런 장소를 이동하는 훈련도 해두는 편이 좋을지 모르겠다.

"……."

그렇게 생각하면서 나는 말없이 이동했다.

내가 대체 뭘 하는 걸까 싶기도 했다.

어차피 못 찾는다.

행방불명이 된 직후에 셋이서 찾아도 찾을 수 없었는데, 왜 자세한 장소도 묻지 않고 온 내가 찾을 수 있다는 걸까.

고함을 질러서 저쪽이 자기 위치를 알게 하면 좋겠지만 그럴 수도 없다. 마물이 꼬여들기 때문이라고 변명할 수 있지만, 졸다트가 말한 '어중간'이라는 말이 떠올랐다.

정말로 나는 뭘 하는 걸까.

이런 식으로 찾아봤자 결국 자기만족에 불과하다.

하지만 그렇다면 난 어떻게 해야 만족할 수 있을까.

그야 사라를 찾아내면 만족하겠지. 내 방식으로 사라를 찾아냈을 때 나는 만족한다.

사라가 살았든지 죽었든지는 관계없다.

관계있는 것은 내가 행동을 하고 그 성과가 나오는 것이다.

그래. 성과다. 지금 나는 성과가 필요하다.

그 이외의 것은 딱히 관계없다. 어떻게든 사라를 구하고 싶은 것도 아니다. '카운터 애로우' 멤버들에게 은혜를 갚고 싶은 것도 아니다. 나는 성과를 원했다.

어쩌면 남을 버리지 않는다는 선택을 하고 싶을 뿐일지도 모르겠다.

나는 에리스에게 버림받았다.

버림받은 나는 이만큼 기운을 잃었다. 그러니까 나는 남에게 그런 행동을 하고 싶지 않다. 내가 당해서 싫었던 일을 남에게 하고 싶지 않다.

그것뿐일지도 모른다.

모르겠다. 답이 나올 만한 일도 아니다. 왜 나는 여기서 이런 고생을 하는 걸까. 그 의미를 전혀 모르겠다.

"찾았다."

사고가 미로에 빠졌을 때 시야 구석에서 마물 무리를 발견했다.

스노우 버팔로 떼다. 하얀 눈 속에서 잿빛 모피를 가진 버팔로가 몸을 서로 붙이고 있었다. 눈보라 속이면 저 잿빛이 절묘한 위장색이 되어서 모험가에게 들키지 않고 기습할 수 있겠지만, 지금은 맑은 날씨다. 밤에 나무 그늘에 숨어 있는 탓에 꽤 보기 어렵지만, 그래도 틀림없다.

스노우 버팔로는 숲속에서 무리를 만든다.

한 숲에 한 무리밖에 존재하지 않는다.

그리고 기본적으로 겨울 시기에는 한 곳에서 별로 움직이지 않고 눈속에서 출산과 육아를 한다.

그런 스노우 버팔로 무리에게 습격을 받았다면, 자기가 스노우 버팔로의 영역에 들어간 케이스가 많다.

즉 티모시 일행이 사라를 놓친 것은 이 부근일 가능성이 크다는 소리였다.

그리고 사라의 사체는 저 스노우 버팔로의 뱃속에 있을 가능성도.

전생 세계의 버팔로는 초식동물이었는데, 여기 버팔로는 육식이다.

"……."

나는 두 손에 마력을 담았다.

전부 다 일격에 쓰러뜨리는 건 무리일지 모르지만, 선제공격으로 최대한 숫자를 줄이자.

"'어스 헤지혹'."

내 손에서 나온 마술이 스노우 버팔로의 발치에 도달했다.

순식간에 그들의 발밑에서 팔뚝만한 굵기의 바늘이 대량으로 솟구치자, 십여 마리가 동시에 꿰뚫려서 목숨을 잃었다.

"푸오오오오오!"

갑자기 공격을 받은 스노우 버팔로는 거품을 물고 주위를 경계하면서 움직이기 시작했다.

"'어스 랜서'."

나머지 버팔로는 흙의 창으로 차례로 죽였다. 거의 단순 작업이었다.

스노우 버팔로는 적을 찾아서 우왕좌왕했지만, 내 모습을 발견했을 무렵에는 이미 대다수가 죽었다. 그리고 나를 발견한 녀석도 곧 그 뒤를 따랐다.

몇 마리 안 남았을 무렵 그들은 도망치려고 했다.

하지만 때는 이미 늦었다. 나는 처음부터 한 마리도 놓칠 생각이 없었다.

"'어스 랜서'."

기계적으로 계속 마술을 쏘아대자 잠시 뒤에 움직이는 물체는 없어졌다.

혹시 더 일찍 도망쳤으면 무리를 형성할 만한 숫자는 남았겠지만, 갑작스러운 공격을 받아서 순간적으로 도망친다는 선택을 못 하는 점에서 역시나 야생동물이 아니라 마물이다. 싸우고 싸워서 이길 수 없다는 걸 안 다음에야 간신히 도망친다. 호전적이고 무서운 일이다.

"후우…."

주위에 사라가 있을 경우에 휘말리지 않도록 조심한다고 했지만, 의미는 있었을까.

그렇게 생각하면서 버팔로 사체가 굴러다니는 공간으로 이동했다.

구역질이 날 정도로 피냄새가 떠도는 가운데, 처음으로 일격을 맞은 무리 중심으로 들어갔다.

"……."

거기에는 뼈의 산이 있었다.

스노우 버팔로가 먹은 사냥감의 뼈였다. 네 다리로 걷는 동물의 뼈가 대부분으로, 그 중에는 자신과 같은 스노우 버팔로의 뼈도 섞여 있었다. 이놈들은 동족도 먹는 것이다.

나는 그 뼈의 산을 뒤졌다.

놈들은 뼈와 함께 먹다 남은 것을 놔두는 습성이 있는 모양이다. 자신들이 먹다 남긴 것을 놔둬서 다른 동물이나 마물이 냄새에 끌려들면 그걸 먹이로 삼기 위해서다. 비슷한 짓을 루이젤드도 했었다. 마대륙에서는 데드엔드라고 두려움을 사는 남자와 같은 짓을 할 만한 지혜가 있다니 무서운 일이다.

아무튼 그런 거니까 낮 동안에 죽은 녀석이 있다면 그 뼈가 있어도 이상하지 않다. 실제로 인간의 두개골 같은 것도 간간이 보였다.

그렇게 생각하며 열심히 뼈를 가르며 목적하는 것을 찾았다.

사라의 시체가, 아니면 사라가 몸에 지녔던 뭔가를 말이다. 그걸 찾으면 나도 만족하겠지.

"윽!"

한층 큰 뼈를 찾아냈을 때에는 무심코 그런 소리를 흘렸다.

살이 붙은 인간의 머리, 그것도 아는 얼굴을 찾아냈기 때문이다.

"미미르…"

'카운터 애로우'의 치유술사의 머리. 절반 정도 뜯어먹혔고, 특히나 볼살 쪽은 완전히 먹혀서 남아 있지 않았다. 특징적인 뼈와 반쯤 남은 머리칼로 간신히 판별할 수 있는 정도.

"하아…. 우읍…."

숨이 막혔다.

미미르가 죽었다. 그건 티모시도 분명히 말했다. 그 뒤에 사라 이야기로 넘어갔기 때문에 잊었지만. 그래, 그가 여기에 있는 건 이상하지 않다.

"……."

미미르와는 별로 이야기를 나눈 적 없었다.

떠오르는 건 갈가우 유적에서 돌아온 뒤에 술집에서 마실 때에 멋쩍은 얼굴을 했던 것 정도였다.

그래, 분명히 나를 버리려고 했네 안 했네 하는 걸로.

"……"

나는 그 머리를 백팩 안에 챙겨둔 꾸러미에 담았다. 하다못해 가지고 돌아가려는 마음이었다.

눈 안쪽이 아파오는 것을 참으며 어금니를 악다물고 뼈를 더 뒤졌다. 미미르가 이런 상태라면 어쩌면 사라도….

"응?"

뼈 안쪽에 반지가 하나 떨어져 있었다.

반지만이 아니었다. 시체가 몸에 지녔던 듯한 장식품이 몇 개 굴러다녔다. 상당한 숫자였다.

스노우 버팔로가 반짝이는 걸 모은다는 이야기는 들어보지 못했다.

뭐, 먹는 동안에 떨어졌으리라고는 상상이 가는데… 여태까지 뼈 안쪽을 뒤진 녀석이 없었다는 걸까.

"아…"

그 안에서 나는 발견했다.

깃털 같은 형태의 낯익은 장식품을.

"……"

사라가 달고 있던 귀걸이였다.

"으으…. 하아…."

한숨이 나왔다. 힘이 빠졌다.

역시나 결국 사라는 죽은 것이다.

티모시 일행과 떨어져서 스노우 버팔로에게 쫓겨다니다가 힘이 다해서 잡아먹힌 것이다. 눈보라 속에서, 절망 속에서 필사적으로 살려고 하다가 힘이 부족해서….

"……"

답답한 마음이 몸속에서 치달았다. 사라와는 분명히 그렇게 친하지 않았다. 얼굴을 맞댈 때마다 야유나 푸념을 날려대는 상대였다.

하지만 최근 그녀는 졸다트와 달리 그렇게 독살스럽지 않았다. 나도 그렇게 싫은 마음을 품지 않았다. 그녀가 뭐라고 하든지 딱히 그렇게 괴롭지 않았다.

그건 그녀의 말이 본심이 아니었던 탓일지도 모른다.

그녀는 나를 진짜로 싫어하는 게 아니었기 때문일지도 모른다.

분명 그녀와는 친해질 수 있었다.

"……"

입술을 깨물었다.

울음이 나오려는 것을 참으면서 나는 일어섰다.

원치 않은 결과였지만 목적은 달성했다. 만족했다.

그럼 이 뒤처리를 하고 돌아갈 뿐이다.

"…후우."

나는 힘이 들어가지 않는 몸에 기합을 넣으면서 스노우 버팔로의 사체를 모았다. 내 완력으로는 끌고 가는 것도 힘들었기 때문에 흙 마술을 사용하여 하나씩 옮겼다.

뼛더미 옆에 쌓았다.

피 냄새로 마물이 꼬여도 이상하지 않았지만, 다른 마물은 의외로 여기에 스노우 버팔로 무리가 있는 걸 아는 건지, 아니면 단순한 우연인지 아무것도 오지 않았다.

나는 그대로 불 마술로 스노우 버팔로에 불을 붙였다.

고기 타는 냄새가 주위에 충만하였다. 별로 좋은 냄새는 아니었다.

나는 거기에 적당한 나무를 몇 개 던져넣었다.

나무는 튀면서 연기를 뭉게뭉게 토해냈다. 연기는 그대로 어두운 밤하늘로 솟아올랐다.

이걸 향 대신으로 삼자. 위령의 봉화다.

"……."

나는 한동안 연기를 올려다보았다.

생각할 일은 잔뜩 있었을 텐데, 왜인지 마음속은 공허했다.

그저 무심하게 불길과 연기를 바라보며 서 있었다.

"돌아갈까."

잠시 뒤에 불길이 수그러든 것을 확인하고 나는 조용히 중얼거렸다.

이제부터 출발해서 도시에 도착할 무렵에는 분명 동이 트겠지. 모험가 길드가 열리면 '카운터 애로우' 멤버에게 미미르의 시체와 사라의 유품을 보여 주자.

그리고 자자.

이럴 때는 자는 게 최고다.

그렇게 생각하면서 발길을 돌리려던 때,

"음?"

갑자기 무슨 소리가 들린 듯했다.

빠지직 하고 물이 순식간에 얼어붙는 듯한 소리였다.

마물일까. 이런 소리를 내는 마물이 이 근처에 있었던가.

어찌되었든 소리는 멀었다. 불 소리에 지워지기도 했겠지만, 아직 거리는 있었다.

기껏해야 스노우 버팔로의 피 냄새에 끌려온 거겠지.

그럼 얼른 이 장소를 뜨는 게 최고다. 해야 할 일은 마쳤으니까 얼른 이 자리를 벗어나자.

"......"

하지만 뭔가 안 좋은 예감이 들었다.

보이지 않는 뭔가가 그늘에서 호시탐탐 나를 노리는 듯한, 그런 두려움이 몸을 지배하였다.

그렇기는 해도 주위를 둘러봐도 마물의 모습은 보이지 않았다.

소리도 이미 들리지 않았다. 나뭇가지가 휘는 소리나 바람에

잎이 스치는 소리 같은 자연음이 들리는 정도였다.

그 소리를 확인하기 위해 나는 위를 보았다.

"우왓!"

나는 순간 옆으로 몸을 날렸다.

시간차를 두고 내 바로 옆에 뭔가 거대한 덩어리가 떨어졌다. 덩어리는 압도적인 질량으로 주위에 눈을 흩날렸다.

눈의 커튼이 시야를 메우는 사이에 내 예견안은 떨어진 것을 확실히 포착하였다.

얼음이었다.

거대한 얼음덩이가 내 바로 옆에 꽂혔다.

혹시 그 얼음덩이에 깔렸으면 어떻게 되었을까.

오싹한 기분으로 뒤를 돌아보았다.

거기에는 산 같은 그림자가 있었다.

수령 수백 년은 될 듯한 굵은 줄기, 하늘을 뒤덮을 정도로 우거진 잎을 가진 존재가 내 덩치만큼 굵은 뿌리를 꿈틀꿈틀 움직이면서 내게 다가오고 있었다.

"…아이스폴 트렌트?"

마대륙에서 대삼림으로 여행하면서 트렌트라면 상당히 많이 보았다.

하지만 이만큼 거대한 트렌트는 처음 보았다.

수령 몇 년일까. 트렌트는 나이를 먹으면 먹을수록 강력한 마물이 된다.

태곳적부터 존재한 듯한 이런 트렌트는 대체 얼마나 강할까….

나는 마른침을 삼키면서 뒤로 물러났다.

동시에 트렌트가 그 거대한 가지를 부웅 휘둘렀다.

반응은 할 수 있었지만 그건 너무나도 컸다.

나는 빗자루에 쓸린 벌레처럼 날아가서 눈으로 범벅이 되면서 데굴데굴 굴렀다.

"…큭!"

트렌트가 순간 움직임을 멈추었다.

뭘 하려는 건지 올려다보았더니, 가지 위에 뭔가를 만들어내는 게 보였다.

꽃이나 열매일까? 아니, 마술이다.

녀석은 가지 위에 다시금 얼음덩어리를 만들어내었다.

마물이 마술을 쓰는 모습을 보는 게 처음은 아니지만, 거대한 나무 위에 얼음덩이가 만들어지는 모습을 보는 건 처음이었다.

"큭!"

나는 순간적으로 지팡이에 마력을 담아서 충격파를 내 몸에 부딪쳤다.

내 몸은 먼지처럼 날아가서 그 자리를 피할 수 있었다.

아슬아슬하게 내가 있던 장소에 얼음덩어리가 처박혔다. 나무줄기가 우지끈 하고 큰소리를 내며 부러졌다.

눈속을 구르면서 다시금 지팡이에 마력을 담았다.

사용하는 마법은 스톤 캐논.

혼신의 마력을 담아서 트렌트에게 날렸다. 저렇게 덩치가 크니까 빗나갈 리도 없었다.

하지만 반대로 말하자면 너무 컸다.

지팡이에서 날아간 스톤 캐논은 아이스폴 트렌트를 향해 똑바로 날아가서 착탄했다.

쿠와아앙 하는 낯익은 소리가 주위에 울렸지만, 트렌트는 움직임을 멈추지 않았다.

내 혼신의 스톤 캐논은 분명히 직격했을 텐데 대미지가 없었다.

그렇게 생각하며 아연히 아이스폴 트렌트를 보자, 아이스폴 트렌트의 몸이 불길에 드러났다.

그 트렌트는 줄기 전체가 얼어붙어 있었다.

나무 주제에 얼음 갑옷을 두른 것이다.

그리고 내 스톤 캐논은 얼음 갑옷에 마력이 줄어든 건지, 트렌트의 줄기에 박힌 상태로 멎어 있었다.

스톤 캐논의 효과는 약한가…. 어쩐다. 불? 아니면 바람? 물? 뭘 쓰면 이 트렌트에게 대미지를 줄 수 있을까…?

아니, 잠깐. 상대의 강함을 모른다면 도망치는 쪽이 현명하겠지.

그렇게 생각하고 발길을 돌린 순간.

내 눈에 어떤 것이 비쳤다.

아이스폴 트렌트의 뿌리 근처에 뭔가가 얽혀 있었다.

그게 인간의 모습이라고 깨달았을 때 내 다리는 멎었다.

아는 사람이었다.

"사라…?!"

왜인지 아이스폴 트렌트의 뿌리 근처에 사라의 모습이 있었다.

죽은 걸까, 아니면 살아 있을까.

트렌트는 사냥감을 죽인 뒤에 양분으로 삼지만, 때로는 움직이지 못하게 만들어서 살려둔 채로 천천히 죽이는 개체도 있다.

딱 보기로 사라는 여기저기 다쳐서 멍이 들거나 부은 게 보였지만, 죽었다고 확신할 수 있을 만한 부상은 입지 않은 것 같았다.

살아 있을까, 아니면 이미 죽었을까.

"음?"

뭔가 위화감이 있었기에 눈을 부릅뜨고 보았다.

그러자 사라가 있는 높이에 대량의 사체가 걸려 있었다.

해골에 썩어가는 고깃덩어리. 말라비틀어진 러스터 그리즐리….

그 중에 한층 눈에 띄는 게 있었다.

스노우 버팔로였다. 스노우 버팔로 한 마리가 뿌리에 얽혀서 발버둥치고 있었다.

아마도 내가 놓친 개체겠지.

그 개체는 뿌리에 얽혀서도 거기서 도망치려고 입에서 거품을 내뿜으며 날뛰었다.

물론 뿌리에 완전히 얽혀서 빠져나올 수 없지만….

하지만 아이스폴 트렌트가 사냥감을 산채로 잡아두는 습성이 있는 것을 알 수 있었다.

어쩌면 사라도 정신을 잃었을 뿐이지 아직 살아 있을지도 모른다.

"……."

하지만 어떻게 구한다.

아이스폴 트렌트는 올려다봐야만 할 정도로 거대하다.

고층 빌딩 저리 가라 싶을 정도의 크기로, 줄기의 태반이 얼음 갑옷으로 뒤덮여 있다.

솔직히 쓰러뜨릴 수 있을 것 같지 않았다.

설마 스톤 캐논 이상의 대규모의 마술을 써서 쓰러뜨렸다고 해도 사라도 휘말려들겠지.

사라가 붙잡힌 곳은 다행스럽게도 얼음 갑옷으로 뒤덮이지 않았지만, 거기에 가서 사라를 떼어내고 이탈한다는 일련의 흐름이 가능할까?

그런 생각을 하는 사이에도 아이스폴 트렌트는 내게 다가와서 그 가지를 휘둘렀다.

"'프레임 슬라이스'!"

즉각 마술을 써서 가지를 잘라내어 공격을 피하고 또 뒤로 물러났다.

다음에는 오른쪽에서 가지가 오지만, 이것도 마찬가지로 회피했다.

그랬더니 다음에는 얼음덩어리가 위에서 떨어졌다.

"······!"

그렇긴 해도 올 거라고 알고 있었기에 피하는 건 문제 없었다.

그리고 또 다음 공격이 왔다.

오른쪽에서, 왼쪽에서.

"음?"

가지의 공격을 회피한 뒤 문득 위화감을 느껴서 트렌트의 움직임을 주의 깊게 보았다.

그러자 트렌트는 어둠 속에서 삐직삐직 소리를 내며 얼음덩어리를 완성시킨 참이었다.

"······."

혹시 이 녀석, 이 패턴밖에 없는 거 아닐까?

얼음덩이를 던진다. 다음 얼음덩어리를 만들어내는 동안에는 가지로 상대를 후려쳐서 쓰러뜨린다.

그것의 반복밖에 없는 걸까?

"······."

몇 차례 가지를 피하고 얼음덩이를 피하자, 그 예상은 확신으로 변했다.

물론 아직 뭔가 숨겨두고 있을 가능성도 있지만… 아니, 결국
은 트렌트다. 거대하다고 해도 원래 D랭크 상당의 마물이다.

행동 패턴이 그렇게 다양할 것 같지 않았다.

"…아까 프레임 슬라이스는 통했지."

가지 부분에 프레임 슬라이스가 통한다는 사실을 염두에 두
고 더욱 주의 깊게 관찰하자, 아무래도 얼음 갑옷으로 뒤덮인
것은 줄기의 굵은 부분뿐인 듯했다.

밝은 곳에서 보면 일목요연하겠지만, 스톤 캐논이 막히는 바
람에 당황했겠지.

"할 수 있을까?"

상대가 너무 거대한 탓에 조금 겁을 먹었던 모양이다.

차분하게 관찰하니 공격 패턴이 두 종류밖에 없다. 덩치만 컸
지 항상 상대하던 트렌트에 불과하다.

"좋아."

작게 중얼거리고 나는 앞으로 나섰다.

얼음덩이를 회피하고 빗자루처럼 후려치는 가지를 프레임 슬
라이스로 베었다.

어쩌면 더 효율 좋은 마술을 써도 좋았을지 모르겠지만, 트렌
트가 비장의 수를 남기고 있지 않다고 확신할 수 없었기 때문
에 신중하게 조금씩 했다.

그러자 아이스폴 트렌트의 약점이 분명해졌다.

이 트렌트는 너무 거대한 탓에 지면 근처에 닿는 가지가 몇 개 되지 않았다.

그걸 확인하고 그 몇 개를 밑에서 프레임 슬라이스로 베어낸 순간 승부는 결판났다.

트렌트는 결코 도망치려고 하지 않았지만, 그저 나를 그 이상 쫓기를 그만두고 죽은 척이라도 하려는 것처럼 그 자리에서 움직이지 않았다.

그틈에 나는 트렌트의 뿌리 근처로 접근하고, 짓밟힐 가능성을 고려하면서 사라에게 도달, 뿌리를 잘라내고 그녀를 끌어내는 데에 성공했다.

"사라…! 사라!"

"으음…."

이름을 부르자 그녀는 희미하게 눈을 떴다.

"어? 누구?"

"루데우스입니다."

"루데우스…?"

"구하러 왔어요."

나는 그렇게 말하면서 그녀를 업고 단숨에 그 자리를 이탈했다.

가지라는 공격수단을 빼앗겼다고 해도, 또 얼음덩이를 떨어뜨리지 않는다고 해도, 또 다른 공격을 해올지 알 수 없기 때문이다.

물론 내가 눈 때문에 느릿느릿 이동하더라도 쫓아오는 기색은 없었다.

나는 그대로 트렌트가 보이지 않을 때까지 계속 뛰었다.

★　★　★

트렌트에게서 이탈한 지 약 한 시간.

그 뒤에 사라의 부상을 치유 마술로 치료했다.

심한 부상이었다.

온몸에 타박과 동상이 퍼졌고, 뼈도 몇 군데 부러졌다.

특히 오른다리 허벅지는 심했다. 뼈가 뚝 부러져서 완전히 부었다. 아마 복합골절이라도 일어났겠지.

치유 마술은 직접 만지지 않으면 효과가 없기 때문에 겉옷과 바지를 벗기고 몸에 손을 대어서 치료하게 되었다.

"……."

또 무슨 소리를 들을까 싶었는데 그녀는 아무 말도 하지 않았다.

어쩌면 모험가라면 이 정도는 일상다반사일지도 모르겠다.

치유 마술사 미미르도 부상 부위에 따라서는 이렇게 만지지 않으면 치유할 수 없었겠고.

하지만 기어다녔기 때문에 눈이 들어가서 살짝 속옷이 비치는 게 눈에 해로웠다.

가급적 보지 않도록 해도 아무래도 조금씩 눈에 들어왔다.

"스노우 버팔로의 돌진을 맞고 절벽에서 떨어졌어."

"어?"

"다리가 부러진 이유."

"아…."

사라는 내가 팬티를 보는 걸 알아차렸겠지만, 그 이야기는 하지 않고 자기가 파티에서 떨어진 경위를 이야기해 주었다.

가리지 않은 것은 도와준 사례일지도 모르겠다. 눈보신이라고 생각하자.

몇 달 동안 이런 쪽으로 연이 없었고.

"스노우 버팔로떼가 모아둔 뼈 안에 사라의 귀걸이가 있어서 죽은 줄 알았어요."

"어? 아, 그거? 그 귀걸이, 마력부여품이라서 깃털을 상대에게 꽂으면 한동안 환영을 쫓아가게 돼."

사라는 자기 귀를 만지면서 그렇게 설명해 주었다.

눈보라 속에서 스노우 버팔로의 돌진을 맞고 허벅다리가 부러졌으면서도 귀걸이를 꽂아서 위기를 모면했다는 소린가.

"혹시 여기가 아이스폴 트렌트의 영역이 아니었으면 살아 있지 못했을 거야."

무리에게 쫓겨서 다리가 부러지고.

그래도 간신히 한 마리는 쫓아냈지만 움직일 수 없고 눈보라로 시야도 안 좋고. 추위를 버티기 위해 눈집을 파고 화살을 모아서 부목으로 만들어 응급처치를 하고. 혼자서 불안한 마음으로 구조를 기다리는 사이에 아이스폴 트렌트와 조우해서 얼음덩이에 눈집째로 깔려서 붙잡혔다.

그런 느낌이었던 모양이다.

"……."

나였으면 눈집을 판다는 생각이 떠오르지 않아서 동사했겠지.

"이제 슬슬 괜찮을까?"

그렇게 생각하는데 사라는 두 손으로 앞을 가리면서 그렇게 말했다.

"아, 예, 고맙습니다."

"왜 네가 그런 말을 하는데…."

사라는 투덜투덜 그렇게 말하더니 얼굴을 붉히면서 고개를 돌리고 부시럭부시럭 바지를 입었다.

내가 만졌을 때는 뼈가 부러져서 퍼렇게 부었지만, 지금은 부드럽고 탄력 있는 다리였다.

고맙다고 말하고 싶어질 정도의 다리였다. 그럼 고맙다고 말하는 건 당연하겠지. 뭐가 어떻게 되었든.

"……."

하지만 지금 뭔가 위화감이 있었다.

있어야 할 게 없었던 것 같았다. 뭐지? 대단한 건 아니라고 생각하는데….

"다리, 뭐 이상하지 않나요?"

"응, 괜찮아. 이제 아프지도 않고. 봐."

사라는 눈앞에서 다리를 굽혔다 폈다 했다.

치유 마술에 실패한 것도 아닌데 대체 뭐였을까.

"조금 위화감이 드는데… 뭐 이상한 것 없나요? 귀걸이가 떨어진 장소일까…?"

"떨어진 게 어디에 있어도 이상할 것 없지만… 아, 네가 여기에 혼자 있는 게 이상해."

"아니, 그건 티모시한테 행방불명이 되었다고 들어서…."

"아, 그 사람들은 역시 돌아갔구나."

"아뇨, 그건."

"응, 탓하는 건 아냐. 그 상황이면 당연하지…. 그래서 다들 무사해?"

"아뇨, 미미르는 죽었습니다. 시체는 여기에."

분명히 그렇게 말하고 등짐을 들어올리자, 그녀는 그것을 받아서 안을 들여다보았다.

그리고 거기에 들어 있는 것을 보고 얼굴을 찌푸린 뒤에 슬픈 표정을 하였다.

"그래…. 다들 이걸 알아?"

"미미르는 죽었다고 확인한 모양입니다. 하다못해 시체는 가지고 돌아가서 도시 근처에 매장해 주는 편이 낫겠다 싶어서."

"그래, 그 편이 미미르도 기뻐할 거야…. 아, 이건 내가 들고 갈게."

"그렇게 하세요."

사라는 입을 굳게 다물면서 등짐을 짊어졌다.

결국 위화감의 정체는 알 수 없었다.

그럼 내버려둘 수밖에 없나. 아마 지금 당장 어떻게 되는 것도 아니겠고….

"그럼 돌아갈까요."

"응."

고개를 끄덕이는 사라. 이렇게 얌전히 있으면 귀엽다. 마치 에리…, 어떤 사람이 떠올라서 나는 다급히 머리를 흔들었다.

"있잖아."

몇 걸음 발을 옮겼을 때 사라가 말을 걸어왔다.

돌아보다 그녀는 안도한 듯한, 울 것 같은 미소를 보여 주었다.

"도우러 와 줘서 고마워."

그 미소에서 나온 것은 진심이 담긴 감사의 말이었다.

"……."

나는 왜인지 그녀의 미소를 멍하니 쳐다보았다.

계속 보고 싶다고 생각했다. 내 안에서 뭔가가 연결되었다. 마치 여태까지의 행동 전체가 용서받은 듯한 기분이었다.

구원을 얻었다.

이상하게도 그녀를 구했을 터인 내 쪽이 그런 생각을 하였다.

★　　★　　★

로젠버그 시에 돌아왔을 때에는 동틀 무렵이 되었다.

사라가 중간에 야영을 하자는 제안도 했지만, 나로서는 얼른 돌아가고 싶었기에 기각했다.

사라와 둘이서 야영을 하는 건 왠지 무서웠다.

"아."

로젠버그 시 앞에는 낯익은 얼굴이 모여 있었다.

티모시와 스잔느, 패트리스였다.

"루데우스랑… 사라?!"

"스잔느!"

사라는 세 사람의 모습을 보자 곧바로 달려가서 스잔느의 품에 뛰어들었다.

"어떻게 된 거야. 지금부터 찾으러 가려던 참이었는데."

"루데우스가 구해 줬어!"

사라는 놀라움을 감추지 않는 그들을 향해 그렇게 말하고 자세히 설명했다.

그러자 세 사람의 시선이 내게로 모였다.

세 사람 모두 눈을 치뜨고 믿기지 않는다는 얼굴을 하고 있었다.

"어젯밤이라면… 우리 이야기를 듣고 바로 출발했다는 거야?

혼자서?"

"아뇨…, 그게…."

"그렇게 무리하다가 너까지 죽으면 어쩌려고 그래?"

그런 질타에 몸이 움츠러들었다.

"잠깐! 스잔느, 그런 말은 아니잖아!"

그때 사라가 내 앞에 섰다.

스잔느는 사라를 보고 다시금 눈을 동그랗게 뜬 뒤에 뺨을 긁적였다.

"…그래, 분명히 그렇지. 내가 할 말도 아니었어. 조금 제정신이 아니었네. 뭐라고 할까, 감사는 해. 일단 사라를 구해 줘서 고맙다고 말해야겠지."

스잔느는 멋쩍은 듯이 말했다.

내가 혼자서 할 수 있다면 자기들도 그 타이밍에 나갔으면 찾을 수 있었다고 생각하는 걸지도 모른다.

물론 나는 날씨를 조작했으니까 가는 길이 편했을 뿐이라, 본디 눈은 그치지 않았겠지만.

"…아니, 파티 리더로서도 고맙다고 해야겠지요."

티모시가 내 손을 잡았다.

그는 평소처럼 부드러운 미소가 아니라 진지한 표정으로 날 보고 있었다.

"혹시 사라가 살아서 돌아오지 않았으면 나는 정말로 후회했을 겁니다. 고마워요."

"……."

"이 은혜를 어떻게 갚으면 좋을지. 뭐든지 말해 봐요."

티모시의 손은 뜨거웠다.

어쩌면 내 몸이 식었을지도 모르겠다.

"아뇨, 사례는 됐습니다. 저도 여러분께 도움을 받은 바 있으니까요."

그건 본심이다.

나는 이러니저러니 하면서 '카운터 애로우'에게 여러 면에서 도움을 받은 듯했다.

그러니까 사라가 행방불명되었다는 말에 자연히 다리가 움직였다.

"그러니까 이걸로 빚은 없는 걸로 하지요."

내가 그렇게 말하며 억지로 미소를 떠올리자, 티모시도 나를 보고 평소와 같은 미소를 지어 주었다.

"그런가… 그렇군요. 그럼 앞으로도 잘 부탁합니다."

"예. 앞으로도 잘 부탁합니다."

티모시는 나와 굳은 악수를 나눈 뒤에 좋은 생각이 떠올랐다는 얼굴로 입을 열었다.

"그렇지, 루데우스…"

"뭔가요?"

"…아뇨, 미안, 아무것도 아니에요."

티모시는 다소 난처한 표정으로 고개를 내저었다.

무슨 말을 하려던 거였는지는 왠지 이해할 것 같았지만, 나는 그걸 되물을 생각이 없었다. 혹시 내가 상정한 질문이었다면 망설일 테지만, 나는 최종적으로 거절하겠고.

"…그럼 돌아가겠습니다."

"음, 바래다주지."

'카운터 애로우' 멤버들은 당연하다는 듯이 나를 숙소까지 바래다주었다.

아직 사람들이 별로 없는 도시의 아침. 태양이 솟고 눈이 반짝반짝 빛나는 상쾌한 아침 속에 별로 대화도 없이 사박사박 눈을 밟으면서 다섯이서 걸었다.

나는 완전히 지쳤고 사라도 지쳐 있었다.

다른 세 사람은 더 묻고 싶은 게 많겠지만, 내가 돌아가겠다고 말한 것을 우선해 주었겠지.

그리고 곧 숙소 앞에 도착했다.

"여기면 됩니다. 고맙습니다."

돌아보고 인사했다.

"루데우스. 그럼 또 봐!"

숙소에 들어갈 때 사라가 그렇게 소리쳤다.

생각해 보면 그녀도 철야였다. 그것도 낮에 느긋하게 눈치우기나 거들던 나와 달리 눈보라치는 숲 속에서 다리가 부러져서 격통에 시달렸으니까 꽤나 소모되었겠지.

그렇게 생각하면 야영에 고려하는 편이 좋았을지 몰랐지만,

그렇게 되면 다른 멤버들과 엇갈렸을 가능성도 있다. 그러니까 이거면 잘된 것이다.

"예, 또 봐요. 오늘은 푹 쉬세요."

"루데우스도!"

"예."

나는 사라에게 손을 흔들고 숙소로 들어갔다.

로비는 따뜻하고, 일찍 일어난 주인이 이미 아침 준비를 시작하는지 좋은 냄새가 풍겼다.

나는 식당인 1층을 지나 3층까지 올라가서 난로에 불을 켰다.

방이 따뜻해질 때까지 잠깐 환기를 할까 해서 창문을 열었더니, 숙소에서 멀어져가는 '카운터 애로우' 멤버들이 보였다.

그리고 내가 그들을 발견한 것과 그들 중 한 명이 돌아보며 나를 본 것은 거의 동시였다.

사라와 눈이 마주쳤다.

그녀는 뭐라고 입을 움직였다.

목소리를 내지 않았다는 건 다른 세 명이 돌아보지 않은 걸 보면 알 수 있었다.

뭐라고 했을까…. 독순술을 모르는 나로서는 판별할 수 없어서 일단 손을 흔들며 그녀를 전송했다. 그녀는 조금 기쁜 듯이 다시 돌아보고 세 사람을 쫓아갔다.

창문을 닫자 갑자기 졸음이 찾아왔다.

오늘은 쉬자. 따뜻한 침상에서 게으름피우며 저녁식사 시간까지 느긋하게.

오늘은 오래간만에 깊이 잘 수 있겠다.

그렇게 생각하면서 나는 침대에 누웠다.

제5화　급접근

봄이 오고 여름이 왔다.

로젠버그 시에서 활동을 시작한 지 벌써 1년이 경과했다.

이름도 충분히 알려지고 인근 마을에서도 '진흙탕 루데우스'라는 이름이 들리게 되었다.

하지만 제니스의 정보는 여태까지 하나도 들어오지 않았다.

그래도 나는 다음 도시로 이동하는 일 없이 로젠버그에 머물러 있었다.

"오늘도 수고하셨습니다."

"수고했어!" "수고!"

오늘도 술집에서 '카운터 애로우' 멤버들과 건배했다.

"루데우스에겐 또 도움을 받았네. 역시나 진흙탕."

"아뇨, 여러분의 움직임이 좋으니까 저도 그만큼 할 수 있지요."

"또 겸손 떨고. 너는 혼자서 밤중의 숲에 갈 만큼 실력 있잖아.”

그 사건 이후로 나는 ‘카운터 애로우’와 함께 행동하는 일이
많아졌다.

처음에는 우연인가 싶었는데, 모험가 길드에 얼굴을 내밀면
‘카운터 애로우’ 멤버가 반드시 있으며 꼬박꼬박 말을 붙여 주
었다. 둔감한 나라도 알아차린다.

필연적으로 다른 파티와 행동하는 일은 줄어들었다. ‘카운터
애로우’와 행동하는 게 다섯 번에 한 번 정도였는데, 세 번에
한 번이 되고 두 번에 한 번이 되고, 지금은 다섯 번 중 네 번은
그들과 행동했다.

거의 파티 멤버라고 해도 과언이 아닐 정도였다.

“그래서 아빠가 사냥꾼이라서 말이지, 어렸을 적부터 활 연습
을 했어. 그러니까 지금도 활이야. 모험가 생활에는 조금 불편
하지만.”

“제 아버지는 기사였지요. 남자라면 검술, 여자라면 마술을
가르치실 생각이었나 본데, 왠지 검술보다 마술 쪽에 재능이 있
었던 모양이라서, 로아라는 도시에서 록시라는 마술사를 가정
교사로 불러왔습니다.”

변한 것이 또 하나.

사라와의 거리가 가까워졌다.

의뢰 도중의 야영, 뒤풀이 때 사라는 자연스럽게 내 옆에 앉
게 되었고 적극적으로 말을 붙이게 되었다.

처음에는 정말로 잡담이 많았지만, 최근에는 서로의 과거나 고향 이야기를 하게 되었다.

"그래서 그 록시라는 사람이 제 스승인데, 이 사람이 또 대단해서요."

"헤에."

"마족인데 인간 사이에 섞여서 열심히 살고 있는데, 안 좋은 일이 생겨도 움츠러드는 일 없이 올곧죠. 저는 그녀를 보고——."

"아…. 그래."

화제에 따라서는 다소 사라의 기분이 나빠지지만, 제법 친해진 듯했다.

사라는 아슬라 왕국의 중앙 부근, 밀보츠령의 서쪽 끝에 있는 마을 출신이라고 했다. 거기서 사냥꾼으로 생활하는 부부 밑에서 태어나서 어렸을 적부터 양친을 도우면서 살아왔다.

하지만 어느 날, 그녀가 아직 열 살 정도였을 무렵에 갑자기 숲속에서 마물들이 튀어나와서 양친이 함께 돌아가셨다고 했다.

천애고아가 된 그녀를 구해 준 것이 스잔느였다.

당시 스잔느와 티모시는 같은 파티 멤버였는데, 지금과는 전혀 다른 멤버로 파티를 짰던 모양이었다.

그들은 그 넘쳐난 마물들을 토벌하려고 이웃 도시에서 파견된 모험가였다.

마물들의 숫자가 상당했기에 모험가도 상당량이 투입되었고 피해도 많았다.

스잔느의 파티는 스잔느와 티모시를 남기고 전멸했다.

미미르와 패트리스도 비슷한 처지라서 '카운터 애로우'란 밀보츠령에서 일어난 마물 토벌로 고독해진 이들이 서로 모여서 결성한 것이라고 했다.

당시의 '카운터 애로우'는 D랭크 모험가 파티로, 사라는 모험가가 된 뒤에 스잔느의 도움을 받아가면서 차근차근 랭크를 올려서 파티에 들어갔다. 원래부터 활 재주도 있었겠지만, 상당히 일렀던 듯했다.

그 뒤에 '카운터 애로우'는 멤버가 늘거나 줄거나 하면서 B랭크로 승격.

B랭크 정도 되면 아슬라 왕국의 중앙 부근에서는 일이 거의 없어서 시골에서 시골로 이동했는데, 여기서 분발해서 한 단계 위의 장소로 가자고 제안. 남부와 북부 중 어디로 갈지 고민했지만, 당시 활동했던 게 도나티령이라서 북쪽과 가까웠던 탓도 있고, 또 북방대지는 티모시의 고향인 것도 있어서 지리에도 밝았다.

그런 고로 중앙대륙 북부로 이동했다는 이야기였다.

그렇기는 해도 사라는 사냥꾼의 딸이었나.

실피도 그랬지. 그녀는 지금 어디서 뭘 하고 있을까…

"난 그레이랫이라고 들었을 때, 네가 아슬라 귀족 도련님이라

고 생각했어. 마술학교를 나온 귀족 도련님이 뭐 기분 나쁜 일
이 생겼다고 도망쳐 나왔구나 싶은 정도로밖에 생각하지 않았
어."

처음에 그녀가 독살스러웠던 것은 내 출신이나 행동원리를
착각했기 때문이라고 했다.

말하자면 색안경을 끼고 보았던 것이다.

"아슬라 왕국에서 그레이랫이란 이름은 유명하니까요."

"하지만 그 그레이랫이 아닌 거지?"

"아뇨. 어어, 높은 분과 혈연은 있는 모양이에요."

"어…. 그렇구나."

일단 그렇게 말해두자 사라는 순간 입을 다물었다.

"아뇨, 물론 저 자신은 귀족이 아니에요. 너무 신경 쓰지 마
세요."

"…귀족은 말이지, 숲에서 마물이 나왔을 때에 이런저런 핑계
를 대며 기사단을 파견하지 않았어. 그러니까 그렇게 피해가 나
왔어."

"영주가 그런 짓을?"

"응. 나는 그렇게 들었어."

"아…. 뭐, 피해가 나오면 공격받을 구실이 되니까요…. 어쩌
면 다른 귀족이 방해했을지도요."

"그렇더라도 너무해. 죽는 건 마을사람인데…"

그런 경위가 있어서 그녀는 귀족을 싫어하는 모양이다.

실무를 맡지 않은 나 같은 귀족 자제도 언젠가는 어른이 되어서 더러운 짓을 시작하니까.

그렇게 말했다.

"귀족은 귀족대로 고생인 모양인데요."

필립이나 사울로스가 그들 나름대로 고생하던 것을 떠올리면서 그렇게 말했다.

필립은 이런저런 음모를 꾸미던 모양이었지만, 사울로스 할아버지는 이러니저러니 하면서도 영민을 많이 생각하는 모습이었다. 그 방식은 난폭한 경우도 많았던 모양이지만.

결국 영민을 생각하지 않는 건 영지에 없는 사람들이 아닐까 싶다.

왕도에 살면서 사람이나 토지를 숫자의 나열과 마찬가지로 다루는 놈들 말이다. 그런 놈들이 여차할 때에 나라나 영지를 생각하지 않고 남의 다리나 잡아챈다.

사울로스도 거기에 걸려서 죽었다.

뭐, 그것 또한 심하게 나무랄 일까진 아니라고 생각한다. 그들에게는 그들의 세계가 있고, 그 세계에서 싸울 뿐이니까.

인간은 뭔가를 할 때 눈앞에 있는 것 이외의 것은 머리에서 사라지는 법이다.

그렇게 깊게 생각하면 스트레스만 쌓여서 살아갈 수 없으니까.

"미, 미안. 뭐 거슬리는 말 했어?"

내가 생각에 잠겨 있자, 사라가 당황한 것처럼 내 손에 손을 겹쳐왔다.

잘 단련된 손의 감촉. 그 손바닥은 별로 여자답지 않았다.

활을 수천, 수만 번 쏜 그 손바닥은 곳곳에 물집이 잡히고 터진 것처럼 두꺼웠기 때문이다.

하지만 힘있고 따뜻했다.

"…아뇨, 딱히 거슬렸던 건 아니고, 전이사건으로 죽은 친척 귀족이 떠올랐을 뿐이에요."

"아…. 그렇지, 미안. 네가 귀족이 아니더라도 아는 귀족은 있구나…"

"그것도 마음두지 마세요. 물론 그 친척은 분명 사라 씨의 고향이랑은 관계없으니까요."

필립 형제는 상당히 지독하다고 했고, 어쩌면 다리를 잡아챈 것은 보레아스 관계자일지도 모른다. 게다가 사라의 고향인 밀보츠령은 파울로가 뛰쳐나온 노토스 그레이랫이 다스리는 곳이다. 무관계하지 않을 가능성도 컸다.

뭐, 그런 점은 복잡하니까 일부러 설명하지 않겠지만.

"하지만 그 귀족도 죽은 거지?"

"예."

"미안, 그럼 역시 무신경한 말이었어."

사과를 받아도 신경 쓰지 않았다.

그녀가 말하는 귀족과 내 기억에 있는 귀족이 일치하지 않기 때문이겠지. 필립이나 사울로스가 못된 사람이 아닌 것은 운이 좋았던 걸까.

그렇게 생각하면서 겹친 손을 뚫어지게 바라보자, 사라는 놀라서 손을 놓았다.

"아, 어어! 다른 이야기를 하겠는데!"

"예."

"실은 난 검도 조금 쓸 수 있어. 활밖에 못 쓰면 접근했을 때 힘드니까 스잔느한테 아주 조금 배웠을 뿐이지만."

갑작스럽게 화제가 바뀌었다. 뭐, 그대로 계속 이야기해도 서로 난처할 뿐이니까 당연한가.

이것이 분위기를 읽는다는 거겠지. 그 아이에겐 없었던 고등 스킬이다.

"화살을 들고 찌를 수도 없으니까요."

"응. 그렇긴 해도 파티로 움직이는 동안은 애초에 그렇게 접근을 허용할 일도 없어서 평소에 쓰는 나이프 대신 쓰는 것뿐이지만… 하지만 꽤 오래 써서 어제 부러졌어."

사라는 그렇게 말하면서 허리의 나이프를 뽑아서 테이블 위에 두었다.

분명히 나이프는 전체의 3분의 2 정도를 남기고 뚝 부러져 있었다. 뭔가를 깎는 정도로는 쓸 수 있겠지만, 싸움에는 도움이 안 되겠지.

"헤에…. 활 쪽이 일찍 부서지는 이미지인데."

"활은 직접 만드니까 부서져도 금방 다시 만들 수 있어. 이 근처라면 트렌트의 가지로 만들면 괜찮은 게 나오고."

활은 유행하지 않으니까 보통 무기상에서 팔지 않는다.

이 도시면 지팡이나 마도구용 목재가 대량으로 있기 때문에, 그걸 이용해서 활을 만든다고 했다. 물론 화살도 직접 만든다.

언제 만드는 건가 싶었는데, 돌이켜 보면 그녀는 야영할 때도 잘 때도 나무를 깎고 있었다. 꼬리깃털만 준비해 두었다가 한가한 시간이 있으면 만들겠지.

"그래서 최근에는 의뢰도 별로 실패하지 않게 되어서 돈이 모였으니까 새로운 단검을 살까 하는데."

"호오."

"루데우스, 내일 한가해? 같이 사러 안 갈래? 검술이 중급이라고 했으니까 단검이 좋고 나쁜지 정도는 알겠지?"

"단검이라면 조금도 모르지만… 알겠습니다. 가지요."

"결정이네."

사라는 그렇게 말하고 빙그레 웃었다.

"헤에."

"단둘이서 외출이라니 훈훈하군요."

문득 돌아보니 스잔느와 티모시가 이쪽을 히죽거리며 보고 있었다.

그때 나도 사라가 무슨 이야기를 꺼낸 건지 깨달았다.

데이트다.

데이트는 오래간만이었다.

마지막으로 데이트한 게 언제였더라.

그건 분명히 미리스 신성국에서 에리스와 옷을 사러 갔을 때였던가. 그때는 길가의 사람들을 보면서 살 옷을 정했다.

옷…. 내 옷을 보자면 낡은 로브밖에 없다.

옷을 사러 갈 시간도 없고 차려입을 지식도 없었다. 지난번처럼 길을 가는 사람들의 복장을 흉내 내는 것도 좋지만, 아쉽게도 여기 로젠버그에서는 멋지게 차려입은 사람이 별로 없는 모양이라 참고가 되지 않았다.

아니, 그렇게 차려입을 필요는 없겠지.

이번에는 물건을 사러 함께갈 뿐. 나이프를 하나 사러 가는 것뿐이다.

데이트라는 말에 휘둘려서는 안 된다. 그녀와의 사이는 좋아졌지만, 어디까지나 친해졌을 뿐이다. 마음이 있다든가, 갈 데까지 간다는 생각을 해선 안 된다. 동정도 아니고.

저쪽도 그렇게 기합을 넣을 리 없겠지.

응, 평범하게 가자, 평범하게.

오늘도 내추럴. 내추럴 루데우스다.

"기다렸지, 가자."

숙소의 식당에서 그런 생각을 하는데 사라가 데리러 왔다.

의식해서 보면 그녀는 귀엽다. 키가 작고 금발의 쇼트커트는 살랑거리고, 왠지 좋은 향기가 나는 듯한⋯. 아, 머리도 평소보다 공들여서 빗질했을지도 모르겠다. 저번에 의뢰로 보았을 때는 꽤 푸석했고.

모습도 평소와 조금 다르다고 할까, 다소 기합이 들어간 게 느껴졌다.

옷차림도 평소의 가죽 가슴바대에 화살통을 맨 차림이 아니라 의뢰 중에는 본 적 없는 얇은 옷 위에 평소의 겉옷을 걸친 느낌이었다.

멋지다는 말과는 거리가 멀지만, 모험가 일을 하면서 괜한 옷을 잔뜩 가진 녀석은 적다.

그녀 나름대로 힘을 주었다는 게 전해졌다.

그렇다면 둔감한 나도 안다.

역시 그녀는 내게 호의를 가진 것이다.

짚이는 데는 있다. 숲에서의 그 사건 이후부터겠지.

그럴 생각은 없었지만, 어느 틈에 공략해 버린 모양이었다.

흔들다리 효과라는 것도 있겠지만, 이유가 확실하다면 나로서도 왠지 마음이 놓였다.

내가 그녀를 싫어하냐면 또 그렇지도 않았다.

분명히 처음에는 독살스러웠지만 이유는 있었다. 그것에 대해서도 사과를 들었고, 애초에 별로 신경도 쓰지 않았다. 내게 호의를 보여 주는 상대는 역시 공포심이 들지만, 그래도 기쁘지 않을 리가 없다.

물론 사라에 대해 특별히 강한 마음을 품은 것도 아니지만, 이런 흐름이라면 몸을 맡겨도 좋지 않을까. 이미 동정도 아니고!

…아니, 진정해. 기세를 타고 막 나가는 건 위험하다. 같은 짓을 거듭하게 된다.

여기선 신중하게 거리를 두자.

"왜?"

"아뇨, 갈까요."

사라와 함께 시내를 걷자니, 그녀는 나와 한 발 떨어진 위치를 잡았다. 대각선 앞이나, 대각선 뒤.

그렇긴 해도 서로 살짝 고개를 돌리면 보이는 위치다.

옆에 서 있지만 즉각 옆으로 이동할 수 있도록, 이라는 식의 모험가다운 위치였다.

하지만 오늘은 평소보다 조금 가깝나. 손이 닿을 것 같다.

"여기인가."

그런 그녀가 찾아간 곳은 최근 로젠버그에서도 특히나 평판이 좋다는 무기상이었다.

가게 이름은 리메이트 상점. 아슬라 왕국의 수도 아르스에 본부를 둔 커다란 상회가 경영하는 가게로, 주된 상품은 아슬라 왕국에서 들여온 수입품이다.

리메이트 상점도 예전에는 그렇게 평판이 좋았던 게 아니지만, 최근 몇 년 동안 수입품의 질이 극적으로 좋아져서 급격하게 성장한 가게다. 분명히 내가 아슬라 왕국에서 타고 온 마차를 몰던 상인도 이 상점에 상품을 가져간 게 아니었을까.

가게 꾸밈새는 보통이었지만, 모험가 상대인 것치고 다소 비쌀 것처럼도 보였다.

"비싸 보이는 가게네요."

"응. 하지만 돈이 있으니까 조금 좋은 걸 살까 하고."

바쉐란트 공국은 마도구가 발달하여서, 돈만 많이 내면 아슬라 왕국에 가는 것보다도 좋은 것을 살 수 있다. 하지만 무기나 방어구 쪽으로는 아무래도 뒤졌다.

그럼 아슬라 왕국에서 들여온 수입품이 많은 이 가게가 좋다는 소리겠지.

단검, 하지만 고작 단검이라고 얕봐선 안 된다.

여차할 때에 자기 몸을 구하는 건 단검 같은 부장비다.

"어서 오세요!"

가게 안에 들어가자 점원이 기운차게 인사했다. 동시에 가게 곳곳에 비치된 무기가 시야에 들어왔다.

장검이 대부분이지만, 지팡이나 채찍, 곤봉이나 메이스 같은 둔기도 있었다.

창이나 봉 같은 기다란 무기는 존재하지 않았다. 분명히 이 세계에서는 스펠드족이 사용하는 것은 악마의 무기라고 해서 기피되었던가.

모험가로서는 재수 없는 무기를 별로 사지 않는다.

우리는 적당히 그런 걸 보고 다니면서 단검이 있는 코너로 발을 옮겼다.

벽에 가득 장식된 고급 단검과 선반에 놓인 중급 단검, 상자에 잡다하게 놓은 싸구려 단검.

세 종류 중에서 고급 단검은 제외했다.

마력부여품이 많고 매력적이지만, 지갑 사정이 못 따라가기 때문이다.

기본적으로 중급 단검을 골랐다. 이것들은 이름 있는 대장장이가 만든 것으로, 특별한 능력은 없어도 튼튼하거나 예리하거나 중심이 아주 안정되어서 쓰기 편하다. 가격은 좀 나가지만 그만한 가치가 있다.

저가인 것은 신품이면 나쁘지 않지만, 아주 잘 관리하지 않으면 금방 상태가 나빠진다. 사용빈도가 많은 경우는 잘해야 2년 정도일까. 1회용이라고 생각하는 사람도 많았다.

"여기저기 눈이 가네."

"이런 가게는 처음인가요?"

"처음은 아니지만, 나는 활을 쓰니까 이런 데랑은 별로 인연이 없어. 단검은 노점에서 중고를 싸게 사면 되고, 활 자체는 내가 만들고."

사라는 단검을 보고 실제로 손에 들어서 중심을 확인하면서 음미하였다.

나도 나이프를 하나 가지고 있지만⋯ 그게 어디서 산 거였더

라. 분명히 마대륙에서 적당히 산 녀석이었다. 아니, 그건 망가져서 왕룡 왕국 근처에서 새로 샀던가.

슬슬 새로 살 때가 왔을지도 모르겠다.

그렇게 생각하면서 나도 단검을 몇 개 보았다.

도신이 긴 것부터 짧은 것, 가벼운 것, 무거운 것. 한 마디로 단검이라고 해도 각양각색이었다.

오늘은 살 예정이 없지만, 혹시 무슨 일이 있거든 하나 정도 사두는 것도 좋을지 모르겠다.

"으음, 이거나 이거…. 어느 쪽으로 할까. 루데우스는 어느 쪽이 좋을 것 같아?"

돌아보니 사라가 단검 두 자루를 손에 들고 이쪽을 보고 있었다.

도신이 20센티미터 정도로 다소 굽은 것과 도신이 30센티미터가 넘는 정도에 직선인 것.

"그렇군요…."

나는 그것들을 받아서 실제로 들어 보았다.

들고 보니 무게나 중심 같은 감각이 크게 다른 게 느껴졌다.

두 개를 손목에 대고 가볍게 문질러본 뒤에 짧고 굽은 쪽을 택했다.

"화살을 깎을 거면 이쪽이겠죠."

이쪽이 중심이 안정된 듯했다. 자잘한 작업을 하려면 이쪽이 낫겠지.

"하지만 마물과 싸울 거면 이쪽."

그리고 긴 쪽을 돌려주었다.

긴 쪽이 칼날이 두꺼워서 옆에서의 충격에 강해 보였기 때문이다. 실제 강도에 관해서는 모르겠다.

"그렇지…. 으음."

나도 나이프에 대해선 그리 잘 아는 게 아니지만, 의견을 요구받고 아무 대답도 안 하는 건 좋지 않겠지.

"사용빈도는 화살을 만드는 쪽이 많겠죠?"

"하지만 여차할 때도 있고."

"그럼 둘 다 사면?"

"두 개나 사면 무거워져. 허리에 두 개나 차고 있으면 활 다룰 때 방해도 되고…."

"그럼 화살을 만드는 걸로는 싼 걸 따로 사서 백팩에라도 넣어두면? 예비용도 되고요."

"아, 그거라면… 하지만 왠지 아까워."

"뭣하면 제가 조금 낼까요?"

"미안하잖아…."

"가끔은 괜찮아요."

나는 그렇게 말하고 품에서 돈을 꺼냈다.

솔직히 나는 1년 동안 거의 돈을 쓰지 않았다. 필요한 건 사지만, 그래도 대량으로 돈을 쓰는 일은 없어서, 보수가 매일의 생활비를 웃돌았다. 너무 짜게 굴며 일했다는 기억은 없지만,

돈을 마구 쓰며 놀지도 않았기 때문에 돈만 모였다.

단검 한두 개 살 정도의 여유는 있었다.

"그럼… 이건 빚이니까."

"예, 언젠가 갚아 주세요."

사라는 꽤나 돈 거래에 까다로운 타입이라서, 밥을 사 주겠다고 해도 이렇게 빚이라고 말한다. 나로서는 갚지 않아도 상관없지만 그녀는 꼬박꼬박 갚았다.

그때마다 적당히 얼버무리며 다음 의뢰 때에 불침번을 대신서달라고 하는 식으로 바꾸었다.

하지만 빚을 갚으려는 그 성실한 자세는 싫지 않았다.

"응!"

사라는 역시 웃으면 귀여웠다.

단검을 산 뒤에 그 근처 가게도 보고 다녔다.

도구점에 방어구점. 그리고 평소에는 거의 보지 않는 고급 물건만 있는 마도구점.

마도구점은 모험가와 별로 관련이 없는 물건에다가 가게 앞에 진열된 것만 해도 우리의 1년 수입과 맞먹는 가격이 붙어 있었다. 그러니까 물론 구경만 했다.

이 세계에서의 마도구는 가전제품 같은 것과 초급 마술의 효과를 가진 것이 많은 듯했다. 마력을 담기만 하면 불이 나오는 아이템은 라이터처럼 조금 편리해 보였지만, 사이즈가 주먹 정도 되어서 가지고 다니기에 불편할 것 같았다.

연구가 진행된 것치고 별로였다.

하지만 이 도시는 아슬라 왕국과의 교역이 있는 곳이다. 그러니까 너무 고도의 기술을 사용하는 것은 가게 앞에 내놓지 않는 걸지도 모른다.

윈도우쇼핑을 끝마친 뒤에서 식사를 하러 갔다.

멋진 레스토랑…이 아니라 항상 가던 술집에서 먹고 마셨다. 둘 다 모험가고, 그녀는 별로 매너 같은 걸 모른다고 했다. 매너라고 하면 옛날 일이 조금 떠오르고, 나한테도 좋았다.

"그런 걸 보고 있으면 새 가슴바대도 갖고 싶어져."

"저는 아직 이 로브면 될지도…. 이거 꽤 마음에 들었거든요."

"몇 년 정도 썼어?"

"2~3년 정도일까요."

"분명히 튼튼하네…. 하지만 역시 끝자락이 조금 닳았잖아. 새로 사든가?"

"으음…. 확실히 찢어진 뒤면 되려나."

"그럼 나도 그렇게 할래. 하지만 내 쪽은 방어구니까 역시 일찍 바꾸고 싶어. 무슨 일이 일어날지도 모르고."

술집에서 평소처럼 콩과 고기 스프에 여름에만 나는 야채샐러드를 먹으면서 오늘 산 물건에 대해 이것저것 이야기했다.

돌이켜보면 이런 이야기는 에리스와 별로 하지 않았다.

나도 에리스도 물건을 살 때 시간을 들이지 않았고, 복장에 흥미가 있는 쪽도 아니었다.

에리스도 말주변은 별로인 축이었고….

그렇긴 해도 이런 이야기를 하는 것도 제법 즐거웠다.

"지금 것도 그리 대미지는 없는 것처럼 보이는데요?"

"응. 하지만 꽤 예전에 산 거니까 요즘 조금 답답해져서."

"답답…."

가슴바대가 답답해진다는 소리는 무슨 소릴까.

사라는 열다섯 살 정도로, 이쪽 세계에서는 성인이지만 성장기다.

성장기에 성장하는 것이라면….

"왜 얼굴을 붉히는데…."

눈총을 받았다.

뭐, 나는 화술에서 아직 경험치가 부족한 모양이다.

"남자들은 이러니까…."

하지만 허용범위 안이겠지. 사라는 딱히 싫어하는 기색도, 기가 차서 돌아가는 기색도 없었다.

"아…. 왠지 술기운이 도네. 루데우스랑 같이 있으면 무심결에 한 잔 하게 돼."

"그런가요?"

"응. 뭐라고 할까…. 루데우스의 옆이면 안심이 되니까…."

그렇게 말하면서 사라는 옆에 앉은 내게 몸을 기대왔다. 어깨와 어깨가 스치고, 사라의 체온이 옷 너머로 전해지는 게 느껴졌다.

이건 그걸까. 이른바 감이 있다고 해야 할까.

"……."

확인하기 위해 허리에 손을 들러보았다.

단련되었을 텐데도 날씬하며 부드러운 허리. 이걸 만질 수 있기만 해도 오늘은 대만족이 아닐까.

그렇게 생각하는데 그녀는 허리에 두른 내 손 위에 자기 손을 겹쳤다.

그리고 다소 젖은 눈으로 나를 올려다보았다.

"루데우스…."

"사, 사라…."

서로 이름을 부르자 더욱 몸이 밀착한 느낌이었다.

좋아, 가자.

나도 슬슬 예전 일을 잊고 다음으로 나아가야만 한다고 생각했다.

언제까지고 거기에 붙들려 있어선 안 된다. 1년 전에 정하지 않았나, 앞을 바라보고 다음으로 나아가자고.

그건 에리스를 잊고 다음 사랑을 찾는 것이기도 하지 않은가.

그래, 에리스와는 끝났다. 그럼 다음을 시작해야 한다.

허튼 짓을 할 틈은 없다.

"…스, 슬슬 늦었으니 돌아갈까요. 숙소까지 바래다줄게요."

나는 허리에서 손을 떼고 일어섰다.

그렇기는 해도 여기선 신중하게 가자.

에리스 때처럼 나만 신이 났다가 안녕이라는 형태가 되었다 간, 이번에야말로 나도 재기할 수 없을지 모른다.

확실하게 갈 수 있는 타이밍을 노려야 한다. 그렇지, 파울로?

그렇게 생각하면서 계산을 마치고 사라와 함께 가게 밖으로 나갔다.

그러자 사라가 갑자기 내게 기대왔다.

"…나 조금 더 너랑 이야기를 하고 싶어."

내게 체중을 맡기는 사라의 어조는 다소 혀가 헛돌았다.

취한 걸까. 얼굴은 붉고, 왠지 머리도 아찔거리는 것처럼 보였 다. 과음한 게 아닐까. 아니면 이 정도라면 아직 괜찮을까.

참고로 나는 지금 한 방울도 마시지 않았다.

"어어…. 그럼 어디 다른 가게로 갈까요?"

"으음."

사라는 턱에 손을 대고 하늘을 올려보았다.

그리고 아무렇지도 않게 중얼거렸다.

"네 방에 가도 될까?"

"……."

그 의미를 알고 하는 말일까.

아니, 모르더라도 내가 참으면 될 일일까.

잠깐, 딱히 참지 않아도 되지 않을까? 흐름, 흐름이다. 아까 는 좋은 무드였고, 저쪽이 좋다고 말한다면 여기선 흐름에 따라가는 것도 좋지 않을까?

"그, 그, 그럼 갈까요."

"응."

평소와 달리 얌전한 사라는 자연스럽게 내 팔에 자기 팔을 얽었다.

크지도 작지도 않은 가슴이 내 팔에 닿아서 화상을 입을 듯한 열기를 느꼈다.

부드러운, 실로 부드러운….

그렇기는 해도 에리스도 그렇고, 사라도 그렇고, 이 세계의 여성은 왠지 적극적이군.

"……."

하지만 위화감을 느꼈다.

뭘까, 이 위화감. 전에도 느낀 적이 있었던 것 같은데.

평소와 다르다. 에리스의 가슴을 이렇게 만졌을 때는 뭔가가 있었다. 그게 없는 것 같았다.

뭔가가 부족하다. 허전하다.

하지만 그건 그거다. 지금은 이 가슴의 감촉에 취하자. 아니, 진정해, 이대로 무드가 잘 만들어지면 팔만이 아니라 다른 장소로 맛볼 수 있지 않을까.

…심장이 벌렁대는 것을 느꼈다. 콧소리가 거칠어졌을까.

"도착했습니다."

"응, 3층이었지?"

팔짱을 끼고 숙소로 돌아가자, 주인이 의외라는 얼굴로 이쪽을 바라보았다.

그리고 가볍게 웃으며 주방으로 사라지더니 곧바로 돌아와서 뭔가를 던져 주었다.

무심코 받으니 술병이었다.

술 종류에 대해서는 잘 모르겠지만, 이거 아마도 꽤나 비싼 놈이다.

"……."

주인이 힘내라는 듯이 손을 흔들며 주방 안쪽으로 사라졌다.

사라의 안색을 엿보았지만 잘 모르겠다. 딱히 얼굴이 붉은 것도 아니고, 의식을 잃을 만큼 취했다는 느낌도 아니었다.

무슨 생각을 하는지 모르겠다.

"…뭐 해. 얼른 안내해."

사라의 재촉에 나는 숙소 계단을 올라갔다.

손님이 별로 없는 조용한 곳이었다. 계단을 올라갈 때마다 끼익끼익 소리가 울리고, 왠지 모르게 내 심박수도 뛰었다.

분명히 콧소리가 가쁘겠지.

"여기입니다."

"실례하겠습니다."

사라는 내 콧소리에 대해 아무 말도 않고 내 방으로 들어갔다.

나는 방금 받은 술을 테이블 위에 놓고 일단 로브를 벗으려고 했다. 아니, 그 전에 난로에 불을 지피려다가 지금은 여름이니까 필요없다는 생각에 그만두고 로브를 벗었다.

내가 그렇게 허둥거리는 동안에 사라는 겉옷을 벗어 옷걸이에 걸고 침대에 앉았다.

침대에 말이다.

바로 옆에 있는 의자가 아니라 침대에 말이다.

생각해 보면 생애에 내 침대에 앉는 소녀란 것을 처음 본 것 같았다. 아니, 그런 건 아닐 텐데.

"뭐, 뭐 마실래요? 술과 물이 있는데."

"물이 있어?"

"마술사니까 만들 수 있지요."

"흐응…."

나는 시간을 때우기 위해 컵에 물을 따랐다.

아니, 잠깐, 이 컵 씻었던가? 그런 쪽으로는 대충이었으니까…. 어어.

"그런 것보다 이리 올래?"

가겠습니다.

"예."

자기 옆자리를 두들기는 사라의 옆에 나는 빨려들 듯이 이동하여 앉았다.

가깝다. 압도적으로 가깝다. 너무 가까우면 어쩌지.

"있잖아."

"예."

"나는 꽤 감사하고 있어. 그때 네가 와 주지 않았으면 죽었을 거고."

"예."

진지한 이야기를 하는 걸까.

여기까지 와서 진지한 이야기일까.

이미 어깨가 맞닿아서 하얀 쇄골과 그 안쪽의 부풀음밖에 눈에 들어오지 않는 상태인데. 그래도 또 진지한 이야기를 하려는 걸까.

그런데 사라가 이쪽을 보았다.

코와 코가 맞닿을 정도의 거리에서 눈이 마주쳤다.

시야에 가득 그녀의 얼굴이 비치고 그녀의 파란 눈동자 안에는 내 모습이 보였다.

"그러니까… 저기… 괘, 괜찮아."

쓰러뜨렸다.

예의 따윈 모르고 매너도 모른다.

하지만 기세는 그렇게 대단하지 않았다고 생각한다. 이미 동정이 아니라면서 들끓는 마음을 억누르고 조심스럽고 부드럽게 했다고 생각한다.

실패하지 않도록 세심한 주의를 기울여서, 에리스 때처럼 되지 않도록 신중하게.

쓰러뜨리고 키스를 하고 몸을 만지작거리고, 상대의 옷을 벗기고 몸을 만지고, 키스를 하고 내 옷을 벗고….

"어라?"

그때 깨달았다.

"…어라?"

간신히 깨달았다.

여태까지 몇 번이나 느꼈던 위화감의 정체를.

사라의 몸은 군살이 없고 하얗고 아름다워서 볕에 탄 자국과의 경계선이 아주 생생했다.

그녀에게는 아무런 문제도 없었다. 멋진 육체, 멋진 몸이었다. 더할 나위 없었다.

사실 다리 사이에 있어선 안 될 것이 있는 것도 아니었다.

그래, 그녀에게는 문제가 없었다.

문제가 있던 것은 내 쪽이었다.

내 몸이 이상을 호소했다. 아니, 이상을 호소하는 게 아니라 아무런 호소도 하지 않았다.

그저 침묵하였다.

"……어라?"

평소라면 이런 상태가 되면 기다렸다는 듯이 일어서야 할 녀석이, 체감 나이로 60년 가깝게 함께 살아온 내 영혼이.

꿈쩍도 하지 않았다.

"………어라?"

서질 않았다.

그 뒤에 여러모로 시험해 보았다.

내가 자극해 보거나 사라한테 만져달라고 하거나. 갖다대 보고 비벼 보고.

하지만 내 그것은 힘없이 쳐진 채였다.

결국 나도 사라도 지쳐서 서로의 몸을 떼고 말없이 거리를 두었다.

나는 의자에 앉고, 사라는 침대에 남았다.

의자에 앉은 내 머릿속은 뒤죽박죽이었다.

이런 건 처음이었다.

왜지, 어째서지. 언제부터, 언제부터 이렇게 되었지.

이상하잖아. 여태까지 그렇게 멋대로 굴었으면서 왜 갑자기.

"……."

내 몸은 어떻게 된 걸까.

입 안은 바싹 마르고 시야는 좁았다. 심장소리만 울려대고, 나도 혼란에 빠져서 창백한 얼굴을 한 게 느껴졌다. 한심함과 불안함과 상실감.

"있잖아."

그런 내게 사라는 말했다.

어느 틈에 그녀는 옷을 입고 있었다. 속옷이나 실내복만이 아니라 방에 와서 제일 먼저 벗었을 터인 겉옷까지.

내친김에 말하자면 이미 침대에 앉아 있지도 않았다. 방 입구 근처까지 이동해서 내게 등을 돌리고 서 있었다.

"난… 딱히 널 좋아하지 않았으니까…."

"뭐?"

그녀는 등을 돌린 채 말했다.

다소 빠르게, 말을 내던지듯이 말했다.

"사례…. 그래, 너한테 진 빚을 갚고 싶었을 뿐이니까. 그러니까 착각하지 마. 어디까지 이건 의무 같은 거고."

"뭐?"

의무가 뭐야. 나랑 계속 어울려 준 게 의무였던 거야?

도와 주었으니까, 부채 관계가 있으니까, 나한테 그렇게 알랑거려 주었다고?

딱히 좋아하지도 않았다는 게 그런 소리야?

"그, 그럼!"

사라는 그렇게만 말하고 문을 열더니 서둘러 방을 나갔다.

"아, 기다…."

나갈 때 작은 목소리로 '최악이야'라고 말하는 게 들렸다.

나는 그 말에 뻗으려던 손을, 기다리라고 말하던 것을 거두었다.

사라가 계단을 쿵쿵 내려가는 소리가 들렸다.

"…아."

말도 없었다.

또인가, 결국 이렇게 되나.

나는 뭔가 착각했을까. 또 뭔가 잘못했을까. 혹시 에리스도
이런 느낌이었을까. 그저 참으면서 끝까지 어울려 주었을 뿐이
지, 사실 그 날 밤도 싫었던 걸까….

왜 이렇게 되었을까.

앞으로 계속 이런 상태일까.

"…춥다."

쌀쌀함에 나는 속옷을 입었다. 바지와 셔츠를 입고 로브를
걸쳤다.

그래도 아직 추웠다. 가슴속이 추웠다. 아무리 의복을 껴입어
도 이 추위가 없어질 일은 없을 듯했다. 뭔가 다른 뜨거운 걸로
메우지 않으면.

"…이거면 될까."

나는 테이블 위에 있던 술병을 손에 들었다.

제6화 불능의 마술사

한 시간 뒤 방에 있던 술을 다 비워 버린 나는 비틀비틀 숙소
를 나와서 적당한 술집으로 들어갔다.

그리고 바로 카운터 앞에 앉아서 주문을 말했다.

"마스터, 이 가게에서 제일 센 술로 줘."

"어린애한테 내놓을 술은…."

마스터는 뭐라고 말하려고 했지만, 내가 품에서 아슬라 은화한 닢을 꺼내자 놀란 얼굴을 하였다.

그리고 그 놀란 표정이 씁쓸한 얼굴로 변한 뒤에 바로 뒤의 선반에서 술병을 하나 꺼내어 내 앞에 내려놓았다.

있으면 처음부터 내놓으라고.

"아아…."

나온 술을 마셨다. 나발을 불었다. 단숨에 들이켰다.

이런 식으로 술을 마시는 건 처음이지만, 의외로 기분이 좋았다. 머리가 빙글빙글 돈다. 빙글빙글.

급성 알콜 중독? 그딴 거 알 게 뭐야. 이렇게 기분 좋은 상태로 죽을 수 있다면 좋구먼.

"아저씨, 한 병 더! 안주도!"

"어이, 그런 식으로 마시진 마…."

"시끄러! 얼른 내놔!"

소리치자 마스터는 어깨를 으쓱이면서 다음 술병을 내놓았다.

아, 그립구나, 이 느낌. 전생에서는 이런 느낌이었다. 내가 소리치면 아버지도 어머니도 찔끔해서 시키는 대로 해 주었다.

아, 이 세계에 와서 몇 년이나 지내고 이런 데까지 와서 또 같은 짓을 반복하나…. 제길, 제길….

"……."

술을 마셨다. 이 동네의 술은 확 달아오를 정도로 뜨겁고 혀가 아플 정도로 독하다. 하지만 맛 같은 건 아무래도 좋았다. 마시면 마실수록 가슴의 한기가 메어지는 듯했다.

안주는 콩, 볶은 콩이었다.

요리명이 뭐였더라. 여태까지 제법 먹었지만 떠오르질 않았다. 뭐, 콩이면 된다. 어차피 이 동네에는 콩밖에 없으니까.

"어라?"

콩을 와득와득 씹으면서 술로 넘기는데, 갑자기 뒤에서 목소리가 들렸다.

"진흙탕이잖아. 우리가 자주 있는 술집에서 마시다니 어쩐 일이야?"

돌아보지 않아도 누군지 알 수 있었다.

졸다트다. 항상 나한테 시비를 거는 망할 놈이다.

"너, 우리가 여기 단골인 거 알고 마시는 거지? 어이, 너 같은 게 앉아 있으면 술맛 떨어진다고. 꺼져 버려. 아니, 이쪽 좀 돌아봐."

졸다트는 내 옆에 앉았다.

나는 졸다트를 보았다. 녀석은 평소처럼 나를 내심 비웃는 얼굴을 하고 있었다.

"뭐야, 자식아, 푹 삭은 얼굴이나 하고. 뭐 안 좋은 일이라도 있었냐? 있었겠지. 아니, 어차피 너는 항상 그렇지? 안 좋은 일이 있을 때마다 도망치고, 도망치고, 실실, 실실 웃어대고, 주위가 위로해 주는 거나 기다리지? 그런── 우읍?!"

얼굴을 들이대길래 한 방 날렸다.

졸다트는 의자에서 굴러 떨어져서 바닥에 엉덩방아를 찧었지만 곧바로 일어섰다.

"이 새끼가!"

나는 의자에서 내려와서 졸다트의 멱살을 잡았다.

"왜 화를 내는데? 만날 싸움만 걸어대고… 이걸 바란 거 아냐?!"

"너…"

한 방 더 날렸다.

졸다트는 막지도 않고, 그렇다고 피하지도 않고, 내 주먹을 얼굴에 정통으로 맞고 주춤거렸다.

"실실 웃는 게 뭐가 잘못인데."

한 방 더 날렸다.

"너처럼 남을 헐뜯고 비웃고, 자기 성과를 자랑하고, 그러면서 노려보고 질투하고 미움 받고 모두가 멀어지고, 그래도 똑같은 태도로 있을 수 있다면 나도 그렇게 했어!"

"미움 받기 싫다고. 미움 사기 싫으니까 웃는 거야! 그게 왜 마음에 안 드는데!"

"왜 없어지는 거야! 있어 줘! 거짓말이라도 좋으니까 웃어 줘! 그런 식이면 나도 괴로워!"

"이제 됐어. 틀렸어! 나는 이제 끝이야…"

"대체 넌 뭔데. 아무것도 모르는 주제에 항상 시비나 걸고. 뭐가 한 사람 몫이고 뭐가 어중간이야. 힘들 때 도망치는 게 뭐가 잘못인데…."

"제길, 덤벼 봐. 때려 봐, 마음껏 때려 봐. 그리고 바닥에 쓰러진 날 내려다보고 웃어! 어차피 네가 더 강하잖아…."

소리치면서 몇 번이고 때렸다.

술집에 있던 사람들은 싸움이라고 신이 나서 더 부추기며 떠들었다.

하지만 졸다트는 움직이지 않았다. 대응할 수 없는 것도 아닐 텐데 완전히 취한 내 힘없는 주먹을 계속 맞아주었다.

차츰 주위의 목소리도 사라졌다.

밤의 술집이라는 시끄러운 장소에서 소리가 사라지고, 내가 졸다트를 패는 소리가 울렸다.

내가 때리다 지쳐서 바닥에 주저앉자 내 목에서 새어나오는 오열만이 술집에 남았다.

"어이, 졸다트…. 꼬맹이를 너무 괴롭히지 마."

"…그, 그래."

술꾼들도, 술집 안쪽에서 마시던 '스텝 트리더' 멤버들도, 졸다트도 얼떨떨한 기색으로 나를 바라보았다.

졸다트는 주저앉은 나와 눈높이를 맞추듯이 웅크려서 내 얼굴을 들여다보았다.

"미안했다, 미안해. 내가 잘못했어. 너는 이 세상에서 제일 불

행할지도 몰라. 울지마. 앞으로 좋을 일이 있을 거야."

"네가 뭘 안다고…."

"으음…. 어, 그래, 일단 마셔. 그리고 말해 봐. 그러면 뭔가 알 수 있을지도 모르고, 일단 다 토해 봐. 그러니까… 울지 말고."

졸다트가 그렇게 말하고 내 어깨를 두드렸다.

정신을 차리고 보니 왠지 졸다트와 둘이서 마시고 있었다.

무슨 일이 있었는지를 띄엄띄엄 혼잣말처럼 말하면서.

"그러니까 그게 안 서서 여자한테 딱지 맞았단 소린가."

"크응…. 뭐야, 비웃지 마…."

"비웃을 생각 없어. 다만 기죽었을 때는 기죽은 원인을 확실히 밝혀야만 하지."

"…그래."

의외로 졸다트는 내가 울면서 하는 이야기를 묵묵히 들어 주었다.

그것도 다른 '스텝 트리더' 멤버들을 물리고 카운터 구석에서 단둘이서.

"하지만 제가 풀죽은 건——."

"'나'라고 해도 돼."

"에?"

"너 아까 '나'라고 말했잖아. 평소의 그걸 고치라는 건 아니지만, 이럴 때는 너무 어조나 1인칭 같은 가면을 쓰는 게 아냐. 스스로한테 거짓말을 하는 거니까."

"그래…."

"거짓말을 하면 조금씩 안 좋은 게 쌓이지. 그러니까 경어는 몰라도 '나'라고 말해."

그런 걸까.

듣고 보니 분명히 그런 것도 같았다. 분명히 나는 1년 동안 계속 쌓여 있었다.

"내가 기죽었던 건 더 예전 일 때문이에요. 좋아했던 여자가 있었어요."

"호오."

"이런저런 일이 있어서, 그러니까, 했거든요. 서로 처음이었고."

"뭐, 누구든 처음은 있지."

"그런데 눈을 떴더니 상대는 없어지고, 이미 여행을 떠났다고."

"버림받은 건가."

버림받았다.

그 사실을 말로 들으니 콧속이 시큰거렸다.

뚝뚝 눈물이 흘러내렸다. 컵을 쥔 손이 떨리고 오열이 새어나왔다.

"우욱…. 흑…."

"울지 말라고…. 하지만 눈물이 나오는 걸 보면 그게 원인이 군. 네가 마음에 그걸 담아두고 있으니까 지금의 네가 된 거야. 그런 거로군. 자, 그러니까 흘린 만큼 마셔."

졸다트는 그렇게 말하고 내 컵에 술을 따랐다. 이 가게에서 제일 비싼 놈이었다.

나는 그걸 단숨에 들이켰다. 뱃속의 감각이 없고 얼마나 마셨 는지도 기억나지 않았다. 하지만 분명히 눈물은 조금 줄어들었 다.

"왜, 에리스는, 왜, 없어진 거야, 왜…."

"어어, 에리스라고 하나, 그 여자. 못된 여자로군. 하지만 여 자의 행동에 일일이 이유를 생각해선 안 돼. 여자는 고양이 같 지. 우리는 개야. 개가 고양이의 생각을 이해할 수 있을 리 없 잖아?"

"하지만, 왜, 왜…."

"으음…. 내 경험으로 말하자면 여자가 갑자기 없어지는 건 직 전의 행동이 잘못되었을 때야. 갑자기 기분이 상해서 어딘가로 가지. 이젠 몰라! 라면서."

"직전의 행동."

짚이는 건 있다.

"역시 서툴렀나…."

"뭐가 마음에 안 들었는지는 너무 단정하지 마. 짚이는 게 있 다고 해도 보통 틀리니까. 그걸로 사과했다간 '그런 걸로 화난

거 아냐'라면서 삐지니까 조심해."

"이제 어디에 있는지도 모르니까 사과하려고 해도…."

"그래, 알아. 안다고."

졸다트는 자기 컵의 술을 비웠다.

그리고 컵을 탁 내려놓더니 엄지로 컵 가장자리에 묻은 물방울을 닦았다.

그리고 뭔가 생각하는 시늉을 한 뒤에 중얼거렸다.

"이대로는 힘들겠지."

그건 지금 내 심경을 완전히 대변하였다.

졸다트의 얼굴이 변한 건 아니다. 그는 여전히 사람들이 싫어할 만한 얼굴을 하고 있었다. 비아냥거리고 남을 바보로 아는 남자의 얼굴이다.

하지만 결국은 얼굴이었다.

그 눈은 나를 똑바로 바라보았다. 말에는 거짓이 실려 있지 않았다.

"치료하자."

"하지만 어떻게…."

"모르지."

졸다트는 고개를 내저으면서도 말을 이었다.

"하지만 원인이 그거라면 그 위에 덧씌워 버리든가 할 수밖에 없잖아?"

그 위에 덧씌운다.

하지만 그거란 즉 나의 도움이 안 되는 것을 사용한다는 것을 의미하지 않나.

치료하려면 부서진 부분이 일시적으로라도 정상으로 돌아와야만 하는 것 아닌가.

"그거 못 고치는 거 아닌가요…?"

"너, 경험은 한 번뿐이야?"

"…예."

"그럼 또 모르지. 잘 들어. 그건 꼭 구멍에 넣는 것만이 그게 아냐."

졸다트가 무슨 말을 하는 건지 조금 알겠다.

분명히 그렇지. 응, 그렇지 않으면 그런 종류의 비디오가 두 시간이나 계속될 리가 없고, 여러 종류가 나올 리도 없다.

"그 말은?"

"…프로에게 맡겨 보자."

졸다트의 제안에 우리는 환락가로 가게 되었다.

로젠버그의 환락가.

그 중에서도 이른바 사창가라고 불리는 장소로 발을 옮기는 건 나도 처음이었다.

어쩌면 의도적으로 접근하지 않으려고 했던 것 같다.

이미 밤도 깊어졌는데 길가에는 화톳불이 켜지고 제법 사람들이 많았다.

대부분이 남자지만 여자도 적잖게 있었다.

여자는 대부분 매춘녀겠지. 하지만 듣기로는 손님으로서 남자를 사러 온 여자도 있다는 모양이다. 다들 짙은 화장을 했기 때문에 나로서는 분간할 재주가 없었다.

아니, 건물 처마 밑에서 담배 같은 것을 피우는 건 틀림없이 그런 직업의 사람이겠지. 입은 옷은 선정적이라서 가슴께가 보였다. 내…가 아니라 졸다트에게 눈짓을 보내는 걸 보면 손님을 잡으려는 걸 알 수 있었다.

"나, 난 이런 데 처음인데요."

"알아."

"어, 어떻게 사람을 고르면 되는데요?"

"아니, 여기선 안 골라도 돼. 이쪽은 난폭하게 말하자면 돈을 받고 자기만 하는 거야. 나는 그래도 좋지만… 너는 아니겠지."

"…그렇구나."

창녀에게도 기술이나 무슨 랭크가 있다는 소리겠지.

그리고 낮은 랭크의 창녀는 기술도 뭣도 없다. 그저 하룻밤 동안 몸을 쓰게 할 뿐. 말 그대로의 의미로 몸만 파는 이들이다.

그리고 아마도 그런 사람들로는 나의 그건 낫지 않다.

"우리가 갈 곳은 고급창관이야."

"호오, 고급."

"고급이라고 해도 여러 종류가 있지. 보통은 안 될 만한 것을 상품으로 삼은 곳이라든가, 도저히 남한테 말할 수 없는 변태 취미를 만족시켜 주는 곳…. 더 말하기 어려운 위험한 곳도 있어."

그 이상의 위험한 곳이라…. 어떤 곳일까. 상상이 도저히 닿지 않을 것 같은데.

"하지만 우리가 가는 곳은 스탠더드한 곳이야. 제대로 훈련을 받은 프로페셔널이 최고의 기술로 천국에 데려다주는 곳."

듣기만 해도 흥분되는 말이었다.

전생에서도 그런 장소와는 인연이 없었다. 흥미가 없었던 건 아니지만, 그런 곳에 가는 건 바보 짓 아니냐고 말했던 것 같다. 젊었지. 진짜로 젊었어.

그때와 달리 지금은 기대밖에 없었다.

하지만 내 거기는 그렇게 생각하지 않는지 아직 침묵하는 채였다.

"졸다트… 씨는 그런 곳에, 가 본 적, 많나 보네요."

"씨는 안 붙여도 돼…. 뭐, 가지. 남자라면 보통."

"하지만 파티는 여자도 있지 않아요?"

"파티에서는… 아니, 우리 클랜은 그런 약속이 있어. 어디까지나 모험가의 실력을 기준으로 모인 파티니까. 파티 안에서의 남녀 교제가 발각되면 그 시점에 클랜에서 탈퇴한다고 되어 있지. 다툼의 씨앗이 될 수 있으니까."

"아, 그렇구나."

전생의 인터넷 게임에서도 트러블 중 하나로 남녀교제 문제가 있었다. 오프 모임에서 만난 상대가 예쁘다는 이유로 쟁탈전이 난다든가, 사귀긴 했지만 잘 되지 않아서 금이 간다든가, 서클 크래셔 같은 녀석도 있었다.

하지만 이쪽은 역시나 이세계, 다들 진짜 살아 있는 몸이고 실제로 생명의 위험이 있다. 그렇다면 그런 점도 확실하게 정해 두는 법이다. 특히나 대규모 클랜이라면.

"하지만 아무리 정했다고 해도 남자랑 여자가 며칠이나 생사를 함께하면 자연히 그렇게 되지 않나요?"

"그렇지. 그러니까 우리는 사람이 확확 바뀌어. 그런 분위기를 눈치채면 리더가 바로 갈아치우지."

"하지만 오랫동안 같이 일했는데 새로운 녀석으로 바뀌면 연대 같은 건 어떻게 되는데요?"

"연대라면 클랜에서 배포하는 기초전술을 자기들이 어레인지하는 형태니까, 조금만 연습하면 문제없어. 뭐, 그래도 시간은 걸리니까 나 같은 리더는 이런 곳을 멤버들에게 적극적으로 추천하지. 자, 다 왔다."

졸다트는 거기까지 말하고 멈춰 섰다.

거기는 빨간색으로 칠한 건물로, 화톳불의 불빛을 받아서 한층 요염하게 보였다.

왠지 들어가기 꺼려지는 느낌의 모습.

평소라면 절대로 가까이 가지 않을 건물이었다. 들어가다니

천만의 말씀.

"자, 따라와."

하지만 졸다트의 뒤를 따라가기만 하면 문턱을 쉽사리 넘을 수 있으니 신기한 일이다.

'스텝 트리더'의 리더는 졸다트다. 왜 이렇게 싫은 녀석이 리더일까 생각한 시기도 있었는데, 지금은 왠지 모르게 납득할 수 있었다.

졸다트의 뒤는 왠지 따라가기 쉬웠다.

스잔느의 뒤와 비슷한 느낌일지도 모르겠다. 이끌어 주는 느낌이었다.

"그렇게 긴장하지 마. 아, 돈은 있지?"

"추, 충분…할 걸요."

입구에 요금표 같은 것도 있었지만, 제일 비싼 거라도 지금 지갑 사정이면 충분하다는 걸 확인하였다.

"너 저축 꽤 했잖아. 그럼 하룻밤 정도는 괜찮아. 빠져서 매일 다니면 큰일이 나겠지만."

안에 들어가자 붉은색 바탕의 품위 있는 실내가 이어졌다.

오른쪽에는 카운터, 왼쪽으로는 드레스 차림의 여성 여섯 명 정도가 각각 의자에 앉아 있었다.

전원이 밖에 서 있는 여자처럼 야한 화장이 아니라 자연스러운 부분을 남기면서도 에로틱한, 선정적인 화장을 하였다. 계속 보고 싶어지는 화장. 이것도 기술이겠지.

드레스나 의자가 고급품인 건 한눈에 알 수 있었다.

고급 창녀란 이름처럼 프리미엄이 풍겼다.

"뭔가 대단한 드레스네요…."

"그래, 듣자하니 저 드레스, 아슬라 왕국에서 수입한 거라더군. 진짜배기 귀족의 드레스인데, 천 상태도 드레스 상태도 아니라 파츠별로 갈가리 분해한 상태로 가져와서 이쪽에서 바느질하는 방법으로 관세를 피하고 저렴하게 가져왔다더군."

"자, 잘 아네요."

"전에 왔을 때 들었어. 아무래도 리메이트 상점의 사일런트라는 녀석이 생각해냈다더군. 덕분에 리메이트 상점이 커졌다고."

"헤, 헤에."

보통은 흥미를 가질 만한 내용이겠지만 지금은 그럴 여유가 없었다.

졸다트는 왼쪽으로 똑바로 다가가서 카운터에 팔꿈치를 올렸다.

"여어."

"이거 졸다트 님 아닙니까, 찾아와 주셔서 감사합니다. 아, 하지만 오늘은 항상 찾아 주시는 애가 예약되어서…."

"오늘 난 술만 마시면 돼. 일행이 처음이니까 조금 설명해 줘."

졸다트가 카운터에서 떨어져서 내 등을 밀었다.

나는 떠밀리는 채로 카운터 앞으로 나갔다.

카운터 맞은편에 선 남자는 아주 기품 있어 보이는 느낌으로 부드럽게 미소 지으면서, 명백히 어린애로 보일 내게 공손한 태도로 인사했다.

"처음 뵙겠습니다. 오늘은 저희 '블룸 로즈의 저택'에 찾아와 주셔서 진심으로 감사드립니다. 저는 이곳의 마스터를 맡은 프로펜이라고 합니다."

"아⋯. 루데우스 그레이랫입니다."

"아! '진흙탕 루데우스'! 소문은 익히 들었습니다."

무슨 소문일까.

알고 싶기도 하고, 알고 싶지 않기도 하고⋯.

"오늘은 처음이라고 들었습니다만⋯ 실례지만 '딱지떼기'입니까?"

"아, 아뇨, 아닙니다."

"그러십니까. 그럼 당점의 시스템을 설명해드리도록 하겠습니다."

프로펜이라는 사람은 그러면서 나를 향해 차근차근 이 가게의 시스템을 가르쳐 주었다.

일단 이 가게에서는 카운터의 반대편에 전시된 여성 중 한 명을 고른다.

그 여성에게 지불하는 요금으로 코스가 갈린다. 코스에 따라 할 수 있는 것과 할 수 없는 게 나뉘어서, 할 수 없는 건 할 수 없다. 물론 리스트를 받지만, 기본적으로 손님은 뭐가 되고 뭐가 안 되는지를 신경 쓸 것 없다. 리스트는 여자가 죄다 암기하고 있으니까.

처음에 이 저택에 설치된 목욕탕에 들어가고 그 뒤에 안내받는 방에 들어간다.

안내받은 방에는 선택한 여성이 기다리고 있고, 그 뒤로는 두 사람의 시간, 어쩌든지 자유다.

여성은 리스트에 있는 것이라면 뭐든지 말을 들어준다.

혹시 리스트에 없는 것을 제안했을 경우 여성이 거부하니까 거기에 따를 것.

거듭해서 요구할 경우 여성도 제안을 들어주지만, 추가요금이 청구되니까 그것을 지불할 것.

혹시 지불하지 않으면 상응하는 수단이 있다는 것.

요금은 선불로 7할, 나머지 3할과 추가분은 후불이 된다.

"자, 어느 쪽으로 할래?"

나는 얼른 요금을 지불했다. 졸다트의 권유로 제일 비싼 걸로 했다. 여러모로 시험해 볼 수 있는 편이 좋으리라는 이야기였다.

그리고 전시된 여성을 살폈다.

돈을 낸 뒤인 것도 있어서 가까이서 볼 수도, 몸을 만지며 확인할 수도 있었다.

여성의 타입은 여러 가지였다. 어른스러운 사람부터 아이 같은 사람. 다들 내가 가까이 다가가자 매력적인 미소를 띠었다.

혹시 이런 장소가 아니었으면 이 사람이 나한테 반했다고 생각할 만한 미소였다.

의자가 네 개 정도 비어 있었는데, 이건 이미 손님을 받고 있다는 소리겠지.

하지만 미소를 보이는 상대를 만지며 확인하는 것도 왠지….

"그럼… 이 사람으로."

내가 택한 것은 왼쪽에서 두 번째에 있는 사람이었다.

나이는 20세 전. 키는 나보다 조금 컸다. 가슴은 크고 허리는 잘록하지만, 엉덩이는 제법 컸다. 얼굴은 아슬라 계통이라서 눈이 조금 쳐졌지만 길쭉했고 다소 억세다는 인상을 받았다.

그리고 살짝 칙칙하지만 컬이 들어간 빨강머리.

말하자면 전체적으로 봐서 에리스와 비슷한 사람이었다.

"엘리제입니다. 잘 부탁드립니다."

이름까지 비슷했다.

아니, 이건 아마도 기명이겠지만.

"주인님의 성함을 여쭈어도 괜찮겠습니까?"

"아, 루데우스입니다. 루데우스 그레이랫."

그렇게 말하자 그녀는 순간 놀란 얼굴을 하였지만 곧 미소를 띠었다.

"그럼 루데우스 님, 잘 부탁드립니다."

녹아버릴 듯한 미소를 띤 그녀는 슬쩍 몸을 움직여서 별실로 사라졌다.

"그럼 힘내 봐라. 시간이 되면 나는 돌아올 테니까."

"어어, 예."

졸다트는 그렇게 말하더니 제일 오른쪽 사람을 데리고 어딘가로 가 버렸다.

갑자기 혼자라서 불안했다.

"이쪽이 욕실입니다. 이쪽의 시간은 요금에 포함되지 않으니까 느긋하게 이용하시길."

나는 불안함을 쫓아내며 저택의 안내인을 따라서 안쪽으로 들어갔다.

욕실에는 뜨거운 물이 가득 담긴 물통과 두 소녀가 거의 속옷 차림으로 기다리고 있었다.

아직 2차 성징도 끝나지 않은 듯한 어린애들이었다.

소녀들이 말없이 내 몸을 씻겨 주었다.

어쩌면 그녀들은 이 저택의 수습이나 그런 걸지도 모르겠다. 지금은 아직 손님을 받을 수 없지만, 나날이 기술을 닦는 후보생이라는 의미로.

그렇게 미발달한 두 소녀가 내 몸 구석구석까지 씻겨 주었다.

혹시 내 몸이 멀쩡했다면 내 고집쟁이는 환희에 떨면서 일어섰겠지.

하지만 여전히 침묵한 채였다.

몸만이 아니라 머리도 감겨 주고 이도 닦아 주어서 온몸이 번쩍번쩍해진 뒤, 넘겨받은 팬티와 셔츠만을 입고 의류와 귀중품이 든 광주리를 가지고 다섯 번째 방으로 들어가라는 지시를 받았다.

욕실에서 나와서, 들어왔던 곳과는 다른 문으로 들어갔다.

긴 복도를 지나서 다섯 번째 방. 정중하게 5라고 적혀 있어서 알기 쉬웠다.

참고로 6번 이후는 2층에 있는 듯했다.

흠칫거리면서 문을 열었다.

이 문 너머에는 오늘 밤, 룰 이내라면 무슨 짓을 해도 오케이인 여자가 기다리고 있다고 생각하면 흥분될 텐데, 내 거기는 반응이 없었다.

"…실례하겠습니다."

무심코 그렇게 말하면서 방에 들어갔다.

어둑어둑한 방이었다. 광원이라고는 촛대 몇 개와 테이블 위의 양초뿐.

그런 어둑어둑한 곳 안에 커튼이 달린 커다란 침대. 그리고 그 옆에 얇은 옷을 입은 엘리제가 서서 기다리고 있었다.

"기다리고 있었습니다, 루데우스 님. 이쪽으로 오시지요."

엘리제는 부드럽게 미소 지으면서 내게 다가와서 팔을 잡았다.

사라와는 명백히 다른, 존재감 있는 가슴이 팔에 밀려들어서 심장이 두근두근 고동쳤다.

"바로 하시겠습니까? 아니면 조금 이야기를 하시겠습니까?"

"어, 어어…."

"긴장하신 모양이군요. 그럼 조금 이야기를 하지요. 괜찮습니다. 밤은 아직 깁니다. 서두르실 것 없으니까요."

아, 이건 프로다.

그렇게 느껴지는 행동과 목소리로 그녀는 나를 의자에 앉혔다.

그리고 익숙한 모습으로 테이블 위에 있던 술을 그 옆에 준비된 컵에 따랐다.

"술을 드시겠습니까?"

"아, 예, 마실게요."

나는 권하는 대로 술을 비웠다.

엘리제는 마시지 않는 건가 싶었지만, 분명히 여자는 술을 마시지 않는다고 적혀 있었지. 물론 마셔달라고 하면 마시겠지만, 그 경우 기술이나 언동이 조야해질 수 있다는 주의문이 있었던 것 같다.

그럼 일단 나만 마시자.

여기까지 걸어오는 동안 술이 완전히 깼다. 여기부터가 중요하다. 여기부터는 술기운을 빌려야만 한다.

"여기 과자는 아슬라 왕국의 것입니다. 어떠십니까?"

"머, 먹을게요."

시키는 대로 과자도 먹었더니 그녀는 빙그레 웃었다.

"루데우스 님의 성함은 이전부터 익히 들었습니다."

"아…. 예, 뭐, 모험가 길드에서는 유명해졌지요. 역시 다른 모험가 분에게 들으셨나요?"

"아뇨, 여동생에게. 이전에 무상으로 치유 마술을 걸어주셨다고."

"이전에…."

"겨울에 눈 치우는 일을 하던 때라고 들었습니다."

"아하."

그러고 보면 그런 일도 있었던 것 같다.

"모험가 분들은 이렇게 꾸미고 화장을 하여 살과 살을 맞댈 때는 아주 다정하신 분들이지만, 그러지 않은 때는 아주 난폭한 분이 많습니다. 특히 저희의 수습인 어린아이들은 돈도 없고 누더기를 입어서 곧잘 고아로 오해를 받기에… 그런 아이들이 자라면 이렇게 손님을 받고 자기를 상대해 주리라고는 생각도 않겠지요."

갈 곳 없는 아이들의 종착점인가.

분명히 거기까지 생각하는 사람은 그리 많지 않겠지.

뒷골목의 더러운 고아와 창관에서 손님을 받는 예쁜 누나는 다른 세계의 생물로 보인다.

하지만 어쩌면, 잘 보면 욕실에서 내 몸을 씻겨준 아이와 낮에 뒷골목에서 보았던 아이가 비슷하다는 걸 알아차렸을지도 모른다.

"뭐, 그렇겠죠. 예, 저도 고아라고 생각했어요."

"하지만 루데우스 님은 다른 분과 달랐습니다. 아무런 대가도 없이 돈 없는 고아 같은 상대를 선의로 도와주셨습니다. 아주 훌륭한 분입니다. 저희 사이에서는 장래에 루데우스 님이 오시거든 평소보다 정성들여 봉사해드리자는 이야기가 퍼졌습니다."

아무리 그래도 이건 립서비스겠지.

하지만 기분 나쁘지는 않았다.

"그런 분에게 안긴다면 저는 분명 다른 이들에게 질투를 사겠지요."

"아뇨, 음…. 어어, 한 잔 더 될까요?"

"예, 여기 있습니다. 하지만 너무 취하셔도 안 되겠지요? 밤은 아직 기니까, 부디 술이 아니라 저를 기대해 주세요."

"아, 물론이지요, 예."

먹고 마시고 또 그럭저럭 취기가 돌았다. 참고로 그동안 엘리제는 계속 내 옆에 앉아서 내 팔에 밀착하거나 다리나 골반 근처를 만지면서 '맛있습니까?'라든가 '술이 세시네요.' 같은 말을 한 것 같았다.

나도 그 자체는 왠지 기분 좋았다. 계속 이게 이어지면 좋겠다고 생각했다. 하지만 언제까지고 이러고만 있을 생각은 없었다. 취기도 돌았으니 가 보자.

"저기, 슬슬 괜찮을까요?"

"예."

그렇게 말하고 그녀는 살며시 팔을 풀고 일어나서 내 눈앞으로 이동했다.

"루데우스 님이 벗기시겠습니까?"

"어, 어? 아뇨, 됐습니다."

"예."

엘리제는 실로 에로틱한 동작으로 내게 교태를 부리듯이 얇은 옷을 벗었다.

"그럼 루데우스 님, 침대로."

나는 알몸이 된 그녀의 모습에 눈이 못 박히면서 이러니저러니 하는 사이에 속옷이 벗겨져서 침대로 이끌려갔다.

"최선을 다해 봉사하겠습니다."

그건 꿈속인가 싶을 정도로 환상적이고 관능적이었다.

이거라면 할 수 있다.

그렇게 생각할 정도로.

결론부터 말하자면 틀렸다.

"도움이 되지 못하여 죄송합니다."

침대에 들어간 직후에 엘리제는 내 그것을 알아차렸다. 그 시점에서 사과하면서 교체하겠냐고 물었다.

나는 그래도 좋았겠지만 왠지 모르게 미안한 마음이 들어서 사정을 말했다.

그러자 그녀는 분발해서 자기가 가진 기술을 모두 사용해 주었다. 그야말로 코스 외의 것도 해 주었다.

그건 한 마디로 말해서 아주 좋았다. 기분 좋았다. 프로의 기술이란 것을 제대로 맛보았다.

하지만 그게 끝까지 가는 일은 없었다. 내 그건 조용한 상태였다. 마치 그게 떨어져나간 것처럼.

오히려 하면 할수록 공허함이 늘어나고 진실과 멀어지는 듯한 기분마저 들었다.

그리고 시간이 왔다.

"저기… 엘리제 씨는 애써 주셨으니까."

"하지만… 어쩌지요…"

"돈은 낼게요. 아, 코스 외 비용도 말해 준다면."

"아뇨, 코스 외의 것은 됐습니다. 제가 선의로 해드린 것이니까요."

뭐, 분명히 부탁하지 않았지만.

하지만 돈을 내지 않으면 해 주지 않는 것도 해 준 것 같았는데.

"괜찮나요?"

"방금 전의 이야기, 사실입니다. 루데우스 님이 오신다면 평소보다 봉사해드리자는 이야기."

"아, 그런가요."

"아직 나이 어린 분이라고 들었기에 먼 날의 이야기라고 생각했습니다만…."

반쯤 에누리해 듣더라도, 반은 분명히 사실이었다는 소린가.

"그럼… 호의에 감사하는 걸로."

"만족시켜드릴 수 없었던 것은 사실이니, 하다못해 바깥까지 배웅해드려도 되겠습니까?"

"아, 예."

나는 그 말에 따라 엘리제와 함께 방을 나와 좁은 복도를 이동했다.

도중에 시선을 느껴서 뒤를 돌아보니, 어린 소녀들이 우리가 썼던 방에 들어가는 참이었다. 청소도구를 손에 든 걸 보면 사용한 방의 뒤처리도 그녀들의 일이겠지.

그 중 한 명이 기억에 있었다.

분명히 내가 동상을 치료해 주었던 아이였다.

"아까 이야기, 진짜였군요."

"믿지 않으셨습니까?"

"립서비스라고 생각했지요."

그렇게 말하자, 엘리제는 내 팔을 손가락을 빙글빙글 쓸었다.

"…솔직히 말씀드리자면 절반은 서비스입니다."

"그렇겠죠."

"하지만 10년 뒤, 그 아이가 손님을 받게 되면 분명 그때 루데우스 님이 받을 것은 서비스가 아니겠지요."

이건 단골이 되라고 말하는 걸까. 반쯤 에누리해서 듣자.

그렇게 생각하면서 복도에서 로비로 돌아왔다.

계산에서 깎아 주는 일은 없었다.

그도 그럴 것이 접수원에게는 내 것이 섰는지 안 섰는지는 관계없다.

다만 엘리제의 자기신고로 애프터 시간이 추가되었다. 여기부터는 엘리제도 무상 노동이겠지.

"졸다트 님은 옆에서 마시고 계신다는 모양입니다."

그렇게 말하는 엘리제를 따라서 나는 옆 건물의 술집으로 이동했다.

술집은 같은 곳에서 경영하는 건지, 가게 내부에서 이동할 수 있었다.

혹시 행위를 하지 않았을 경우는 여기로 안내받고, 연령적으로는 충분하지만 아직 메인에서 손님을 받기에 이르다고 판단된, 이른바 후보생과 함께 술을 마시는 모양이었다.

그녀들은 이런 곳에서 수행하여 엘리제처럼 스무스하게 권하거나 추어올리거나 하는 화술을 배우겠지. 물론 다른 곳에서 가르치기도 하겠지만.

"그래서 나는 말해 줬어. '정면의 마물은 전부 내가 일격에 해치우지. 너희는 옆과 뒤에서 오는 적한테만 집중하면 돼.'라고 말이야."

"까아, 졸다트 님, 멋져!"

"그렇지? 그렇지? 멋지지?"

졸다트는 안쪽에서 여자 둘을 옆에 앉혀놓고 기분 좋게 마시고 있었다.

"어, 진흙탕인가. 어땠어?"

하지만 내가 다가가자 바로 일어나서 이야기를 들을 자세를 취했다.

"여러모로 시험해 봤지만… 틀렸습니다."

"그래…. 틀렸나."

졸다트는 머리를 벅벅 긁더니 후욱 한숨을 내쉬었다.

"어떻게 하면 좋다…."

팔짱을 끼고 생각하는 졸다트.

나는 이미 반쯤 포기하였다. 그보다 이 이상 계속하면 마음이 꺾일 것 같았다.

"어이, 거기 너는 어떻게 생각해?"

"저 말입니까?"

졸다트는 고민하면서 엘리제에게 이야기를 돌렸다.

"그렇게 말씀하셔도…. 그저 제 힘이 부족해서 죄송하다고밖에."

"다른 손님과 비교해서 어땠지? 뭐 마음에 걸리는 거 없었어?"

"…다른 손님과 비교하는 건, 그게…."

"됐으니까 말해."

나를 힐끗 보고 주저하는 엘리제에게 졸다트는 강한 어조로
말했다.

"루데우스 님은, 그러니까, 여성을 두려워하시는 걸로 보였
습니다. 저와 이야기할 때도, 볼 때도, 만질 때도 흠칫거리시
고…."

"아…."

"어쩌면 루데우스 님이 두려워하지 않으셔도 될 만한…, 절대
로 미워할 리 없다고 여겨지는 상대가 있으면 혹시나."

"그런 상대 있냐?"

나는 고개를 내저었다.

순간 록시의 얼굴이 떠올랐지만 아마 안 되겠지.

말하자면 록시는 내가 세상에서 제일 존경하는 상대고, 우주
에서 제일 미움받고 싶지 않은 상대다.

조건과는 정반대의 존재겠지.

"그렇게 쉽게 될 일이 아니라고 생각합니다. 조금씩 키워가지
않으면…."

"그렇겠지…."

두 사람이 이야기하는 걸 들으면서 나는 술을 마셨다.

졸다트는 진지한 얼굴로 엘리제와 이야기했다. 진지한 얼굴로
생각했다.

"일단 오늘은 마셔라. 죽을 때까지 마셔."

"…예."

졸다트의 말에 나는 자리에 앉았다.

"저기, 손님. 슬슬 폐점 시간입니다."

나는 결국 폐점 시간까지 계속 마셔댔다.

졸다트도 엘리제도 거기에 어울려 주었다.

"으음, 벌써 그런 시간인가."

"으음…."

"배웅해드리겠습니다."

나와 졸다트가 일어서자, 엘리제는 나와 팔짱을 끼었다.

그대로 술집의 계산을 마치고 밖으로 나갔다.

어느 틈에 하늘이 부옇게 밝아오고 있었다.

사라를 돕고 도시로 돌아왔을 때도 동틀 때였다. 안 좋은 기억이다.

"우우웁…. 아아, 많이 마셨구나, 과음했어…."

"으음…."

잔뜩 마셨다.

완전 헤롱헤롱이다. 다리는 부들거리고 세계가 빙~글빙~글 돌았다. 어느 쪽이 앞인지도 알 수 없었다. 위는 아래구나. 오른쪽이 어디더라.

엘리제가 잡아 주지 않았으면 제대로 걷지도 못했겠지.

우히히, 술 취한 척하고 엉덩이나 만져 볼까. 문질문질.

으음, 그렇긴 해도 내가 그렇게 술에 강한 줄은 몰랐다. 아니, 이 몸이 술에 강한 걸지도 모르겠다. 강해도 그만큼 마시면 이렇게 되나.

"저기, 루데우스…."

"뭐야?"

"나는 말이지, 미궁에 들어갈 때 말이야, 서두르지 않으려고 해."

"으음."

갑작스러운 이야기다 싶었지만 계속 들었다.

"미궁이란 건 말이지, 밑으로 내려가면 내려갈수록 강한 마물이 나오지. 때로 마물들끼리 연대도 취해. 그럴 때에 초조해져서 덮어놓고 돌격해도 피해가 커질 뿐이야. 그러니까 더 얕은 층에서 여유를 가지고 싸울 수 있는 상대로, 연대를 확인하면서 서서히 적응하는 거야. 여러 층에서 나오는 마물도 제법 있으니까 아주 유효하지, 음."

"…오오! 유효하다!"

무슨 의미로 하는 말인지는 전혀 이해 못 했지만 적당히 맞장구를 쳤다.

말하자면 얕은 층에서 마물의 움직임을 더 잘 관찰하고 익숙해진 뒤에 다음으로 내려간다는 소리겠지. 응, 유효하다!

"저기, 사라라고 했나? 걔는 말이지, 너무 이른 거 아냐?"

"일러? 이르다는 게 뭔데? 분명히 나는 이르지만, 사라랑은 이르지도 늦지도 않아."

"그게 아냐. 저쪽은 각오도 준비도 되었겠지만, 네 쪽은 말이지, 더 시간을 들여서 마음의 준비란 걸 하지 않으면 안 된단 말이야. 안 그래?"

"아니, 각오고 준비고… 말했잖아. 저쪽은 그럴 생각 없다고 했다고. 단순히 의무로 내 상대를 해 주었을 뿐이라고."

"아~니~, 내가 보기에 그 활잡이는 분명히 너한테 열을 올리는 걸로 보였어."

양쪽 다 혀가 꼬부라졌지만 어떻게든 이야기는 통했다.

하지만 졸다트는 대체 무슨 소리를 하는 걸까?

사라가 열을 올렸다고?

그럼 그 말은 부끄러워서 그런 거라고?

분명히 냉정하게 돌이켜보면 츤데레처럼 들리지 않는 것도 아니었다.

그 타이밍에서 츤데레로 행동하는 이유는 잘 모르겠지만.

아니, 없다. 정말로 열을 올린 거라면 그 자리에서 '최악' 같은 한 마디가 나올 리가 없다.

"뭐, 시간은 있잖아? 그럼 다시금 만나서 넌지시, 아무 일도 없었던 것처럼 말해 보면 되잖아? 그래서 괜찮거든 조금씩, 더 솔직한 너를 보여 주면 되는 거 아닐까?"

"그런, 걸까…."

취한 머리로 생각했다.

분명히 이야기하지 않으면 모르는 것도 있다.

그건 졸다트와 이렇게 이야기하면서 왠지 모르게 이해했다.

역시 인간은 대화다. 이야기를 하지 않으면 서로에 대해 알수 없다.

"아～알겠습니다앗. 그럼 오늘 저녁이든 내일이라도 그렇게 해보지요."

분명히 오늘은 '카운터 애로우'가 의뢰로 아침 일찍부터 떠난다고 그랬다. 지금 동이 터오는 걸 보면 이미 출발했겠지. 응, 어라? 근데 그거 나도 참가하기로 하지 않았던가?

어라라, 말도 없이 불참해 버렸네.

"그럼 저는 여기까지밖에 갈 수 없습니다만… 루데우스 님, 괜찮으십니까?"

환락가 출구 부근까지 왔을 때 엘리제가 내 팔을 놓았다.

갑자기 부드럽고 따뜻한 것이 없어지자 내 한쪽이 처량해졌다.

"으음, 괜찮아, 괜찮아. 나는, 마술사, 입니다! 해독 정도는 할수 있어요!"

"정말로 괜찮겠습니까?"

"으음, 괜찮아～. 하지만, 엘리제, 마지막으로 가슴 좀 만져도될까?"

"…예, 그러시죠."

"와아, 고맙습니다!"

조금만 만졌다. 물론 내 거기는 반응 없었다.

그래, 반응 없었다.

크게 점프하기 위해서는 웅크려야만 한다. 그러니까 이건 준비다. 응, 그래, 그런 거다.

"오늘은 만족시켜드릴 수 없었습니다만… 다음에 또 와 주세요."

마지막 엘리제는 내 뺨에 가볍게 키스를 하고 몇 걸음 뒤로 물러나서 고개를 숙였다.

"예~."

아마 또 올 일 없을 거라고 생각하면서도 나는 그렇게 대답했다.

어쩌면 마음 속 어딘가로는 낫거든 또 오자고 생각했을지도 모른다. 마지막에 만졌던 가슴을 다시 한 번, 이번에는 크게 점프해서 말이다.

"그럼 돌아가자! 졸다트!"

"오오! 꼭 이야기하러 가라고!"

"알았어, 알았어."

결국 의미는 없었다. 하지만 헛돈을 썼다는 느낌은 없었다.

이러니저러니 하면서 엘리제와의 한때는 내게 평안함 같은 것을 준 것 같았다.

설령 척추를 타고 반응하는 것이 없었지만 만져서 기분 좋은 건 기분 좋으니까.

"진짜로 알긴 한 거야? 난 사실 오늘로…."

졸다트는 뭐라고 말하려다가 말을 멈추었다.

"알았다니까! 맡기라고. 뭐, 그러고 안 되면 됐어. 그런 꼬맹이 같은 여자, 이쪽에서도 사양이야. 역시 여자라면 엘리제처럼 빵빵하지 않으면 안 돼!"

"……."

"어이, 졸다트 너도 그렇게 생각하지? 같이 물건 사고 밥 먹고… 바보 아니냐고. 소꿉장난도 아니고. 응?"

"…어이, 진흙탕, 그 이상은."

"뭐가 그 이상이야! 그 이상도 이하도 없습니다! 사라는 꼬맹이, 엘리제는 어른, 그건 이미 결정사항입니다."

무슨 소리를 하려는가 싶어서 나는 졸다트의 얼굴을 보았다. 졸다트가 아차 싶은 얼굴로 앞을 바라보고 있었다.

앞, 그 시선 끝.

거기에는 두 여성이 서 있었다.

한 명은 스잔느였다. 강철제 가슴바대와 팔보호대를 장비하고, 이제부터 모험에 나가려는 모습.

또 한 명은 사라였다.

그녀도 이제부터 모험에 나가려는 모습이었지만, 눈밑에 시커먼 자국이 있고 다소 부은 눈이었다. 마치 하룻밤 동안 운 것처럼….

그리고 두 사람은 날 보고 있었다.

놀라고 기막히다는 얼굴로 나를 보고 있었다.

순간적으로 아차 싶었을 때 사라 쪽에서 다가왔다.

성큼성큼, 빠르게.

"사라, 아냐, 지금 그건…"

입 밖에 내려던 말은 사라의 표정을 보고 기어들어갔다. 그녀의 얼굴은 얼음 같았다. 가면 같은 얼굴과 차가운 시선으로 나를 바라보았다.

사라가 다가오는 걸 보고 엘리제가 재빨리 물러났다.

—— 짜악.

조용한 환락가에 메마른 소리가 울려퍼졌다.

나는 뺨에 뜨거운 충격을 받아 고개를 돌렸다.

"…저질! 두 번 다시 얼굴 보이지 마!"

나는 고개를 돌린 채로 그 목소리를 들었다. 돌아보았을 때 이미 사라는 스잔느 쪽으로 달려가고 있었다. 스잔느의 표정도 기분 탓인지 엄했다.

"너, 그건 아니야."

스잔느는 조그맣게, 하지만 내게 들리도록 그렇게 말하고 얼굴을 손으로 가린 사라의 어깨에 손을 두르고 가 버렸다.

"……."

무슨 일이 일어났는지 알 수 없었다.

술기운은 단숨에 날아갔다.

졸다트를 보니 얼굴에 손을 대고 하늘을 쳐다보고 있었다.

딱 하나 안 게 있었다.

나는 거절당했다. 사라에게 완전무결할 정도로 거절당했다.

방금 전의 말은 술기운에 그냥 튀어나왔을 뿐인 말이다.

하지만 사라에게는 관계없다. 사라는 그 말을 듣고 내 얼굴을 두 번 다시 보기 싫다고 생각했다.

두 번 다시 얼굴을 보이지 말라고까지 말했다.

하지만 나도 사라도 모험가다. 모험가 길드에 있으면 얼굴을 마주치게 된다. 하지만 분명 사라는 내가 얼굴을 보일 때마다 싫은 얼굴을 하겠지.

어쩌면 스잔느도 그런 얼굴을 할지도 모른다.

스잔느만이 아니라 티모시와 패트리스도.

모험가 길드에서 졸다트가 보였던 얼굴을 그들도 계속 보인다….

나는 지면에 무릎을 꿇었다. 서 있을 수 없었다.

"…아, 아아…"

이제 틀렸다. 더는 못 버틴다.

1년 걸려서 간신히, 간신히 친해졌는데 결국 이렇게 된다면 이제 싫다.

"죽자."

품에서 나이프를 꺼내어 목젖에 댔다.

그 순간 손목에 충격이 일어서 나이프를 떨어뜨렸다.

졸다트가 내 손목을 후려친 것이다.

"멍청아, 섣불리 굴지 마! 오늘은 조금 오해가 있었을 뿐이야. 그도 그렇잖아, 여자랑 자려고 했던 밤에 창녀랑 환락가에서 나오면서 자려던 여자의 험담을 했으니까 오해도 하겠지. 하지만 그 녀석들의 모습은 아침부터 의뢰에 나가려는데 너를 찾으러 온 거였으니까…. 아무튼 지금부터 당장 쫓아가서 변명해. 아직 어떻게든 돼. 어이, 그러니까 얼른 일어나서 뛰어가."

"그런 건 이제 아무래도 좋아. 난 됐어. 아무것도 하기 싫어…. 크흑…."

"아니, 울지 말라니까…. 너 의외로 울보잖아…."

엉엉 울자 졸다트가 어깨를 두들겨 주었다.

"그럼 너 말이지, 일단 집에 돌아가면 어때? 아버지나 어머니한테 다 말하지 않아도 좋으니까, 그 밑에서 좀 쉬다와. 아, 어머니는 지금 안 계시다고 했나. 아버지는 어디에 있지? 아슬라 왕국?"

"…미리스. 미리스 신성국에서, 피트아령 사람들을 찾고 있어."

"아, 그럼 틀렸나…. 아무래도 너무 멀어."

졸다트는 뒤통수를 긁적이면서 끙끙 고민했다.

분명히 돌아가는 것도 한 가지 방법일지 모른다.

이 정도로 두들겨 맞았으니 이제 혼자서 뭔가를 할 기력은 없었다.

파울로에게로 돌아가서 리랴와 함께 노른이나 아이샤를 돌보는 생활을 시작하는 것도 좋겠지.

결국 나는 혼자선 아무것도 못 한다.

이미 정신연령은 충분하지만 이런 꼴이다. 아무리 세월이 지나도 이런 꼴이다.

하지만 아무래도 너무 멀다.

여기서 미리스까지 아무리 서둘러도 1년 이상은 걸리겠지.

파울로 쪽도 이동할지 모르니, 어쩌면 엇갈릴지도 모른다.

그렇게 오랫동안 이렇게 꺾인 마음을 질질 끌면서 살아갈 수는 없다.

이제 틀렸다.

"그럼 우리랑 갈래?"

그렇게 생각했을 때 졸다트가 말했다.

"…어?"

"네리스 공국 쪽에 대규모 미궁이 발견되어서 말이지. '선더볼트' 산하의 파티 중 몇몇이 거기를 공략하라는 명령이 나왔어. 우리도 그 중 하나라서 오늘 중에 떠나려는 참이었지. 너도 따라갈래?"

혼란스러웠다.

오늘 중에…라는 소리는 출발 전의 마지막 하룻밤을 나를 위해 써 주었다는 소리일까.

"하지만 난, 더 이상 파티는…."

"안 들어와도 돼. 우리랑 같이 이동할 거냐는 말이야. 저 녀석들하고 만나는 게 그렇게 무섭다면 또 새로운 장소에서, 또 새로운 상대를 찾으면 되잖아. 여자 따윈 하늘의 별만큼 많으니까…. 어쩔래?"

"……."

나는 느릿느릿 고개를 들었다.

졸다트가 나를 바라보고 있었다. 여전히 거슬린다고밖에 할 수 없는 얼굴이었다.

하지만 그 눈은 진지했다.

"너… 왜… 그렇게까지 나한테 잘해 주는 거야?"

"별로 이유 같은 건 없어."

"너, 날 싫어했던 거 아냐?"

"그래. 기분 나쁜 웃음을 짓고 착한 척 경어나 써대는 놈은 마음에 안 들었어. 나는 그런 걸 보면 본성을 까발리고 싶어지지. 하지만 네 속은 다 알았어. 그럴 만한 이유가 충분히 있다고 납득했어. 그럼 싫어할 이유가 없지."

그런가.

졸다트는 이제 나를 싫어하지 않나.

"툭툭 건드려서 성질 좀 까발려 볼까 했더니 완전 애처럼 질질 짜잖아. 그럼 나도 미안해지지. 인간은 누구든 건드리고 싶지 않은 부분이 있다는 걸 아는데 거길 계속 건드린 거니까."

"……"

나는 졸다트를 크게 오해한 것 같았다.

얼굴과 첫인상으로 모든 걸 판단하고 멀리하고 피했다. 왜 이런 녀석이 파티 리더를 맡았는데 제대로 돌아가냐고 생각한 것도 한두 번이 아니었다.

하지만 이 녀석은 생각 이상으로 좋은 녀석이었다.

이만큼 싹싹하고 상대의 문제에 대해 생각해 주는 녀석이라면 S랭크의 리더도 되겠지.

뭐, 물론 나쁜 부분은 있을 거다. 내가 접한 건 그의 나쁜 부분이다.

하지만 파티 멤버는 그걸 쓴웃음으로 넘겨줄 수 있다. 그만큼 장점을 아는 것이다.

"그러니까 어쩔래?"

그 질문에 생각했다.

아무튼 이 자리에서 뜨고 싶었다.

꾸물대다가 또 사라의 얼굴을 보면 다시금 기가 죽겠지.

그저 그게 무서웠다.

"…갈게요. 데려가 주세요."

지금부터 하려는 게 도망이라는 건 알고 있다.

하지만 그래도 나는 이 자리에서 뜨고 싶었다.

신천지에 가서 새로운 상대를 찾을 생각도 없었다.

이젠 싫었다. 이런 마음을 품으면서 누군가와 밀접한 관계를 갖는 것은.

분명 여기서 헤어지면 이것은 낫지 않을 것 같았다.

가능하면… 치료하고 싶지만….

하지만 됐다. 그거면 됐다.

생각해 보면 전생부터 그런 쪽과는 인연이 없었다. 이제 와서 그걸 잘라내고 살아도 아무런 문제도 없다. 못 한다고 죽는 건 아니다.

"좋아, 그럼 가자."

졸다트의 말에 나는 천천히 일어서서 동쪽에서 솟는 태양을 보며 맹세했다.

두 번 다시 한 파티에 의존하지 않겠다고.

★ 사라 시점 ★

한편 그 뒤에 사라는 분개하였다.

쇼크도 받았다.

루데우스 그레이랫이라는 소년에 대해 강한 증오를 갖기에 이르렀다.

"말도 안 돼, 말도 안 돼, 말도 안 돼!"

시각은 오후, 루데우스의 뺨을 때린 지 꽤나 시간이 경과했다.

현재는 로젠버그에서 한나절 정도 떨어진 강 부근에 있었다. 거기서 물고기를 잡는 사람들을 호위하는 일이었다.

C랭크의 의뢰로, 위험한 적도 마물도 그리 많지 않았다.

그렇기 때문에 한가했다.

그 한가한 시간 동안 사라는 계속 루데우스에 대해 투덜거렸다.

"나랑 그렇게, 그렇게 되었는데, 왜…! 최악이야, 진짜 최악이야!"

분했다.

사라는 루데우스를 좋아했다.

처음에는 그가 마음에 들지 않았다. 하지만 그가 결코 나쁜 사람이 아니라는 것은 처음에 같이 의뢰를 받았을 때에 대충 이해되었다.

다만 그때는 그 정도의 평가였다.

자신에게 압도적인 실력이 있음에도 불구하고 그걸 숨기는 비겁한 귀족 아이.

사라 안에서 루데우스의 평가는 그런 느낌이었다.

그 평가가 변한 것은 갈가우 유적 때였을까.

그는 자신들이 도망칠 수 있도록 아무 말도 없이 후진을 맡아서 스노우 드레이크 무리에 휩쓸릴 뻔했다. 그 정도 실력자라면 혼자서 도망치는 것도 가능했을 텐데 '카운터 애로우'가 도망치는 것을 우선해 주었다.

그때 왜 실력을 숨겼는지는 모르겠지만, 자기를 버리더라도 남을 구할 만한 사람이라는 걸 알았다.

그 뒤로 사라의 안에서 루데우스에 대한 감정은 조금씩 변했다.

루데우스의 언동이나 행동에 조금씩 마음이 가게 되었다.

사라는 그것들을 여러 이유를 대며 부정하였다.

자신은 귀족 출신의 모험가를 싫어한다. 아니, 귀족 그 자체를 싫어한다. 그러니까 루데우스도 싫어한다, 그렇게 둘러대듯이.

그것은 억지스러운 부정으로, 그녀 자신도 마음속 어딘가로는 루데우스는 자기가 싫어하는 존재와 다르다고 깨닫고 있었다.

더 이상 부정할 수 없어진 것은 트리어 숲에서의 일 때문이다.

계기라고 바꿔 말해도 좋겠지. 그 숲에서 죽을 뻔했던 때 혼자 구하러 와 준 루데우스를 보고 그녀는 간신히 인식했다.

나는 루데우스를 싫어하지 않는다. 오히려 호의를 품어 버렸다.

나는 그를 좋아한다, 라고.

그걸 깨달은 뒤의 사라의 행동은 적극적이었다.

적극적으로 루데우스를 의뢰에 부르고 그와 대화했다.

대화를 하면 할수록 호의는 늘어났다.

그리고 루데우스의 얼굴을 보면 부풀어오른 호의가 통하는 것도 느껴졌다.

그러니까 데이트를 제안하고 마지막까지 가자고 결행에 옮겼다.

직접 고백하는 건 무서우니까 어디까지나 도움을 받았다는 걸 핑계로. 그리고 맺어지면 자기의 진짜 마음을 밝히자, 그렇게 결심했다.

그렇기에 쇼크였다.

루데우스가 자신의 몸에 반응하지 않았던 것이 쇼크였다.

루데우스는 사라에게 호의를 품은 것처럼 보였지만, 사라의 호의를 받아들인 것처럼 보였지만, 사실 사라에게는 아무런 매력도 느끼지 않았다는 사실이 눈앞에 제시된 듯해서 쇼크를 받았다.

사라가 그때 루데우스의 얼굴을 잘 관찰했으면 루데우스도 쇼크를 받았고 그의 본심이 아니라 불안해하는 것을 알 수 있었겠지.

하지만 사라도 처음이어서 그런 여유는 없었다.

그저 자기 마음을 지키기 위한 말을 하고 도망치는 게 고작이었다.

그리고 숙소로 돌아와서 스잔느에게 울면서 자초지종을 말하고 밤새도록 울며 보냈다. 그리고 내일부터는 조금 더 힘내 보자고 긍정적인 마음을 품었다.

하지만 루데우스는 다음날 집합장소에 오지 않았다.

숙소에 데리러 가 보니, 주인의 말로는 밤에 나가서 돌아오지 않았다고 하고, 길 가는 사람에게 물어보니 졸다트를 따라서 어딘가로 갔다는 이야기가 들렸다.

루데우스…만이 아니라 '카운터 애로우'와 졸다트는 사이가 나쁘다.

어쩌면 무슨 일에 휘말린 게 아닐까, 루데우스는 졸다트에게 폭행당하는 게 아닐까, 그런 걱정을 하면서 사라와 스잔느는 루데우스의 행방을 쫓아서….

윤락가 입구 부근에서 빨강머리 고급 창녀에게 키스를 받는 장면을 목격했다.

간단한 소리다. 사라로 만족할 수 없었던 루데우스는 창녀를 안은 것이다.

그 옆에는 졸다트도 있었고, 두 사람은 딱 봐도 알 만큼 만취했다.

게다가 그 발언.

사라는 그것을 보고, 듣고, 어떤 결론에 도달했다.

루데우스는 밤새도록 졸다트와 함께 창녀를 안으면서, 자기들과는 마시지 않았던 술을 마시고 사라의 몸이 얼마나 궁상맞고 안을 가치도 없는지를 안주 삼아서 비웃었다고.

그건 피해망상이었다.

자기 안의 정보를 정리하면 결코 그게 진실이 아니라는 걸 알겠지.

하지만 그럴 수 없을 정도로 사라도 쇼크를 받았다.

그녀의 안에 있던 호의는 멋지게 뒤집혀서 증오로 변하였다.

어쩌면 그녀가 조금 더 나이를 먹었으면, 조금 더 여러 상대와 교우를 가지고 인간의 마음과 접했으면 냉정하게 생각할 수 있었을지도 모른다.

하지만 결국은 열여섯 살짜리 소녀였다.

자기가 본 것과 자기가 느낀 것이 전부라고 판단하는 나이였다.

그리고 모험가로서 살아온 그녀는 거기서 넘쳐나는 감정을 제어하는 방법을 몰랐다.

자기 생각과 거짓말로 스스로를 속이는 게 자신의 나쁜 버릇이라는 것도 몰랐다.

"…저기, 사라."

스잔느 쪽은 조금 더 어른이었다.

스잔느는 졸다트와 함께 있던 루데우스를 보고 다소 다른 감상을 품었다.

그 자리에서는 그런 말을 했지만, 시간이 지나고 냉정해지니 역시 다소 위화감이 있는 것을 깨달았다.

자기가 아는 루데우스와 그 자리의 광경이 들어맞지 않는 것을 깨달았다.

뭔가가 있어서 오해가 생겼다. 그런 장면은 여태까지 몇 번이나 보았다. 그렇기에 본 것을 그대로 믿는 게 얼마나 위험한지 이해하였다.

그렇긴 해도 루데우스가 그릇되게 행동한 것으로도 보였다.

고로 중재하는 일 없이 일단 사라를 위로하는 방향으로 움직였다.

"우리는 역시 조금 오해하는 거 아닐까?"

"오해는 무슨?! 나를 그런 곳에서 그런 여자랑 비교나 하고…."

"생각해 봐. 루데우스가 그렇게 싫은 녀석이었어?"

고로 시간을 두고 진정된 지금, 사라에게 다시금 생각해 보라는 쪽으로 방향을 잡아 주었지만,

"계속 숨기고 있었을 게 뻔해! 나도, 다들 속은 거야! 어쩌면 갈가우 유적에서도 '스텝 트리더'랑 한패였을 거야!"

사라는 들은 척도 하지 않았다.

"이거야 원…."

스잔느는 어째야 하나 싶어서 어깨를 으쓱였다.

자기도 연애 쪽으로는 밝지 않아서 뭐라고 해야 할지 몰랐다.

"무슨 일 있었습니까?

루데우스에 대한 분노를 감추지 않는 사라와 그런 사라에게 뭐라고 말을 걸어야 할지 모르는 스잔느.

그런 두 사람에게 말을 건 것은 티모시였다.

"슬슬 나한테도 무슨 일이 있었는지 말해 주겠습니까?"

"사라, 지장 없는 범위로 이야기해도 될까?"

사라로서는 아무리 파티 리더라고 해도 자기 연애 이야기를 할 마음이 없었지만, 이대로 파티의 분위기를 험악하게 만드는 것도 좋지 않다고 생각하고 스잔느의 말에 힘없이 고개를 끄덕였다.

"사실은——."

스잔느는 티모시에게 작은 목소리로 무슨 일이 있었는가를 말했다.

가급적 생생하지 않도록, 또한 객관적인 시점이도록 명심하며.

잠시 뒤에 그는 고개를 들었다.

"졸다트나 그 창녀에게 자세한 이야기를 들어보는 편이 좋겠죠."

"하지만 졸다트는 우릴 싫어하잖아."

"날 싫어할 뿐입니다. 그리고 루데우스도 싫어했죠…. 하지만 그는 루데우스와 함께 있었다. 그럼 혹시 루데우스에게 어떤 문제가 생겨서 그가 도와주려고 했던 걸지도 모릅니다. 그는 분명히 입도 태도도 험악합니다만, 남을 잘 돌봐준다는 소문도 들었습니다. 정말로 성격이 나쁘다면 백전연마의 S랭크 파티 '스텝 트리더'의 리더를 맡을 수 없을 테니까요…. 게다가 혹시 사라를 모욕하고 싶었다면 그런 식으로 뱅뱅 도는 짓을 하지 않았겠죠. 방에 남자를 기다리게 하든가 뒷골목에서."

"티모시, 알았어. 그만해."

"예."

티모시의 말을 듣고 사라는 고개를 들었다.

분명히 흥분해서 앞뒤를 모르게 되었지만, 순서대로 생각해 보니 분명히 티모시의 말이 맞는 듯했다.

그 날 밤 스스로가 한심해서 주위가 보이지 않았지만, 루데우스도 많이 풀죽은 느낌이었다.

어쩌면 그 결과는 루데우스에게 불가항력이었을지도 모른다.

"그럼 돌아가거든 내가 물어보지."

"아니, 내가 루데우스한테 다시 한 번 직접 물을게."

그리고 혹시 성급히 넘겨짚은 거였다면 사과하자.

사라는 그렇게 생각했다.

하지만 사라가 도시로 돌아왔을 때 루데우스의 모습은 어디에도 없었다.

모험가 길드에도 숙소에도 없었다.

"진흙탕? 글쎄, 오늘은 못 봤는데?"

"흐응…."

루데우스의 모습을 찾을 수 없었던 사라는 환락가 쪽으로 이동했다.

저녁 무렵의 환락가는 슬슬 가게를 열기 시작할 즈음이었지만, 아직 손님의 모습은 없고 사람도 드문드문했다.

그런 가운데 사라는 루데우스가 어디 있는지 묻고 다녔다.

어쩌면 또 여기에 왔을지도 모른다는 의식이 있었을지도 모른다.

그리고 몇 군데 가게를 보고 다니다가 개점 준비를 거들던 그 여자의 모습을 발견했다.

"아, 너…."

"응? 아."

엘리제였다.

물론 사라는 그녀의 이름을 몰랐지만, 그녀가 창녀라는 것과 마지막에 루데우스의 뺨에 키스하던 장면을 보았다.

"저기, 루데우스가 어디로 갔는지 몰라?"

"글쎄요, 모릅니다. 모험가 길드 아닙니까?"

엘리제는 갑작스러운 방문자에게 눈썹을 찌푸렸다. 사라 쪽은 엘리제의 얼굴을 보았지만, 엘리제는 사라를 보지 않았다.

"없어. 어젯밤에 너한테 왔잖아? 뭐 몰라?"

"아하…. 당신이 사라로군요."

하지만 엘리제는 곧 눈앞의 여성이 누구인지 알아차릴 수 있었다.

어제 루데우스의 이야기에 나왔던 여자일 거라고.

"그를 찾아서 어쩔 생각입니까? 또 몰아붙일 생각입니까?"

엘리제는 험악한 얼굴로 사라를 노려보았다.

어제 동생뻘인 아이의 은인이기도 한 루데우스가 어떤 이유로 이 가게에 와서 어떤 얼굴을 하며 어떤 마음으로 돌아갔는지를 생각하면 노려보지 않을 수 없었다.

"몰아붙이다니, 나는 그저 어젯밤의 사정을…."

"알겠습니다. 그럼 제가 이야기해드리죠."

엘리제는 사라를 규탄할 생각으로 어제 루데우스에게 들은 이야기를 하였다.

본디 실수로라도 손님의 정보를 말해선 안 되는 법이지만, 눈앞의 여자한테는 말해줘야만 한다고 생각했다.

"…불능?"

모든 것을 들은 사라는 고개를 갸웃거렸다.

불능이라는 개념이 있는 것을 몰랐다.

"남자의 그게 서지 않는 병입니다. 그는 깊게 고민하고 많이 괴로워했는데, 당신은 이 이상 그에게 무슨 말을 할 생각입니까?"

"아니…."

"그 사람이 상처 입은 것을 몰랐다면 당신은 그 사람을 상대하기에 너무 이릅니다. 거리를 두는 편이 좋지 않을까요?"

"그래…."

책망하는 어조의 엘리제에게 뭐라고 받아치지도 않고 사라는 그 자리를 떴다.

환락가를 떠나서 터벅터벅 귀로에 올랐다.

"아, 어서 와, 사라. 아까 들었는데, 루데우스는 오늘 아침에 이 도시를 떠났다는 모양이야. 어쩔 거야? 쫓아갈까?"

"…됐어."

숙소에서는 스잔느가 기다리고 있었지만, 사라는 어두운 얼굴인 채로 자기 방으로 돌아갔다.

그리고 침대에 쓰러져서 무슨 일이 일어났는지는 반추하였다.

자기도 상처 입었다고 생각하지만 루데우스도 상처 입었다는 걸 알고 크게 고민했다.

심야가 될 시간까지 계속 고민하다가 마지막에 혼자 중얼거렸다.

"가능하면 하다못해 사과 한 마디라도 하고 싶었어."

그렇게 말하면서도 쫓아가는 건 무서웠다.

자기의 사죄를 들어 주지 않고 거절할까 봐 무서웠다.

그리고 루데우스에게 그와 비슷한 마음을 맛보게 한 것을 깊게 후회했다.

또 루데우스가 자신들에게 한 마디 상의도 없이 여행을 떠난 것이 거절 그 자체라는 것을 깨닫고 작은 오열을 흘렸다.

최종적으로 사라는 침대에 거북이처럼 웅크리고 꿈쩍도 하지 않게 되었다.

날이 밝을 무렵 사라는 자기 눈 밑이 시커매진 것을 자각하면서, 자기가 루데우스에게 차였다는 사실을 이해하고 일어섰다.

자기 사랑이 끝났다는 것을 자각하면서, 솟아오르는 아침 해를 보고 생각했다.

하지만 혹시, 혹시 다시금 만날 수 있다면 하다못해 사과하자

고.

솔직해지자고.

에필로그

그 뒤로 나는 졸다트를 따라서 1년 남짓 여러 도시를 전전했다.

네리스 공국의 제3도시 도움부터 시작해서 '선더볼트'의 본거지가 있는 네리스 공국의 수도 규란차, 라노아 왕국 끝자락에 있는 도시 카리안….

마법삼대국을 여기저기 돌다가 나는 또 졸다트와 따로 행동했다.

그렇긴 해도 하는 일은 로젠버그에 갔을 때와 거의 같았다.

근처의 모험가와 일시적으로 파티를 짜고 돕는 동시에 이름을 퍼뜨렸다.

로젠버그에 있을 때처럼 대충 눈감아 주진 않을 거라 생각했기에 랭크는 B에서 S까지 올렸다.

때로는 졸다트 쪽의 의뢰도 도우면서 두세 달 정도의 빠른 페이스로 도시를 이동하면서 전전했다.

'스텝 트리더'의 멤버들은 결코 나를 눈엣가시로 보지 않았다.

오히려 쾌히…, 아니, 졸다트가 또 뭘 주워 왔구나, 라는 듯한 얼굴로 맞아주었다.

그들 중 몇 명도 나와 비슷한 처지에서 졸다트가 거뒀다는 모양이다.

지금은 내 목적과 행동을 이해하고 적당한 거리에서 접해 주었다.

'카운터 애로우' 멤버들이 어떻게 되었는지는 모른다.

그 이후로 나는 그들의 정보를 듣지 않았다.

어쩌면 또 다른 멤버를 맞아들였을지도 모른다. 어쩌면 여기에서 일하기 힘들다고 보고 아슬라 왕국으로 돌아갔을지도 모른다.

솔직히 진정이 된 지금은 사라와 조금 더 이야기를 하는 편이 좋았을지도 모른다는 생각도 들지만….

결과적으로 이걸로 잘 되었다고 생각했다.

처음에 상정했던 흐름이 되어서 마법삼대국의 곳곳에 내 이름이 닿게 되었다.

로젠버그 때처럼 그 동네 창녀에게까지 내 이름이 알려지는 건 아니지만, 사람을 찾기에 충분할 정도의 지명도를 얻을 수 있었다.

사라, 그리고 '카운터 애로우'와의 관계는 목적에 따른 것이 아니다.

그대로 질질 계속해도 나는 다른 도시에도 가지 못하고 정체

했겠지.

그렇게 생각하면 나쁠 것 하나 없었다.

인사도 않고 떠난 것에 대해서는 조금 마음에 걸리는 부분이 있지만, 그래도 다대한 스트레스를 품으면서까지 그들과 화해할 필요도 없었다.

나는 제니스를 찾는다. 그것만 생각해야 한다.

지금은 에리스나 사라 같은 여자 생각을 할 때가 아니다.

그런 생각을 하는 건 하다못해 제니스를 찾은 뒤다.

그렇게 생각하니 마음도 편해졌다.

여성과의 관계는 지금 내게 꼭 필요한 것이 아니고, 필요 없다면 집착할 것도 없다.

최근에는 모험가 길드에서 여자 모험가에게 유혹 비슷하게 놀림을 받아도, 의뢰를 거들던 상대가 조금 지분거려도 나름 잘 넘길 수 있게 되었다.

힘들기는 했지만, 사라와의 관계는 경험이 되었다.

이전의 나라면 여자가 접근해 올 때마다 신이 나서 '이번에야말로'라면서 침대로 데려갔다가 다리 사이의 도움이 안 되는 것 때문에 마음이 부러지는 일을 몇 번이나 계속했겠지. 물론 그게 도움이 되게 되면 커다란 기쁨이겠지만, 그건 그거대로 내 지금 목적에서 멀어지는 것이니까.

물론 완전히 마음을 정리한 건 아니었다.

가끔씩은 떠올랐다.

에리스와의 첫 체험과 사라의 부드럽고 낭창낭창한 몸, 엘리제의 서비스를.

그러니까 제니스를 발견하면….

또 불능을 치료할 방법을 찾자. 그렇게 생각했다.

마법삼대국보다 동쪽.

북방대지에 흩어진 소국 중 하나. 거기에 있는 모험가 길드.

거기에서 두 남자가 이야기를 나누고 있었다.

"이 나라도 이제 곧 끝이겠어."

"어떻게 아는데?"

"사람의 얼굴에 생기가 없어. 게다가 재상이 전쟁을 일으킬 거란 소문이야. 궁지에 몰려서 전쟁밖에 수가 없어지면 보통 앞날은 뻔하지."

"아…. 휘말리는 것도 싫으니까 슬슬 다른 나라로 뜰까."

"역시 서쪽일까."

"마법삼대국을 떠나 봤지만 좋은 일은 없었지."

두 사람은 모험가였다.

이 적적한 모험가 길드에는 두 사람 외에 어두운 얼굴의 남자뿐인 파티, 그리고 카운터에서 뭔가를 듣는 금발 여자의 모습밖에 없었다.

게시판에도 거의 의뢰가 붙어 있지 않았다.

주민이 너무 가난한 탓이었다. 의뢰를 낼 수 없을 정도로 힘든데다가 모험가의 수도 적기 때문에 결국 의뢰를 내도 넘어가는 일이 많으니까 아무도 의뢰를 내지 않았다.

모험가 길드에는 파리만 날렸다.

옛날에는 이 나라도 이렇지 않았다. 건국 당시에는 북방대지에서도 손꼽히는 강국이었다고 한다. 그대로 북방대지 전체를 지배하리라고 다들 생각했다.

하지만 그렇게 되지 않았다.

북방대지에서 나라를 경영하는 건 매우 어려운 일이다.

작물은 나지 않고 마물은 많고 여행자도 거의 오지 않는다. 마법삼대국처럼 마술을 발전시켰으면 혹시 이 나라도 뭔가 달랐을지 모른다.

이 나라에서는 아무것도 자라지 않았다. 있는 것을 소모할 뿐이었다.

그리고 지금 이 나라에는 소모할 것조차도 남지 않았다.

아쉽게도 이 나라는 멸망의 길을 걷고 있었다.

얼마 지나면 이웃나라가 이 나라에 전쟁을 걸든가, 혹은 이 나라가 타국에게 전쟁을 걸든가, 혹은 이 나라에서 내란이 일어나든가. 어찌되었든 머리가 교체되고 판도가 바뀌겠지.

그렇게 되면 또 모험가 길드도 활기를 되찾겠지만, 그 전에 날뛰는 병사들에게 죽는 게 고작이겠지. 모험가로서는 국경이 완전히 폐쇄되기 전에 여행을 떠나서 다른 나라로 가고 싶은 판이다.

이 두 모험가도 그렇게 생각했다.

"마법삼대국이라면, 저번에 이상한 소문을 들었어."

"이상한 소문?"

"아무래도 민완 마술사가 모험가를 보면 임시로 파티를 맺는다나."

"딱히 이상할 것도 없잖아. 단기 계약으로 파티를 짜고 푼돈을 버는 녀석은 제법 있으니까."

"아니, 그게 말이지. 딱히 돈을 벌려는 것도 아냐. 뭐라더라, 이유는 모르겠지만, 돈은 거의 안 받는다나 봐."

"그건 결국 그 녀석이 자기 몫을 요구하지 못할 정도로 약할 뿐 아냐?"

"아니, 그게 또 엄청 세다나 봐."

"엄청?"

"그 녀석이 있기만 하면 외톨이용을 스무 명도 안 되는 파티로 퇴치한댔나."

"…진짜야?"

"이상하지? 그런 녀석이 모험가로 얼쩡댄단 말이지. 이미 어느 나라에 초빙되었어도 이상하지 않은데 말이야."

"그럼 헛소문이겠지…. 그래서 그 녀석 이름은 뭐래?"

"어어, 분명히… '진흙탕 루데우스'."

"진흙탕이라고? 웃긴 이름이네…."

남자가 그렇게 말했을 때 갑자기 테이블에 그림자가 비쳤다.

남자가 그림자 쪽을 돌아보자, 카운터에서 접수 담당과 이야기하던 여자가 우아한 모습으로 서 있었다.

엘프족 여자였다.

남자들은 그녀가 일류 전사라는 건 한눈에 간파했다.

날씬한 체격이지만 그 안의 근육이, 거동이 그야말로 역전의 그것이었기 때문이다.

"…꿀꺽."

하지만 왜일까.

이 여자에게서 풍겨나는 전사라고 생각할 수 없는 매력적인 기운은.

"지금 그 이야기, 자세히 들려주실 수 있을까요?"

여자는 입술에 손을 대고 요염하게도 보이는 표정으로 그렇게 물었다.

"지, 지금 이야기라니?"

"진흙탕 루데우스라는 모험가 이야기 말이에요."

"나라고 그렇게 잘 아는 건…."

모험가는 허둥거렸다.

과연 지금 자기가 질문을 받는 건지, 유혹을 받는 건지.

"뭔가 떠오르지 않나요? 예를 들어서 마지막에 어디서 보았다…라든가."

"어, 어어, 분명히."

"자, 힘내 봐요. 혹시 떠올려 준다면 제 몸을 마음대로 해도 좋아요."

그 말에 남자의 뇌세포가 풀가동하였다.

남자란 단순한 법이다.

질문이 아니라 유혹이라고 알자, 원하는 것을 손에 넣기 위해 머리가 움직였다.

물론 머릿속 한구석으로는 이렇게 좋은 이야기가 있을 리 없다고 생각했지만, 이 남자는 눈앞에 제시된 먹이를 무시할 만큼 자제심이 있는 편이 아니었다.

"아, 떠올랐다. 바쉐란트야. 바쉐란트의 제3도시 피핀."

"어머나, 그래요, 고맙습니다."

여자는 부드럽게 웃었다.

그리고 입 안으로 중얼거렸다. "드디어 발견했네요."라고. 남자에게 이 말은 들리지 않았다.

"그럼 가지요."

"피, 피핀으로?"

"설마요, 정보료를 내러 당신 방으로…. 아니면 밖이 좋은가요?"

"헤, 헤헤…. 보통 음란한 게 아니잖아…."

"그쪽 분도 함께."

여자는 남자 둘을 방으로 데려갔다.

아니, 이 경우는 상대의 방으로 따라갔다, 라고 봐야할지도 모르겠다.

이 세 사람 중에서 그런 행위를 가장 바라는 건 여자였으니까.

남자들은 이 뒤에 꿈같은 한때를 보내고 그 날 밤을 잊지 못해 여자를 찾아 이 나라에 눌러앉았다가 전쟁에 휘말리게 되지만, 그건 넘어가고.

"거의 다 왔네요."

여자 쪽은 만족할 만한 하룻밤을 보낸 뒤에 매끈매끈한 피부로 바쉐란트의 제3도시 피핀을 향해 떠났다.

여자의 이름은 엘리나리제 드래곤로드라고 했다.

그녀는 한 가지 목적을 위해 이동하였다.

루데우스 그레이랫에게 '어머니가 발견되었다'라는 말을 전하기 위해서.

번외편

라노아 마법대학의
지배자

라노아 왕국.

마법삼대국 중에서도 특히나 마술교육이 왕성하고 우수한 마술사를 몇 명이나 배출한 나라다. 마법삼대국의 동맹주이기도 한 이 나라는 백년 정도 전에 삼국의 결연을 보다 견고히 하기 위해 한 도시를 만들었다.

그것이 마법도시 샤리아다.

마법도시 샤리아에는 바쉐란트 공국의 마도구 공방, 네리스 공국의 마술 길드, 그리고 라노아 왕국의 마법대학이라는, 세 나라가 자랑하는 세 가지 조직이 존재했다.

그중에서도 마법대학은 특히나 유명했다.

마법삼대국의 궁정마술사, 아슬라 왕국의 마술학교 교사, 기타 세계 각지에서 이름을 남긴 모험가는 모두 이 학교를 거쳤다는 소문이었다.

음유시인이 노래까지 지었을 정도의 모험가 록시 미굴디아도 이 학교 졸업생이다. 현재 학생 수는 1만 명을 넘고, 마법만이 아니라 모든 지식을 배우는 세계 유수의 맘모스 학교다.

자, 그런 마법대학에 현재 어느 학생이 재적해 있었다.

그 이름은 아리엘 아네모이 아슬라라고 한다.

"아, 아리엘 회장! 안녕하세요!"

"좋은 아침입니다!"

화창한 봄날 아침.

마법대학의 기숙사에서 학교로 이어지는 가로수길에 씩씩한 목소리가 울렸다.

"사리야 씨, 미샤 씨, 안녕한가요."

거기에 대답하는 것은 살랑거리는 금발을 가진 절세의 미소녀였다.

길을 걸으면 열 명 중 열 명이 돌아볼 외모에 온몸에서 넘치는 카리스마 때문에 그녀는 빛나는 것처럼 보였다.

"어머?"

그녀는 자신에게 인사한 상대에게 부드러운 미소를 돌려주며 그 상대에게 가만히 손을 뻗었다.

"사리야 씨, 옷깃이 흐트러졌군요."

"어…."

"자, 이제 괜찮아요. 당신은 예쁘니까 몸가짐에 신경 쓰세요."

"아, 예!"

소녀는 얼굴을 붉히면서 끄덕였고, 미소녀도 만족스럽게 끄덕이고 "그럼 이만."이라고 한 마디를 건네고 학교를 향해 걷기 시작했다.

그 자리에 남겨진 소녀는 한동안 멍하니 있었지만, 같이 인사했던 친구 쪽을 기세 좋게 돌아보고 뿅뿅 뛰었다.

"아리엘 회장이 고쳐줬어! 예쁘대, 예쁘대!"

"좋겠다! 좋겠다!"

시끄러운 목소리를 흐뭇한 마음으로 들으면서 아리엘은 길을 걸었다.

그녀의 모습을 보고 학생들이 술렁대기 시작했다.

"저기 봐, 아리엘 회장이다! 언제 봐도 예뻐."

"말을 걸어 볼까…."

"멍청아, 너 같은 건 안중에도 없겠지."

남자고 여자고 그녀를 보고 감탄했다.

모두가 똑같은 교복을 입은 가운데, 아리엘만은 다른 존재인 것처럼 빛났다.

"저기 봐, 루크 선배야. 피츠 선배도!"

"멋져…."

"역시 세 사람이 나란히 서 있으면 그림이 돼!"

아니, 아리엘만이 아니었다. 그녀를 따르는 두 종자도 선망의 대상이었다.

밝은 갈색머리를 올백으로 넘긴 미남 루크 노토스 그레이랫.

그리고 백발을 짧게 치고 두꺼운 선글라스를 낀 소년 피츠.

이 학교에서 가장 아름답다는 아리엘을 따르는 미남과 미소년.

그 광경은 보기만 해도 기분이 고양되고, 그들이 자기보다 고차원의 존재라는 인식을 심어 주기에 충분했다.

"그거 알아? 아리엘 님은 우수한 인재를 찾으신다나 봐."

"왜?"

"본국으로 돌아가셨을 때 심복으로 삼을 거라고."

"우와, 대단한데. 나도 입후보해도 되려나?"

"지금 네 성적으로는 무리라니까."

"이제부터 열심히 할 거야."

선망의 시선을 받는 세 사람은 이 학교의 주목의 대상이었다.

봄의 따뜻한 햇살을 받아서 겨울 동안보다 몇 배는 아름답게 보이는 세 사람.

학생들은 모두가 그들이 태양 같은 존재이며 눈부신 미래가 기다린다고 믿어 의심치 않았다.

왜 그들이 이 정도로 학생들의 흠모를 받는가.

얼굴이 괜찮으니까? 능력이 뛰어나니까?

물론 그것도 있다. 하지만 그것만이 아니다.

그녀가 현재 지위를 확립한 것은 몇 년 전으로 거슬러 올라간다.

몇 년 전.

아리엘 아네모이 아슬라는 아슬라 왕국의 정략에서 패배하여 나라를 탈출했다.

일설로는 사망했다고 하지만, 자객의 습격을 받으면서도 간신히 라노아 왕국까지 도망쳐서 라노아 왕국의 비호를 받으며 당초 예정대로 마법대학에 입학하는 데에 성공했다.

물론 그녀는 아슬라 왕국에서의 복권을 포기하지 않았다.

아직 아슬라 왕국 내에서 지지해 줄 터인 필레몬 노토스 그레이랫을 위해서라도 한시라도 빨리 돌아가야만 한다고 생각했다.

하지만 그저 돌아가기만 해선 지난 일이 반복될 것은 명백.

고로 아리엘은 라노아 왕국의 마법도시 샤리아에 있는 마법대학에서 우수한 인재를 찾아내고 아슬라 왕국으로 보내어서 상황을 타파할 생각이었다.

그런 목적을 달성하기 위해서 아리엘은 학교에서의 발언력을 높이기로 했다.

그것이 라노아 마법대학의 학생회였다.

마법대학의 학생회는 딱히 자치를 인정받은 것도 아니고 강한 권력을 가진 것도 아니지만, 그래도 1만 명이나 되는 학생들의 중심이며 정점임이 틀림없다.

학생회는 학생에게 높은 영향력이 있고, 그 학생들을 미리 포섭하려는 아리엘에게 그 사실은 아주 중요했다.

목적의식을 가진 아리엘은 애초부터 우수한 탓도 있어서 순식간에 두각을 드러내며 1학년임에도 학생회 입회를 허락받았다.

"학생회에 들어갈 수 있었지만, 마음을 놓아서는 안 됩니다.

아직 첫 걸음일 뿐이니까요."

학생회에 들어간 지 몇 달이 지나고, 아리엘은 기반이 견고해지는 것을 실감하면서 자기 방에 종자들을 전원 모으고 작전 회의를 가졌다.

"예."

그녀의 종자는 네 명.

루크 노토스 그레이랫.

엘모어 블루울프.

클리네 엘론드.

그리고 피츠.

스무 명 가깝던 종자는 도중에 자객의 손에 죽어서 고작 네 명으로 줄어들었다.

"그 다음은 학생회의 이름을 사용하여 좋은 인재를 찾고 권유하는 것뿐이군요."

"아뇨, 그걸로는 부족하죠."

피츠의 말에 아리엘은 고개를 내저었다.

"최종적으로는 이 나라의 중진이나 마술 길드도 동료로 끌어넣고 싶어요."

라노아 왕국의 중진이나 마술 길드.

그것들은 라노아 왕국에서 마술의 교육론을 받아들인 아슬라 왕국에게 커다란 영향력을 갖는 존재다.

"물론 아슬라 왕국의 정쟁에 그들의 힘을 빌리려면 상응하는 것을 제시해야만 하겠죠."

"상응하는 것이라면… 돈?"

"아뇨, 힘입니다."

고개를 갸웃거리는 피츠를 향해 아리엘은 부드럽게 웃었다.

"아슬라 왕국의 왕이 되려는 내가 '학생회의 일원'이면 그들
은 결코 힘을 빌려주지 않겠죠. 최소한 '학생회를 움직이는 존
재'. 즉 학생회장이 되어야만 합니다."

학생회장이라는 입장을 쟁취한다. 그것은 힘의 보증이 될 수
있다.

아슬라 왕국이라는, 세계에서 가장 거대한 나라의 정점에 오
르려는데 라노아 마법대학이라는 작은 커뮤니티에서 정점에 오
르지 못하면 애초에 이야기가 안 된다.

아리엘은 그렇게 생각했다.

"내년에는 부회장, 그 다음 해에는 학생회장이 졸업합니다.
거기에 맞춰서 부회장, 학생회장을 목표로 할까 해요."

"예, 좋을 듯합니다. 아리엘 님은 남의 위에 서는 분이니까 학
생회장이 되시는 게 당연, 나라에 돌아가면 왕이 되시는 게 당
연, 그런 얼굴을 하시면 우수한 실력자도 모여들겠죠. 그리고
저희는 그런 인재가 필요합니다."

루크가 동의하자 다른 세 사람도 끄덕였다.

입학한 지 반년, 아직 그들에게는 아군이 없었다.

타고난 카리스마와 1학년임에도 학생회에 들어간 것도 있어서

학생들에게서 호감도가 높다고 하지만 그것뿐이었다.

눈독 들인 우수한 인재는 있지만, 그 인물을 아군으로 끌어넣고 현황을 숨김없이 말하여 아슬라 왕국에서 함께 싸우자는 생각을 품게 할 정도에는 도달하지 못했다.

그리고 본디 그런 인재가 저쪽에서 다가올 만한 상황이야말로 바람직하다.

"압도적인 차이입니까…."

"그렇군요. 학생회장이 되는 건 당연… 그렇다면 최대한 투표 때 압도적인 차이가 필요하겠죠…."

엘모어가 턱에 손을 대고 그렇게 말했다.

라노아 마법대학의 학생회는 임명제다.

학생회장이 괜찮다 싶은 인재를 택해서 학생회 임원으로 임명한다.

하지만 회장만큼은 전 학생회장이 은퇴한 시점에서 남은 학생회 임원이 전원 입후보하고 전교생의 투표로 결정한다.

이것은 마법대학의 초대 교장이 정한 룰이며, 현재도 계속되는 관습이다.

이렇게 투표가 이루어지기에 학생회는 자기들끼리의 모임이라고 인식되지 않고, 학생회장은 학생의 정점이라고 일컬어진다.

그렇긴 해도 아리엘은 아직 1학년이다.

현재 부회장이 내년에 학생회장이 되고 그 다음 해에 졸업하여 투표가 시작되면, 여태까지 학생회를 도와온 임원들…, 6학년이나 7학년 중에서 실적도 있는 상대가 앞을 가로막겠지.

후보자는 사퇴할 수 없다.

사퇴할 거면 학생회에 임명된 시점에서 사퇴해야만 한다.

고로 지금 시점부터 포섭하여 그들을 단상에서 내려가게 할 순 없다.

몇 년 동안 학생회에서 일하였고 학생들에게도 이름이 알려진 학생회의 선배. 가령 이긴다고 해도 근소한 차이겠지.

물론 근소한 차이라고 해도 3학년 때 학생회장이 되는 것은 크다. 이례적일 정도는 아니지만, 역시나 아리엘, 역시나 아슬라 왕국의 왕녀, 그런 인상은 남겠지.

하지만 압도적이지 않다.

역대 학생회장과 똑같아선 의미가 없다.

1학년 때 학생회에 들어가서 2학년 때 부회장이 되고 3학년 때 다른 이와 압도적인 차이를 벌리고 회장이 된다.

그것이 아리엘에게 이상적인 흐름이었다.

아니, 이상이 아니라 절대조건이라고 바꿔 말해도 좋을지 모른다.

그 정도를 해내지 않으면 아슬라 왕국에서 복권하는 건 꿈 중의 꿈이다. 아니, 그걸로도 부족할지 모른다.

"…아예 2학년 때 회장이 되는 정도가 아니면 안 될지도 모르겠군요."

그렇게 중얼거린 건 피츠였다. 백발 소년은 험악한 눈초리로 팔짱을 꼈다.

"어머, 피츠는 무서운 소리를 하네요. 부회장을 제치고 말인 가요?"

이렇게 회의를 하지만, 사실 아리엘은 이미 부회장의 포섭을 끝내두었다.

다음 선거에서는 아리엘이 부회장을 밀어 준다.

선거라고 해도 다른 후보자의 지지를 받으면 득표율은 오른 다.

자기가 표를 주려던 후보자가 '이 분을 추천한다'라고 말하면 심정적으로도 추천받은 쪽에게 주고 싶어지는 법이다.

아리엘은 1학년이면서도 우수한 부하를 네 명이나 두었고, 압도적인 카리스마로 1학년에 대한 호감도도 높으며 실무적인 능력도 확실하다. 게다가 현재 부회장을 밀어준다는 약속을 하여서 그가 학생회장이 되었을 때 부회장으로 임명받는다는 확약을 받아냈다.

말하자면 2학년 때를 버린다는 형태지만, 2학년 시점에서 확고하게 바탕을 다져서 큰 실적을 남기면 3학년 때 학생회장이 되는 건 확실하다는 자신감이 있기 때문에 나온 행동이었다.

"그건 어디까지나 보험으로 삼고, 더 효과적인 것을 노려야 하지 않을까요."

피츠의 말은 지당했다.

아마도 마법대학의 기나긴 역사를 거슬러 올라가도 2학년 때 학생회장이 된 자는 없겠지.

예외로서 초대 학생회장만은 1학년 때 학생회장이 되었지만, 그건 어디까진 1학년밖에 없을 때의 일이니까 셈에 들어가지 않는다.

그리고 현재 2학년이며 차기 학생회장이 확실하다고 언급되는 인물에게 압도적인 차이를 벌리며 학생회장이 된다면 아리엘의 이름은 마법도시 샤리아에 퍼지겠지. 어쩌면 마법삼대국의 중진에게도 닿을지 모른다. 결국은 학교 내부의 일이라고 생각할지도 모르지만, 마법삼대국이나 마술 길드의 중진 중에는 마법대학 출신자가 여럿 있다. 보통은 학교 일에 신경도 쓰지 않겠지만, 마법대학 설립 이후 유례를 찾아볼 수 없는 사건이 터지면 눈길이 갈 가능성은 크다.

그리고 그 정보가 사실이라면 유학 중인 아슬라 왕국의 왕녀는 엄청난 인재다. 그냥 학생회장이 아니다. 미래를 위해서라도 꼭 안면을 터놓자. 그렇게 생각하는 사람도 나오겠지.

그러면 아리엘의 목적에 한 걸음 다가간다.

"분명히 그렇지만…. 하지만 피츠, 아무런 작전도 없이 그 부회장에게는 못 이길 텐데요?"

지금 부회장은 당선이 확실하기 때문에 아리엘과 교섭해서 지지받기로 약속을 했다. 그렇긴 해도 현재 부회장은 나름 우수한 인물이다. 아리엘이 지지하지 않더라도 근소한 차이로 다른 후보에게 이기겠지.

반대로 아리엘은 학생들의 인지도로 볼 때 아직 멀었다.

"예. 그 작전 말인데, 사실 좋은 생각이 하나 있어서."

"말해 보세요."

피츠의 말에 의외라고 생각하면서도 아리엘은 자세를 바로하고 귀를 기울였다.

"어어…. 아리엘 님, 최근 괴롭힘이 있었지요?"

"예."

그렇다, 아리엘은 최근 괴롭힘을 당하고 있었다.

학생회에 들어온 직후부터였던가. 길을 가는데 갑자기 눈앞의 길에 침을 뱉거나 어깨를 부딪치거나 마술 훈련 도중에 고의로 워터볼을 쏴대는 일이 이어졌다.

처음에는 우연을 가장했지만 고의라는 걸 금방 알 수 있었다.

왜냐면 차츰 정도가 심해졌기 때문이다.

제일 심한 건 밤중에 도둑맞은 속옷이 남자기숙사 입구 근처에 버려지는 일까지 있었다.

아무래도 이건 너무 심하다 싶어서 피츠와 엘모어에게 조사시켰는데….

"주모자를 알았어요. 리니아와 프루세나입니다."

"…그 두 사람이었나요."

리니아 데돌디어.

프루세나 아돌디어.

이 두 사람은 수족의 왕인 돌디어족의 공주다.

세계의 반대편이라고 할 수 있는 대삼림에서 멀리까지 온 두 사람은 돌디어족이라는 이유로 필요 이상으로 대접을 받았고, 실력도 있었기에 콧대가 높아진 데다가 개방적인 학교 분위기에 물들어서 소행이 악화되었다.

건강 불량소녀가 된 두 사람은 학교에서 다들 두려워하는 존재가 되었다.

항상 험악한 얼굴의 수족 패거리를 스무 명 가깝게 데리고 다니고, 두 사람이 걸으면 모두가 길을 양보하며, 눈이라도 마주쳤다간 그 자리에서 두들겨 팬다.

마법대학측도 그녀들의 불량한 소행에는 다소 난처해했다.

질서를 너무나도 무너뜨리기에 가능하면 어떻게든 하고 싶다.

하지만 돌디어족의 공주인 그녀들과 대립하는 것은 즉 이 학교에 다니는 수족 전부를 적으로 돌리는 것과 같다.

이 학교에는 수족이 그럭저럭 있다. 인간보다는 분명히 적지만, 그들 모두가 날뛰면 그 피해는 헤아릴 수 없겠지.

고로 학교 쪽도 손을 쓰지 않고, 학생 몇몇이 울면서 잠을 청했다.

"그래서 그것과 작전에 무슨 관계가?"

"…그들을 치죠."

그렇게 말하며 피츠는 주먹을 움켜쥐었다.

"지금 이 학교의 학생은 불량학생들에게 떨며 지냅니다. 그걸 해결하면 모두가 아리엘 님 편을 들겠죠."

피츠의 눈은 불타고 있었다.

용서할 수 없었다. 경애하는 아리엘의 속옷을 하필이면 남자 기숙사 앞에 버리고, 친절하게도 '이것이 아슬라 왕국 왕녀의 속옷이다'라는 메모까지 붙여 두었다.

그 사건 이후로 수족 남자들이 호색한 눈으로 아리엘을 보는 일도 많아졌다.

아리엘은 전혀 개의치 않는 기색이었지만, 피츠로서는 그걸 견딜 수 없었다.

"하지만 피츠, 아무리 문제라고 해도 학교 안에서 난투 같은 걸 일으켰다간 오히려 우리 평가가 내려가지 않을까요?"

"괜찮습니다. 저쪽이 먼저 공격해 오도록 손을 쓰면 정당방위가 되지요. 학교도 편을 들어줄 겁니다. 게다가 놈들은 아마 저 혼자서 충분합니다."

피츠의 말에 아리엘은 잠시 생각했다.

생각한 끝에 주위를 둘러보았다. 고민될 때는 다른 종자의 의견을 듣는다. 아리엘은 그렇게 해 왔다.

"저는 괜찮다고 생각합니다. 분명히 그건 용서할 수 없는 짓이었습니다. 싸움이 일어나면 참가하겠습니다."

"미력하게나마 저도 돕겠습니다."

"이하동문입니다."

힘주어 말하는 세 사람에게 아리엘도 역시나 결의를 담아 미소 지었다.

"알겠어요. 모두가 그렇게 말한다면… 위험하겠지만 해 보죠."

이렇게 아리엘이 학생회장이 되기 위한 작전이 시작되었다.

★　★　★

작전이 결행된 것은 그로부터 약 1주일 뒤의 일이었다.

시각은 정오, 학생들이 다들 대학에 병설된 식당으로 이동하려는 중이었다.

리니아와 프루세나는 스무 명 가까운 패거리와 함께 식당에 나타났다.

리니아는 주머니에 손을 찌르고, 프루세나는 담배처럼 보이는 걸 물고서.

교복도 흐트러진 모습이고 태도도 안 좋아서, 루데우스가 봤으면 순간 벽 쪽을 돌아보고 시선을 아래로 내려서 눈을 마주치지 않으려 할 만한 존재, 불량학생이었다. 이 세계에서도 이런 자는 존재한다.

그녀들은 무슨 갱의 보스처럼 선두를 걸으면서, 어깨를 으쓱이며 으스댔다.

반대로 아리엘 쪽은 세 명이었다.

아리엘과 루크와 피츠.

그녀들은 우연을 가장하여 식당 앞에서 리니아, 프루세나 파와 마주쳤다.

“......”

“......”

리니아와 아리엘은 서로 비키라는 시선을 주고받은 뒤에, 아리엘이 무관심을 가장하며 그녀들에게 길을 양보했다.

그걸 본 수족에게서 실소가 새어나왔다.

“한심하긴.”

“아슬라 왕국의 왕녀란 게 저 정도냐.”

“그러고 보니 저번에 기숙사 앞에 팬티가 떨어져 있었지.”

“그렇게 남자를 유혹하겠지? 인간은 만년 발정기니까.”

캬하하하 웃는 수족들.

“그만둬라냥.”

“그렇게 말하면 불쌍하잖아.”

리니아와 프루세나는 잘난 척하는 얼굴로 그들에게 대충 주의를 주면서 식당으로 들어갔다.

입장 있는 자를 비웃는 건 쾌감이다. 그리고 그걸 형식만이라도 막는 것은 자신들이 웃는 자보다 더 위의 입장이라고 인식하기에 더욱 쾌감이다.

상대는 거스를 수 없다.

수족은 스무명. 거의가 인간과의 혼혈로 싸움도 제대로 한 적 없는 자들이지만, 숫자는 항상 힘이 된다. 그들은 스무 명이라는 힘을 무기로 학생들에게 인기를 모은 대국의 왕녀를 웃음감으로 삼았다.

"매일 스무 명의 남자를 갈아치우다니, 돌디어족이라고 해도 결국은 그냥 동물과 똑같군요."

아리엘이 조용히 중얼거렸다.

그 혼잣말은 작았다.

정말로 입 안에서만 중얼거렸기에 그 자리에 있는 다른 학생들에게는 전혀 들리지 않았다.

"어이, 지금 뭐라고 했어?"

하지만 그들은 인간보다 몇 배는 귀가 밝아서 작은 소리도 들을 수 있다.

고로 리니아와 프루세나의 귀는 그 작은 혼잣말을 주워들었다. 다른 패거리들은 그녀들만큼 귀가 좋지 않았지만, 그래도 몇 명은 그 말을 들었다.

"저는 아무 말도 안 했는데요?"

"아니, 분명히 들었다냐. 아주 깔보는 말을 들었다냐. 그렇지, 프루세나?"

"그래, 이 년이."

리니아는 털을 곤두세우고, 프루세나는 입에 물었던 것을 내뱉었다. 닭뼈였다. 이 여자는 심술 맞게도 식사 전부터 간식을 먹었다.

싸움을 걸어오는 거라고 판단한 두 사람은 아리엘의 눈앞까지 이동해서 이마가 닿을 정도의 거리에서 시비를 걸었다.

"어이. 다시 한 번 말해봐라냐. 이번에는 우리 얼굴을 보면서."

"아니면 엎드리든가. 지면에 드러누워서 배꼽을 보여."

"그러니까 저는 아무 말도 안 했거든요?"

시비 거는 리니아에게 당당한 태도로 대답하는 아리엘.

그 광경은 '아리엘은 아무것도 안 했는데 리니아와 프루세나가 트집을 잡는다'고밖에 보이지 않았다.

물론 리니아와 프루세나가 트집을 잡는다는 사실은 변함없었다. 다만 아리엘이 아무 말도 안 한 것처럼 보일 뿐, 일방적인 피해자로 보이는 것에 다소 차이가 있었다.

"너는 싸움도 못 하는 치킨이냐?"

"치킨이라면 먹어 주지."

"갑자기 무슨 말인가요…?"

동공을 움츠리는 리니아와 크르르 소리 내어 으르렁거리는 프루세나.

두 사람과 대치한 아리엘에게는 전혀 동요가 보이지 않았다. 당당한 모습이었다.

"올해 발정기를 지나면 두 분은 애비 모르는 자식을 낳겠죠. 길바닥의 들개처럼…."

그 입의 움직임은 아무도 알아차리지 못했다.

아리엘은 아슬라 귀족의 기본 덕목으로 입술을 움직이지 않고 말하는 기술을 가졌다.

그리고 역시나 작은 목소리로 꺼낸 그 말은 코앞에 있던 리니아와 프루세나의 귀에만 닿았다.

"이게, 배짱 좋다냐. 싸움을 걸단 말이다냐."

"두들겨 패고 발가벗겨서 물을 씌워 주지!"

옆에서 보면 아리엘의 태도가 마음에 들지 않아서 리니아와 프루세나가 갑자기 화내는 걸로 보였겠지. 물론 그걸 의아하게 여기는 사람은 없었다. 그녀들은 자기 성질을 건드리는 발언을 한 사람이 사과하지 않은 경우, 역시 이런 말을 하며 시비를 걸었기 때문이다.

그리고 두 사람이 움직이는 동시에 스무 명의 패거리도 움직였다.

"뭐라고 짖었냐!"

"새끼들아!"

"흠씬 패 주지!"

더러운 말을 내뱉으면서 아리엘에게 손을 뻗는 스무 명의 패거리들.

하지만 그들의 손이 아리엘에게 닿는 일은 없었다.

"…꺄아!"

"깽!"

어느 틈에 그들은 날아갔기 때문이다.

순식간에 전원이 날아가서 데굴데굴 굴렀다.

리니아와 프루세나는 순간 몸을 일으켜서 주위를 확인했다.

"뭐, 뭐냐?!"

"피츠겠지. 아리엘의 패거리가 무슨 짓을 했어…!"

어느 틈에 아리엘의 앞에 피츠가 서 있었다.

피츠. 아리엘의 뒤에서 조용한 얼굴을 하던 백발 소년이다.

그는 수족들이 움직인 순간 아리엘의 앞으로 튀어나가서 무영창으로 충격파를 써서 주위를 날려 버렸다.

"……"

앞으로 나선 것은 피츠뿐이었다.

아리엘은 청초한 모습 그대로, 루크는 허리의 검에 손을 대긴 했지만 그 자리에서 움직이지 않았다.

그저 피츠만이 자기 혼자서 충분하다고 말하는 얼굴로 스무 명 앞에 버티고 섰다.

"……"

피츠는 아무 말도 하지 않았다. 그는 어지간해선 입을 열지 않는다. 학생들 사이에서도 그의 목소리를 들은 적 있는 사람은 몇 명에 불과했다.

그리고 앞을 가로막은 상대를 보고 리니아와 프루세나는 표적을 바꾸었다.

"으야아!"

"크르르르르!"

스물두 마리의 야수가 일어서서 피츠에게 쇄도했다.

"……."

피츠는 아무 말도 없었다. 그 자리에서 움직이지도 않았다.

그는 그저 손을 움직였을 뿐이었다.

그가 손을 움직일 때마다 폭염이 일고 얼음덩어리가 지면에서 솟았다.

그것들은 수족들을 사정없이 덮쳐서 순식간에 십여 명이 한꺼번에 날아갔다.

"끼잉!"

"꺙!"

피츠의 마술을 맞은 수족은 강아지 같은 비명을 지르며 기절, 혹은 도주했다.

수족 패거리는 스무 마리였지만, 결국은 별로 싸움에 익숙하지 않고 제대로 수업도 출석하지 않으며 그저 숫자의 폭력을 믿으며 으스댈 뿐인 놈들이었다.

"이게, 죽여 버린다냐!"

"새끼가!"

물론 리니아와 프루세나만큼은 달랐다.

그녀들은 피츠의 마술을 보고서도 전의를 잃지 않고 높은 민첩성을 살려서 회피했다.

리니아는 그대로 피츠에게 육박했고, 프루세나는 입가에 손을 대었다.

[우오오오오오!]

그것은 특수한 성대에서 낼 수 있는 음역에 마술을 싣는 것으로, 상대를 순간적으로 행동불능에 빠뜨리는 수족의 고유마술이었다.

피츠의 코에서 주르륵 피가 흐르고 상체가 비틀거리며 기울었다.

리니아는 그걸 확인하면서 피츠의 얼굴을 향해 손톱을 뻗어서 찔렀다.

"흐랴아!"

한쪽의 목소리 마술로 상대를 행동불능에 빠뜨리고 다른쪽이 처리한다.

그것이 리니아와 프루세나의 필승 패턴이었다.

"……!"

하지만 다음 순간 피츠는 신기한 행동에 나섰다.

자기 두 손으로 귀를 때렸다.

펑 하는 큰 소리가 나고 피츠의 귀에서 피가 터져나왔다.

그와 동시에 리니아가 달려들었다.

"잡았다냐!"

리니아의 손톱이 피츠를 향해 뻗었다.

하지만 그 손이 도달했다고 생각한 순간 피츠의 몸이 지면을 향해 가라앉았다.

백발을 몇 올 베이면서 피츠는 리니아의 품 안으로 파고들었다.

"끄윽…!"

그의 주먹이 리니아의 명치에 깊이 꽂히자, 주먹에서는 충격파가 발생하여 리니아의 몸을 나뭇조각처럼 날려 버렸다.

"뭐, 뭐야?!"

피츠는 계속해서 움직였다. 자신의 목소리 마술이 통용되지 않은 것에 동요를 감추지 못하는 프루세나를 향해.

다급히 요격태세를 취한 프루세나였지만 늦었다.

"꺙!"

피츠가 뻗은 손에서 눈에 보이지 않는 충격파가 날아가서 프루세나를 날려 버렸다.

그녀는 식당의 벽에 부딪쳐서 의식을 잃었다.

"쿨럭… 쿨럭…"

피츠는 기침을 하면서 일어서려는 리니아의 앞에 섰다.

"……"

말없이 분노를 띠는 피츠.

그를 앞에 두고 리니아는 얼떨떨하니 주위를 둘러보았다.

스무 명의 패거리는 이미 한 명도 남지 않았고, 기대할 만한 단짝은 한심하게 큰 대 자로 뻗어서 기절했다.

순식간에 자기들이 괴멸 상태라는 걸 이해하고 리니아는 전의를 잃었다.

"우, 우리가 졌다냐…."

"……."

패배를 인정하는 리니아를 향해 피츠는 계속 말이 없었다.

그 눈은 선글라스에 가려서 보이지 않았지만, 노기가 수그러들지 않았다. 그 선글라스 안에 있는 것은 장난으로 끝나지 않을 진짜 살의였다.

그는 리니아와 프루세나가 뭘 했는지 알고 있었다.

물을 끼얹은 것도, 속옷을 훔친 것도.

리니아의 자존심이 강했지만, 생명과 맞바꿀 수는 없었다.

"…미, 미안합니다냐. 속옷 일도, 사과합니다. 이렇게 사과합니다냐."

고로 리니아는 공손의 포즈를 취할 수밖에 없었다.

수족에게 굴욕의 포즈. 즉 배를 보이는 사죄였다.

"……."

피츠는 그런 포즈를 취하는 리니아와 멀리서 기절한 프루세나를 향해 워터볼을 한 방 날렸다.

위력은 거의 없는, 양동이의 물을 쏟아붓는 정도의 워터볼.

하지만 리니아와 프루세나는 흠뻑 젖어서 털이 몸에 착 달라붙은 처량한 꼴이 되었다.

"아픈 맛을 봤으면 다시는 아리엘 님에게 손대지 마라."

피츠는 마지막에 그렇게 말했다.

거의 말이 없는 피츠의 목소리. 리니아나 프루세나는 물론이고 그 자리에 있던 아리엘과 루크 이외의 전원이 처음 듣는 목소리였다.

여자처럼 높은 목소리.

"아, 알겠습니다…."

리니아는 굴욕으로 얼굴을 붉히면서도 거기에 따랐다.

"피츠, 수고했어요. 그럼 갈까요."

피츠가 물러나고, 아리엘이 가볍게 웃더니 아무 일도 없었던 것처럼 그 자리를 뒤로 했다.

남겨진 것은 물에 젖은 생쥐 꼴이 된 리니아와 프루세나뿐. 두 사람은 잠시 동안 그대로 있었지만, 사람들의 눈을 견디다 못해 그 자리를 뒤로 했다.

그걸 본 학생들에게서는 어느 틈에 박수가 일었다.

그건 학교를 자기 것인 양 굴던 불량배들이 일소된 순간이었다.

그리고 그 뒤에 리니아와 프루세나가 패거리를 데리고 아리엘을 폭행하려 했다는 소문이 엘모어와 클리네에 의해 사실인 양 유포되고… 이번 사건에 얽힌 수족 중 태반이 퇴학당했다.

이렇게 해서 아리엘은 현재의 지위를 확립했다.

불량학생을 퇴학에 몰아넣고 마법대학에 평화를 되찾은 일로 불량학생들 때문에 고생하던 학생들은 아리엘에게 감사하며 다음 선거에서 그녀에게 투표했다. 그리고 2학년 때 학생회장이 된 아리엘에 대해 강한 동경의 시선을 보내게 되었다.

물론 부회장으로서는 재미없는 일이고 재적 중인 1년 동안 빈 정거리기도 했지만, 압도적인 카리스마가 된 아리엘과 여태까지 손 쓸 수 없었던 리니아와 프루세나를 혼자서 정리한 피츠에게 대항하려는 기개는 없었기에 그대로 졸업했다.

그리고 두들겨 맞은 두 사람은 어떻게 되었냐 하면….

"우으…."

"쌍…."

간신히 퇴학은 모면했다.

소행이 완전히 좋아진 건 아니고 아리엘에 대한 적의도 그대로였다. 하지만 지금으로서는 거스르는 기색도 없이 성실한 학생으로 학교에 다녔다.

"흥! 언젠가 기억해둬라냐."

"퉤엣, 밤길을 조심해!"

두 사람은 아리엘의 모습을 보면 그런 패배자의 말을 내뱉으면서 꼬리를 말고 슬금슬금 길을 양보했다.

"…후후."

아리엘은 아무 말도 하지 않았다. 그저 미소를 지을 뿐이었다.

그걸 보고 학생들은 세 사람을 향한 선망을 한층 드높였다.

마법대학에서 모두가 두려워하는 불량소녀 둘이 눈도 못 마주치고 지나치는 아리엘.

이 학교에서 아리엘은 이미 아무도 거스를 수 없게 되었다.

그런 아리엘도 올해로 3학년이 되었다.

계획대로 2학년 때 학생회장이 되었기에 마술 길드나 라노아 왕국과의 관계도 생겼다.

학생회에는 실력 있다고 자부하는 자들이 모이게 되었고, 그 중에서도 특히나 우수하고 인간적으로 신뢰할 수 있는 자를 아슬라 왕국으로 보내는 계획이 진행되었다. 내년에는 제1진을 보내게 되겠지.

학생회장이 된 지 1년, 모든 것이 놀랄 만큼 순조롭게 진행되었다.

"자, 클리네. 올해 1학년 중에 누구 유망한 자 있나요?"

"그렇군요. 올해 들어온 자노바 시론과 크리프 그리몰 정도가 유망할까요. 전자는 신의 아이이고, 후자는 입학 당시부터 상급 마술을 쓴다고 합니다."

그리고 오늘도 작전회의 중이었다.

다만 장소는 아리엘의 방이 아니라 학생회실로 바뀌었다.

"그래요, 그럼 그들에게는 기회를 보아 말을 걸기로 하고… 그 외에 눈에 띄는 사람은?"

"1학년 중에는… 없을까 합니다. 다만 앞으로 두각을 드러내는 자도 있겠죠."

"패는 아직 더 필요한데…. 재야의 사람에게도 말을 거는 쪽이 좋을까요?"

고민하는 아리엘에게 엘모어가 손을 들었다.

"아리엘 님, 그렇게 말씀하실 줄 알고 재야의 사람 중에서 특히나 우수하다는 소문의 인물을 픽업해 왔습니다."

"역시나 엘모어, 어디 보여 줘요."

"예."

엘모어는 학생회실에 있는 로커에서 종이다발을 꺼내어 아리엘에게 건넸다.

그 서류에는,

"이들 중 몇 명을 선출하여 마법대학에 유치, 그리고 우리가 인품을 지켜본 뒤에 말을 건다…는 건 어떻습니까?"

"좋겠군요. 그럼 얼른 선출해 주세요. 유치 방법은… 지너스 교감 정도께 부탁드리면 좋겠죠."

"예."

아리엘의 말에 피츠와 루크도 리스트를 보기 시작했다.

리스트에는 수많은 사람의 이름이 올라 있었다.

마법도시 샤리아에 사는 이부터 시작해서 마법삼대국 안에서 활약하는 모험가, 마지막에는 검의 성지의 수호자인 검성 갈 파리온의 이름까지 있었다.

"아."

그런 리스트를 보는 중에 피츠의 목소리가 새어나왔다.

그는 어떤 인물의 이름에서 손을 멈추고 있었다.

눈을 치뜨고 입을 꾹 다문 채로, 떨리는 손에는 힘이 들어가서 종이가 구겨졌다.

"피츠, 뭐 관심 가는 이름을 찾았나요?"

그 말에 피츠는 기세 좋게 고개를 들었다.

그 표정에는 놀라움과 곤혹스러움, 그리고 환희가 있었다.

"아리엘 님⋯. 저, 이 사람을 압니다."

그가 가진 종이⋯.

거기에는 '루데우스 그레이랫'이라는 이름이 적혀 있었다.

7권 끝

무직전생

사라

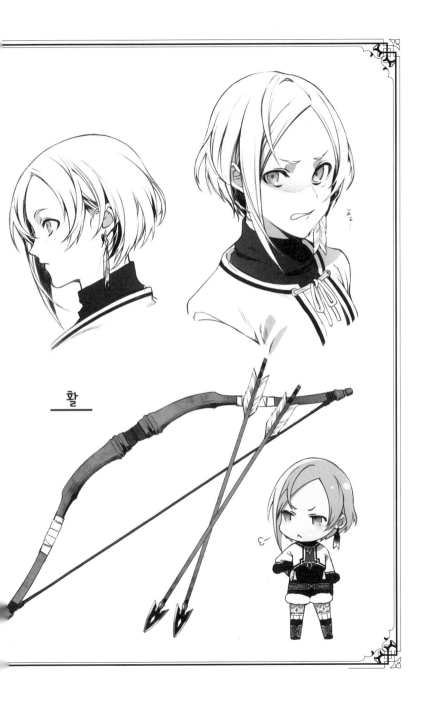

활

지팡이

캐릭터 디자인안
티모시 & 루레우스

로브 있음

15세

로브 없음

졸다트

캐릭터 디자인안
졸다트 & 스잔느

스잔느

미미르

메이

캐릭터 디자인안
미미르 & 페트리스

패트리스

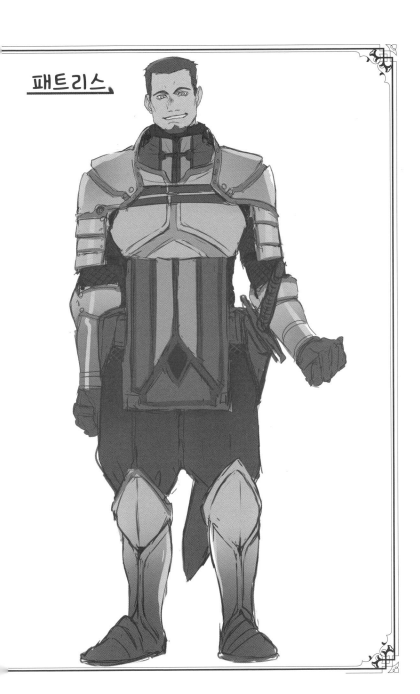

무직전생 ~ 이세계에 갔으면 최선을 다한다 ~ **7**

2016년 4월 7일 초판 발행
2022년 3월 10일 7쇄 발행

저자   리후진 나 마고노테
일러스트   시로타카
옮긴이   한신남

발행인   정동훈
편집인   여영아
편집 팀장   황정아
편집   노혜림

발행처   (주)학산문화사
등록   1995년 7월 1일
등록번호   제3-632호
주소   서울특별시 동작구 상도로 282 학산빌딩
편집부   02-828-8838
영업부   02-828-8986

ISBN 979-11-256-5310-3 04830
ISBN 979-11-256-0603-1 (세트)

값 8,800원